Edith Beleites, 1953 in Bremen geboren, studierte Anglistik und Politik sowie Diplompädagogik in Marburg. Seit 1980 lebt und arbeitet sie als freie Autorin und Übersetzerin in Hamburg. Bisher erschienen folgende Romane aus der erfolgreichen Reihe um die Hebamme Clara Cordes: «Die Hebamme von Glückstadt» (rororo 22674), «Die Hebamme von Glückstadt – Claras Bewährung» (rororo 23656), «Das verschwundene Kind» (rororo 23859) sowie «Die versprochene Braut» (rororo 24228).

Edith Beleites

Die Frau des Baumeisters

Die Hebamme von Glückstadt

Historischer Roman

Rowohlt Taschenbuch Verlag

Originalausgabe
Veröffentlicht im Rowohlt Taschenbuch Verlag,
Reinbek bei Hamburg, September 2007

Umschlaggestaltung
any.way, Cathrin Günther
(Abbildung: Vermeer, Briefschreiberin und
Dienstmagd, © akg-images)
Satz Janson PostScript PageOne
Gesamtherstellung Clausen & Bosse, Leck
Printed in Germany
ISBN 978 3 499 24489 6

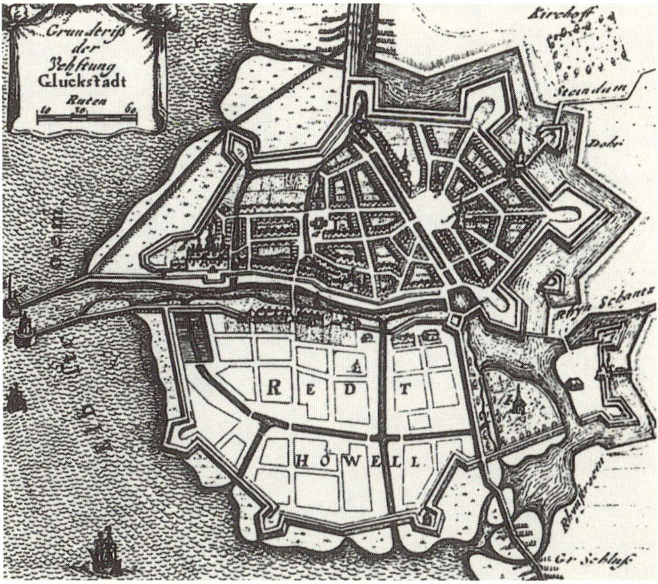

«Grundriß der Vehstung Glückstadt» 1642/44

Eins

Glückstadt, 29. Juni 1642

Kurz vorm Palais des Stadtgouverneurs verlangsamte Clara ihre Schritte. Noch ehe sie das doppelflügelige Portal erreichte, blieb sie stehen, wandte der Häuserzeile den Rücken zu und schaute, wie zur Stärkung und Selbstbesinnung, links und rechts über das Fleet, das mitten durch die Prachtstraße der Stadt floss. Die untergehende Sonne tauchte den Himmel in ein unwirkliches Gelbrot und ließ den Wasserlauf wie eine Goldader schimmern. Nur wenige Boote lagen noch an den Ufern vertäut und schaukelten mit eingerollten Segeln sacht vor sich hin. Aus Richtung der Elbmündung wehte eine seichte Brise, bewegte Zweige und Blätter der Linden, die beide Ufer säumten, und bauschte den Rock von Claras lindgrünem Sommerkleid. *Was für ein friedlicher Anblick*, dachte Clara, atmete tief durch und setzte ihren Weg langsam fort. *Möge es da drinnen auch so friedlich zugehen!* Zwar neigte sie durchaus nicht zu Furcht vor großen Häusern, aber in diesem hatte sie schon den einen oder anderen Strauß ausfechten müssen. Wohler wäre ihr gewesen, hätte sie genauer gewusst, warum der junge Graf Lilholm, der dem Stadtgouverneur seit einiger Zeit zur Hand ging, nach ihr geschickt hatte. Aber die Dienstmagd des Gouverneurspalais' hatte ihr lediglich ausgerichtet, es gehe um eine Schwangere. Vorsichtshalber hatte Clara die Tasche mit all ihren Utensilien mitgebracht. Es wäre nicht das erste Mal, dass ein vager Ruf mit einer Geburt endete. In diesem Fall hielt sie es zwar für unwahrscheinlich, aber man konnte ja nie wissen. Schon gar nicht in diesem Haus. In keinem anderen wäre es Clara so peinlich gewesen, sich eine Blöße geben zu müssen oder unvorbereitet zu sein.

Sie wollte gerade den bronzenen Klopfer betätigen, als die Tür auch schon von einem hochaufgeschossenen, schlanken jungen Mann aufgerissen wurde. Überrascht und vor allem erleichtert erhellte sich Claras Miene. So respektabel Graf Lilholm daherkommen mochte, wenn er die Amtsgeschäfte des Stadtgouverneurs ausübte, so ungestüm und bar jeglicher Förmlichkeit pflegte er sich zu geben, wenn sie allein aufeinandertrafen. Sein jetziges Gebaren zeigte Clara, dass niemand zugegen war, der an seinem Verhalten Anstoß nehmen könnte, vor allem nicht die so überaus standesbewusste Gouverneursgattin.

«Wie schön, dass Sie gleich kommen konnten», sagte er sichtlich erfreut. «Ich wollte nämlich, dass Sie es als Erste erfahren und die gute Frau gleich in Empfang nehmen, wenn sie in der Stadt eintrifft.»

«Sehr gerne, Herr Graf», sagte Clara mit einem schiefen Lächeln, das ihr ein Grübchen in die linke Wange zeichnete. «Wenn Sie mir verraten, um wen es geht und welchen Part Sie mir zugedacht haben.»

«Ja, wissen Sie es denn gar nicht?» Lilholm schlug sich an die Stirn und machte dann eine entschuldigende Geste. «Kommen Sie erst einmal herein. Ich sehe, Sie haben Ihre Tasche dabei. Kommen Sie direkt von einer Geburt? Sind Sie erschöpft? Soll ich Ihnen etwas Stärkendes aus der Küche bringen lassen?»

Beinahe hätte Clara laut aufgelacht, aber das wäre gar zu unschicklich gewesen. Überdies hielt sie es für müßig, ihm zu erklären, dass sie die Tasche wegen seines Rufs dabeihatte – für eine Frau, die, wie sie nun hörte, noch nicht einmal in der Stadt war.

«Vielleicht gehen wir tatsächlich erst einmal hinein», sagte sie, denn trotz seiner Einladung stand sie immer noch auf der Straße.

Mit ausgebreiteten Armen versperrte Lilholm den Eingang zum Palais. Eine Hand am geöffneten Türflügel, die andere an der Hauswand, war er, statt Clara eintreten zu lassen, auf die Türschwelle getreten und richtete den Blick auf das im Sonnenuntergang glänzende Fleet. Clara sah, dass selbst seine schwarzen Locken golden aufleuchteten, als er den Kopf in Richtung der Elbdeiche nach rechts wandte und in den Abendhimmel blickte. Ihre eigenen hellbraunen Locken – oder das, was unter und neben der Haube davon zu sehen war – mussten in diesem Licht wie Feuer glühen.

«Sobald Sie sich sattgesehen haben», fügte sie hinzu und trat von einem Fuß auf den anderen.

«Oh, verzeihen Sie», sagte Lilholm, ohne sich von der Stelle zu rühren. «Ein ungewöhnlicher Anblick, nicht wahr? Als hätte ein Maler versehentlich nach den falschen Farben gegriffen und dabei doch ganz unbeabsichtigt etwas Großes erschaffen.» Sichtlich beeindruckt wiegte er den Kopf. «So etwas habe ich schon lange nicht mehr gesehen. Zuletzt irgendwann vor Jahren an der Westküste Seelands. Wir hatten dort Verwandte besucht.»

Es kam Clara durchaus nicht ungelegen, einen vermeintlich ernsten Ruf in ein Plauderstündchen mit einem jungen Mann umgemünzt zu sehen, den sie von Herzen gernhatte. Doch plötzlich veränderte sich sein Blick, der gerade noch so sorglos gewesen war. Offenbar war seine Erinnerung an den Verwandtenbesuch auf Seeland nicht ungetrübt. Dann gab er sich einen sichtlichen Ruck, trat ins Haus zurück, lächelte Clara an und sagte: «Darf ich bitten?»

Er führte Clara in die eigens für ihn eingerichtete kleine Amtsstube hinter der des Stadtgouverneurs und der Stube des Schreibers. Sie ließen die reichgeschnitzte Holztäfelung der Eingangshalle hinter sich, und kaum hatten sie das hellgetünchte Zimmer betreten, fragte Lilholm: «Bekommt Louis auch schon die ersten Backenzähne? Stellen Sie sich vor: Ich war, kurz bevor Sie kamen, über dem Schreibtisch eingenickt und nur zur Tür gelaufen, um etwas Luft zu schnappen. In der letzten Nacht habe ich kaum ein Auge zubekommen. Caspar ist bei unserer Grit in den allerbesten Händen, und selbstverständlich sieht sie auch in der Nacht nach ihm, aber in der letzten war es so arg, dass sich schließlich meine Frau des Kleinen annahm.» Dabei reckte er sich, als sei er immer noch dabei, die Müdigkeit abzuschütteln. Dann nahm er hinter einem großen Eichenschreibtisch Platz und bedeutete Clara, dass auch sie sich setzen sollte.

«Haben Sie ihm denn keinen Talgring gemacht, auf dem er herumkauen kann?», fragte Clara, ohne sich noch groß zu wundern, dass dieser Zusammenkunft keinerlei Dringlichkeit innewohnte. Sie stellte ihre Tasche ab und setzte sich bequem zurecht. Aus Erfahrung wusste sie, dass es länger dauern konnte, wenn das Gespräch auf Lilholms Frau und Sohn kam. Claras eigener Sohn,

Louis, war nur wenige Wochen nach dem Lilholm'schen geboren worden, und wenn sie auf ihre Sprösslinge zu sprechen kamen, gerierten sie sich meist wie stolze Eltern, die gar nicht genug von dem Thema bekommen konnten.

Müde wedelte Lilholm mit der Hand. «Mehr als einen. Die Dinger fliegen ja überall herum und verkrümeln sich in die finstersten Ecken. Aber ich muss offen gestehen, dass sie bei den Schneidezähnen weitaus wirkungsvoller waren als jetzt.»

«Das ist wahr», konzedierte Clara und zuckte bedauernd mit der Schulter. «Zum einen sind die Schneidezähne im Weg, und dann sind ja auch die Zähne, die jetzt kommen wollen, viel größer.»

Plötzlich war Lilholm wieder so gutgelaunt und agil wie anfangs an der Tür und sagte mit strahlenden Augen: «Trotzdem bin ich auf jedes Haar, jeden Zahn und jedes noch so winzige Stück Wachstum von unserem Caspar stolz. Ach, was sage ich? Von winzig kann schon längst keine Rede mehr sein. Sie werden sehen: Bald nehme ich den Aufmarsch der Soldaten auf dem Marktplatz mit ihm ab. Zu Pferde, versteht sich. Und reite mit ihm über Wälle und Bastionen rund um die Stadt.»

«Gewiss», sagte Clara, aber ihr Ton drückte keinerlei Zustimmung aus. Ehe sie weitersprach, beugte sie sich energisch vor. «Um dem Kleinen das Hirn durcheinanderzurütteln, ihm die Knochen zu verbiegen und ihn schmerzvoll spüren zu lassen, wie schrecklich das Reiten ist.»

«Ach?» Sichtlich erschrocken riss Lilholm die Augen auf. «Meinen Sie, ich würde ihm damit schaden?»

«Wie bald wollen Sie ihn denn mit aufs Pferd nehmen?», vergewisserte sich Clara, ehe sie darauf antwortete.

«Im nächsten Frühjahr», sagte Lilholm kleinlaut.

«Lilholm!» Clara sah den jungen Vater mahnend an. «Dann ist Caspar gerade zwei Jahre alt! Ich weiß, dass sich Ihre eigenen Eltern – mit Verlaub – nicht eben vorbildlich zu Ihnen stellten, aber wie alt waren Sie denn, als Sie zum ersten Mal auf einem Pferd saßen?»

Betreten schnippte Lilholm einen für Clara nicht auszumachenden Fussel vom Ärmelaufschlag seines prächtigen Brokatrocks. «Sieben oder acht», sagte er verlegen. Dann blickte er fragend auf. «So lange soll ich noch warten, bis ich einen Mann aus Caspar machen kann?»

Clara schüttelte den Kopf über so viel Ungeduld, ehe sie erwiderte: «Nur, wenn Ihnen seine Gesundheit und sein Wohlbefinden am Herzen liegen.»

Sie wusste genau, wie sehr sowohl Lilholm als auch seiner Frau an Caspars Wohlergehen gelegen war. Um ihm Gelegenheit zu geben, sich aus der Affäre zu ziehen, ohne wie ein gescholtener Bub dazustehen, senkte sie den Blick und sagte nichts mehr. Doch dann konnte sie nicht an sich halten, als sie die Bauzeichnung sah, die auf Lilholms Schreibtisch lag und sie an die Börse in Kopenhagen erinnerte – für sie das schönste Gebäude der Welt. Der Gedanke, etwas so Großartiges könnte auch in Glückstadt entstehen, erregte sie augenblicklich. Um jedoch nicht vorschnell ins Schwärmen zu geraten, räusperte sie sich und fragte: «Verzeihen Sie, soll dieses Haus hier in Glückstadt errichtet werden?»

«Welches Haus?», fragte Lilholm, der in Gedanken noch ganz woanders war.

«Na, das da!» Clara zeigte auf die Zeichnung.

Lilholm richtete seinen Blick darauf, als sähe er sie zum ersten Mal. «Ach so, das.» Er war etwas in sich zusammengesackt, doch nun richtete er sich wieder auf und sprach frisch und schnell weiter. «Ja, ja, selbstverständlich.»

«Ach, wirklich?» Clara klatschte vor Freude in die Hände. «Ist es so etwas wie die Börse?», fragte sie ganz aufgeregt. «Aber das ist ja wunderbar! Nur – wo soll es hin? Wo haben wir in Glückstadt denn so viel Platz? Darf ich einmal sehen?»

Nun war es Lilholm, der Clara zurechtwies. «Ja, wirklich!», sagte er kopfschüttelnd. «Wo sollte es wohl hin – ein Gebäude mit sechs Giebeln?» Dann drehte er die Zeichnung, damit Clara sie von vorn sehen konnte.

Noch während er sprach, sah Clara, dass dieses Gebäude nur zwei Giebel hatte, die denen der Börse allerdings ähnelten. Dazwischen lag noch ein dritter, der aber nicht so schlank und hoch aufragte wie die anderen beiden. Und obwohl das Haus auf der Zeichnung in seinen Ausmaßen durchaus nicht an das Kopenhagener Meisterwerk heranreichte, so war es doch eindeutig ein Breitbau und die Ähnlichkeit mit der Börse geradezu verblüffend.

Als Clara das sagte, erwiderte Lilholm: «Das war die Absicht. Der König wollte es so haben.»

«Wie schön!», sagte Clara ehrlich begeistert. «Und groß ist es trotzdem, viel größer als alle anderen Häuser hier.»

«Wie es sich für das Rathaus einer stolzen Stadt geziemt», sagte Lilholm.

Clara merkte, wie ihr heiß wurde, und sie legte die Hände an die Wangen. «Ach, wirklich? Ist es endlich so weit? Und so schön soll es werden? Da wird der leidige Streit um die Finanzierung schnell beigelegt sein.» Während sie weiterredete, überlegte sie fieberhaft, wie sie es anstellen konnte, ihrem Mann Zugang zu dieser Zeichnung zu verschaffen. Willem liebte Konstruktionszeichnungen aller Art, und im Gegensatz zu Clara konnte er sie mühelos verstehen. Sie mochte sich gar nicht vorstellen, wie er sie ansehen würde, wenn sie ihm erzählte, dass sie den Bauplan für das langersehnte Rathaus gesehen hatte, ohne ihm recht schildern zu können, was dieser Plan im Einzelnen vorsah.

«Ist es eine fertige Zeichnung?», fragte sie und hoffte auf ein Nein. «Oder soll noch einmal ein gewiefter Konstrukteur darauf schauen?»

«Ha!», machte Lilholm und fuhr so ruckartig mit der Hand durch die Luft, dass ihm der Spitzenbesatz seines Unterkleids um die Handgelenke flatterte. «Ein gewiefter Konstrukteur! Diese Vorlage ist von Steenwinkel und Titken! Was dachten Sie denn, wen der König damit beauftragen würde? Einen Budenbauer?»

Clara biss sich auf die Lippen und wünschte, sie hätte Lilholm nicht verärgert. Als er sich mit hochgezogenen Brauen zu ihr vorbeugte, gab sie die Hoffnung auf, ihm die Zeichnung entlocken zu können.

«Gewiss ist Glückstadt nicht Kopenhagen», sagte er, «aber auf seine Weise soll dieses Rathaus genauso ein Juwel werden wie die Börse in unserer Hauptstadt. Und wissen Sie, wer Ihnen das als Erster bestätigen wird? Ihr Mann! Zeigen Sie Willem diese Zeichnung und hören Sie, was er sagt.»

Beinahe verschlug es Clara die Sprache, und es dauerte einen Augenblick, ehe sie sagen konnte: «Ich … ihm diese Zeichnung zeigen?» Hatte Lilholm das wirklich gesagt?

Der junge Graf nickte grimmig, und Clara spürte, wie ihr vor Freude das Herz bis an den Hals schlug. «Sehr gern, Herr Graf, wenn Sie meinen», sagte sie so ruhig, wie sie konnte, und hoffte, höflich und bescheiden zu klingen – nicht etwa so begierig und ungeduldig, wie sie in Wahrheit war. «Wann soll ich es denn tun?»

«Nun, ich kann es schwerlich Ihnen überlassen», sagte Lilholm nachdenklich. «Schließlich sollte ich die Zeichnung wohl nicht aus der Hand geben. Aber ich kann auf dem Heimweg bei Ihrem Haus vorbeischauen. Die paar Extraschritte werde ich wohl schaffen.» Müde wischte er sich mit der Hand über die Augen und seufzte. «Jetzt habe ich noch zu tun. Leider. Aber wahrscheinlich schlafe ich doch gleich wieder ein.»

«Sie Ärmster», sagte Clara und dachte reuig: *Was bin ich bloß für eine Schlange!* Denn sie wusste bereits, was sie als Nächstes sagen wollte. «Sie sollten heute so bald wie möglich zu Bett gehen. Wer weiß, wie kurz die Nacht wieder wird. Ich kann den Bogen doch einfach mitnehmen, und wenn Sie dann später bei uns vorbeikommen, nehmen Sie ihn gleich wieder mit, ohne sich groß bei uns aufhalten und Willem den Plan erläutern zu müssen.» Sie zögerte kurz, ehe sie es wagte, den Spitznamen seiner Frau zu nennen, den sie früher als er herausbekommen hatte. «Kike wird es Ihnen danken.»

Lilholm schien kurz zu überlegen und warf stirnrunzelnd einen Blick auf die Papiere auf seinem Schreibtisch. «Sie haben recht», sagte er. «Aber haben Sie noch so viel Platz in Ihrer Tasche, dass der Bogen nicht zerknickt?»

«Darf man ihn rollen?», fragte Clara zurück.

«Das muss man sogar», erwiderte Lilholm. «Und vorher muss man ihn der Länge nach zusammenfalten.»

«Dann ist es gut.» Clara war erleichterter, als sie es sich anmerken ließ. «In meiner Tasche ist Platz für eine Flasche, die ich heute nicht dabei habe, weil ich wusste, dass es in diesem Hause an nichts mangeln würde. Dort findet das wertvolle Stück gewiss Platz.»

Clara griff sogleich nach ihrer Tasche, ehe es sich Lilholm womöglich doch noch anders überlegte, während dieser den Papierbogen zusammenfaltete und einrollte. Sie hatte es sehr eilig, die Zeichnung nun auch wirklich an sich zu bringen und sie Willem so schnell wie möglich zu zeigen. Als sie sie verstaut hatte, sagte sie mit Blick auf den nun viel freieren Schreibtisch: «Sehen Sie, schon sieht es nicht mehr nach gar so viel Amtsgeschäften aus. Ich will Sie auch nicht länger stören.»

«Gut», sagte Lilholm müde. «Bis später dann.»

Leichtfüßig wie eine Diebin eilte Clara zur Tür. Sie hatte die Hand schon auf der Klinke, als sie merkte, dass irgendetwas sie zurückhielt, aber sie brauchte einen Augenblick, bis ihr klarwurde, was es war.

«Herr Graf», sagte sie gedehnt und drehte sich wieder um. «Weshalb hatten Sie eigentlich nach mir geschickt?»

«Nach Ihnen geschickt?» Der junge Mann schien schon jetzt am Einschlafen zu sein. «Ich?» Dann ging ein sichtlicher Ruck durch ihn, und er zeigte auf die Stelle, an der eben noch die Bauzeichnung gelegen hatte. «Richtig! Das Rathaus.»

Einen Moment lang fragte sich Clara, ob Lilholm vor

Übermüdung schon wirr redete. Doch dann fuhr er fort:

«Wegen der aufwendigen Nachbesserungen am Schloss, die schon kurz nach seiner Errichtung nötig waren, hat der König vorgeschlagen, einen dritten Baumeister hinzuzuziehen, der während des Baus die ganze Zeit über in der Stadt weilen und vor allem die Zimmermannsarbeiten am Fundament überwachen soll. Dem König ist viel am Gelingen des Baus gelegen, allein schon wegen seines Anteils an der Finanzierung. Und da es ein ähnlich großes Gebäude wird wie das Schloss, will er, dass Fehler wie beim Schlossbau vermieden werden. Daraufhin hat Steenwinkel vorgeschlagen, einen gewissen Marten Stuiven damit zu betrauen. Der König hat zugestimmt, und nun kommt der gute Stuiven in den nächsten Tagen aus Friedrichstadt hierher. Seine einzige Bedingung war, seine Frau mitbringen zu dürfen, weil sie schwanger ist und sich nicht monatelang mit dem Kind allein durchschlagen soll. Der König hat ihn wissen lassen, dafür sei gesorgt, denn es gebe ja Sie.» Schmunzelnd schüttelte Lilholm den Kopf. «Wahrscheinlich hält Stuiven Sie nun für die Hofhebamme.»

«Das will ich nicht hoffen», sagte Clara und schauderte bei dem Gedanken, in höfische Reglementierungen und Hierarchien eingebunden zu sein. «Aber ich nehme mich der Stuiven'schen gerne an. Lassen Sie mich wissen, wann die Leute kommen? Ich halte mich inzwischen bereit.» *Und wie gern*, dachte sie. *Das wird ja immer besser! Ich als Hebamme eines Rathausbaumeisters! Willem wird vor Stolz platzen!*

«Puh!», machte Clara, als sie die Tür des Gouverneurspalais hinter sich schloss und sich auf der Straße die Tasche wie einen Schatz an die Brust drückte. Sie kam sich furchtbar hinterhältig vor, da sie mit ihren Wünschen so hinterm Berg gehalten und ständig etwas anderes gesagt als gedacht hatte. Ihre Arbeit hatte sie gelehrt, wie wichtig derlei bisweilen sein konnte, etwa wenn es darum ging, unter der Geburt oder in der Säuglingspflege etwas ebenso Nötiges wie schlecht Erklärbares zu erreichen. Aber dass sie nun ihre ganz persönlichen Wünsche auf diese Weise durchsetzte, gab ihr doch zu denken, und sie fand es durchaus nicht in Ordnung. *Hab ich's doch gewusst*, dachte sie, *aus diesem Haus kommst du meist verwirrt heraus. Nur dieses Mal hast du es dir selbst zuzuschreiben.* Dann stemmte sie sich die Tasche fest in die Seite und hielt sie mit beiden Händen fest, ehe sie sich schnellen Schrittes auf den Heimweg machte.

Das betörende Farbenspiel von Wasser und Himmel war einem faden Blaugrau gewichen. An den Masten der Schiffe im Fleet wurden die ersten Positionslichter gesetzt. Im Zwielicht verbesserten sie die Sicht um diese Stunde noch nicht, aber Clara hatte den Weg schon so oft zurückgelegt, dass sie nicht mehr Licht brauchte, als vorhanden war. Er führte ein Stück am Fleet entlang, dann über die Marktbrücke auf die andere Fleetseite, weiter Richtung Hafen und dann nach rechts in die Hafenstraße. Clara hielt den Kopf gesenkt. Um diese Zeit war zwar ohnehin kaum jemand unterwegs, aber sie wollte auf keinen Fall von einem Abendbummler, einem Wirtshausbesucher oder gar einem herumstreunenden Soldaten aufgehalten werden, der womöglich zu einem Schwätzchen aufgelegt oder gar betrunken war. *O Willem*, dachte sie, *wenn du wüsstest, was ich dir gleich präsentieren werde*, und mäßigte ihre Schritte zumindest genug, um nicht ganz außer Atem zu Hause anzukommen.

«Und lass dich hier die nächsten zwei Wochen nicht blicken!», hörte Clara Lenes wohlvertraute Stimme, als sie am Ende des Fleets das Wirtshaus mit Ausspann passierte. Gleich im nächsten Moment trat auch schon ein, was sie hatte vermeiden wollen: Ein Betrunkener torkelte ihr in den Weg, und nur weil Lene ihm nachging, ihn am Kragen packte und festhielt, rempelte er Clara nicht um.

Clara blickte Lene erschrocken an und drückte sich die Tasche noch fester an den Leib. Sie sah, dass Lenes große blaue Augen erregt funkelten. Obwohl der schwache Lichtschein aus der Schänke die Dämmerung kaum durchdrang, kannte Clara die Freundin gut genug, um zu erkennen, dass sie an ihrem Auftritt als Furie ihr helles Vergnügen hatte.

«Da siehst du, was du anrichtest», schimpfte Lene weiter auf den Mann ein. «Erst im Wirtshaus eine Bürgerversammlung stören und dann auch noch draußen die Leute umrennen! Am besten hältst du dich die nächste Woche von hier fern. Nun fort mit dir! Und wenn mir auch nur das Geringste über weitere Händel zu Ohren kommt, die du heute noch anzettelst, bekommst du hier keinen Tropfen mehr.»

Damit ließ sie den Mann los, der einen kaum verständlichen Protest lallte.

«Kein Wort mehr! Ab nach Haus und ins Bett mit dir!», schnitt Lene ihm das Wort ab. «Morgen frage ich deine Frau, wann du angekommen bist. Also mach lieber keinen Umweg!»

Die Erwähnung seiner Frau schien den Mann mehr zu beeindrucken als alles andere, was Lene gesagt hatte. Er stieß einen leisen Fluch aus und setzte sich dann wankend in Bewegung.

Beide Frauen beobachteten seine ersten Schritte gespannt, weil es zunächst den Eindruck machte, als könne der Mann nicht mehr allein gehen. Doch dann stabilisierte sich sein Gang, und beide atmeten erleichtert auf.

«Hörst du, was da drinnen los ist?», fragte Lene und zeigte hinter sich auf die Fenster der Schankstube.

Erst jetzt merkte Clara, dass die Geräusche, die aus dem Wirtshaus drangen, nicht unbedingt lauter waren als sonst, wenn die Schankstube voll war, aber es war nicht das übliche Stimmengewirr, und die Stimmen, die sie vernahm, waren aufs Äußerste erregt.

«Es geht wieder mal ums Rathaus», sagte Lene. «Jetzt wird es ernst. Der Bau soll bald beginnen, und noch immer streiten unsere Leute um ihren Anteil an den Kosten.»

Damit hakte sie Clara unter, nicht ohne noch einen kontrollierenden Blick hinter dem Betrunkenen herzuschicken, und drehte sich zur offenen Schanktür um.

«Das musst du dir anhören», sagte sie. «Es geht hoch her. Dein ewiges Gerede von einender Stadtbürgerschaft und dass Deutsche, Niederländer, Portugiesen und alle anderen ihre Herkunft hintanstellen und treue Glückstädter werden, sobald sie hier Fuß fassen und das Bürgerrecht erwerben, ist nichts als ein frommer Wunsch. Aber höre selbst!»

Lene zog Clara so kräftig mit sich fort, dass diese es nicht schaffte, einfach stehen zu bleiben. «So warte doch, Lene», sagte sie, als sie an der Tür waren. «Ich muss umgehend nach Haus.»

«Doch nicht, während hier eine Bürgerrevolte ausgebrütet wird!»

«Es geht wirklich nicht.» Clara gelang es, ihren Arm aus Lenes Griff zu lösen und wieder beide Hände an die Tasche zu legen.

Nun bemerkte auch Lene die Tasche. «Ach, du kommst von einer Geburt?», sagte sie enttäuscht. «Dann musst du wohl wirklich nach Haus.»

«Nein, nein», erwiderte Clara. «Keine Geburt. Ich muss …» Sie geriet ins Stocken, weil sie selbst Lene nicht sagen durfte, was sie so zur Eile trieb. Dass Lene sie gespannt anblickte, machte es ihr nicht gerade leichter, eine plausible Ausrede zu erfinden. «Willem erwartet mich und …»

«Wenn's nur das ist», sagte Lene und schob Clara mit ihren stämmigen Armen durch die Wirtshaustür. «Der ist – gottlob! – auch hier und sorgt für Mäßigung.»

Schon im nächsten Augenblick stand Clara ganz gegen ihren Willen in der Schankstube – unterm Arm die Bauzeichnung des *corpus delicti*, um das hier so heftig gestritten wurde. *Wie gut, dass ich die Tasche mitgenommen habe*, dachte sie. Denn für eine Hebamme konnte es kein unverdächtigeres Utensil geben, und kein Mensch würde sich darüber Gedanken machen, was wohl darin verstaut war. Trotzdem war ihr nicht wohl in ihrer Haut.

Der Streit darüber, welcher Teil der Bürgerschaft welchen Anteil an der Finanzierung des Rathauses übernehmen sollte, war Clara seit über einem Jahr wohlvertraut. Damals hatte der Baumeister Steenwinkel die Baukosten mit viertausend Reichstalern veranschlagt, von denen der König tausend zu tragen bereit war. Zwar sollte das Rathaus gänzlich für die Bürger da sein, aber der König wollte es sich etwas kosten lassen, seine schmucke neue Festungsstadt um ein weiteres repräsentatives Gebäude zu bereichern. Dennoch blieb der Batzen von dreitausend Reichstalern aufzubringen. Die portugiesischen Juden hatten sich als Einzige schnell bereiterklärt, eine größere Summe der Baukosten zu tragen, aber trotz ihrer Kulanz war die Finanzierung damit noch nicht annähernd gesichert, zumal sich nichts beziffern ließ, solange die anderen Nationen keine Zahlen nannten. Nach einer Überfragung der Bürgerschaft kamen dann insgesamt tausend Reichstaler zusammen, sodass immer noch zweitausend Reichstaler fehlten, um die fortwährend gestritten wurde. Dabei stellten die portugiesischen Juden die kleinste der drei Nationen dar, die das Gros der städtischen Bevölkerung ausmachten, und man konnte ihnen schwerlich den Löwenanteil der Finanzierung abverlangen. Die lutherischen Deutschen und die niederländischen Reformierten hatten sich in größerer Zahl in der Stadt niedergelassen, und ihre Geschäfte liefen nicht schlechter als die der Juden. Willem, der zu den Reformierten gehörte, bestätigte Clara immer wieder, wie gut es den meisten seiner Landsleute ging. Clara selbst, die ja überall herumkam und sich wegen ihrer hamburgischen Herkunft besonders gut mit den Deutschen verständigen konnte, wusste es von ihren eigenen Leuten ebenfalls. Dennoch weigerten sich Deutsche wie Niederländer bis heute, die Summe zu benennen, die sie beisteuern wollten. Insbesondere die Niederländer zeigten sich zugeknöpft. Und sie waren findig. Mal schlugen sie vor, Abgaben von Hauseigentümern und Mietern zu fordern, mit denen die Bausumme nach und nach aufgebracht werden könnte, dann forderten sie eine Streichung der Bier- und Branntweinsteuer beziehungsweise deren Verwendung als Baukostenanteil. Clara erinnerte sich auch lebhaft an die der Majestätsbeleidigung nahekommende Forderung, erst mögen König, Garnison und Stadt die Schulden begleichen, die sie bei den Handwerksbetrieben hätten, oder man werde Zinsen auf die Außenstände schlagen, um sie als Baukostenbeteiligung zu verrechnen. Immer wieder wurde auch die Einquartierung der Soldaten als anrechenbare Bürgerleistung ins Spiel gebracht. Inzwischen waren zwar einige Soldatenbuden entlang der Wälle gebaut worden, aber immer noch gehörte es zu den Bürgerpflichten, das Gros der Soldaten auf eigene Kosten in den Häusern aufzunehmen und zu beköstigen. Nicht erst seit der Belagerung der Stadt durch Wallensteins Heer wusste man, wie nötig die Anwesenheit der Soldaten war, aber angenehm war ihre Gegenwart unter dem eigenen Dach nicht. Zumindest die Summe, die für ihre Verköstigung aufgewendet wurde, so argumentierte man, könne als Obolus zum Rathausbau verrechnet werden. Aber all das waren inzwischen alte Hüte, und Clara fragte sich, was wohl geschehen war, dass sich heute so viele Bürger zu einer erneuten Debatte zusammengefunden hatten.

Als sie in die Schankstube getreten war, hatte Lenes Vater den Zwischenfall mit dem Betrunkenen offenbar zum Anlass genommen, um für eine Abkühlung der erhitzten Gemüter zu sorgen, indem er einen Burschen und die Küchenmagd Schmalz- und Käsebrote verteilen ließ und selbst umständlicher, als es sonst seine Art war, an den Tischen frisches Dünnbier und Most ausschenkte. Die Erregung, die eben noch bis auf die Straße gedrungen war, hatte sich gelegt, aber als alle mit frischen Tränken versorgt waren, wurde es wieder unruhig, und Clara schreckte aus ihren Gedanken auf.

Der Schankraum war bis auf den letzten Platz besetzt. Deshalb war Clara an der Tür stehen geblieben. Wenn sie darum gebeten oder man ihr mehr Beachtung geschenkt hätte, wäre ihr gewiss ein Stuhl angeboten worden, oder die Leute, die auf Bänken saßen, wären näher zusammengerückt. Gleich nachdem sie eingetreten und Lene ihrem Vater zur Hilfe geeilt war, hatte Willem sie erspäht und zu sich gewinkt, aber sie hatte auf ihre Tasche gezeigt und ernst den Kopf geschüttelt. *Willem denkt bestimmt, dass ich an der Tür stehen bleibe, weil ich gleich weitereilen muss oder jemanden erwarte, der mich zu einer Schwangeren führt*, dachte sie. *Aber das macht nichts. Umso mehr wird er staunen, was es mit dieser Tasche auf sich hat, wenn wir endlich allein sind.*

Nein, sie wollte sich nicht unters Volk mischen. Dieses Mal nicht. Sie glaubte zwar nicht, dass sich die Leute in Gegenwart Lenes und ihres Vaters zu einer Rauferei hinreißen lassen würden, aber sie waren erregt, und der Mann, der gerade von Lene ins Freie befördert worden war, hatte ihr vor Augen geführt, wie schnell es zu einer Rempelei kommen konnte. Wenn sie dabei ihre Tasche verlöre, die Tasche womöglich gar aufspränge und die Bauzeichnung herausfiele … Clara wagte nicht, sich vorzustellen, was dann geschehen könnte. Man würde sich darauf stürzen wie auf den

Leibhaftigen und sich darüber aufregen, wie erhaben und großzügig dieses Haus geplant war – eine Großzügigkeit, die man umgehend in aufzuwendende Reichstaler umrechnen würde, statt sich zu freuen. Das durfte nicht geschehen.

«Wenn heute plötzlich von fünftausend Reichstalern die Rede ist», nahm jemand die Debatte wieder auf, als sich das Wirtspersonal zurückzog, «so sage ich euch, dass das noch nicht das Ende der Fahnenstange ist. Es wäre nicht das erste Mal, dass so ein Bau am Ende das Doppelte der ursprünglich veranschlagten Summe verschlingt. Wir sind doch keine Goldesel!»

«Es kann auch aufs Dreifache hinauslaufen», stimmte jemand anders bei. «Auch das wäre nicht das erste Mal. Und wer bestimmt dann am Ende, welche Nation welchen Anteil zu tragen hat?»

«Nation?», höhnte ein Dritter. «Welche Nation? Wenn's drauf ankommt, gibt es doch nur eine, die dänische. Sollte mich nicht wundern, wenn unser Rathaus mitten in der Fassade das dänische Reichswappen trüge, obwohl ich noch kein Wort davon vernommen habe, dass die Dänen zu irgendwelchen Zahlungen aufgefordert worden wären!»

«Aber Glückstadt ist eine dänische Stadt», wandte jemand ein. «Warum sollte ihr Rathaus nicht das dänische Reichswappen tragen?»

«Weil die, die es bezahlen sollen, keine Dänen sind», rief der Vorredner aufgebracht.

«Genau!», pflichtete ein anderer bei. «Und dabei geht es an allererster Stelle um uns Reformierte, denn wir sind es schließlich, die …»

«Das wüsste ich aber», fiel ihm jemand ins Wort, ein

Deutscher, den Clara kannte. «Woher nehmt ihr nur immer die Überzeugung, alles drehe sich um euch?»

«Dafür gibt es eine Menge Gründe», erwiderte der Reformierte erbost. «Wessen Frauen sind denn gepfändet worden? Die der Juden? Die der Lutheraner? Nein, unsere reformierten Frauen! Wie konnte C 4 es nur wagen, unsere Frauen zu pfänden?»

Clara überlief ein kalter Schauer. Der König hatte die niederländischen Frauen gepfändet? Wie sollte das vonstattengegangen sein? Und warum gerade die niederländischen Frauen? Gewiss, viele von ihnen führten die Geschäftsbücher der Männer, um die Kosten für einen Kontoristen einzusparen, und stellten sich äußerst geschickt dabei an. *Und dennoch*, dachte Clara ungläubig, *sie pfänden?*

«Damit ist er zu weit gegangen», hörte Clara Willem sagen. *Es stimmt also wirklich*, dachte sie. Trotzdem fand sie es beruhigend, dass Willem an dieser kritischen Stelle das Wort ergriff. Er sprach langsamer als seine Vorredner und mit tieferer Stimme, als Clara es von ihm gewohnt war. Doch dann sah sie, wie er ihr zuzwinkerte, und augenblicklich wusste sie, dass er die aufgebrachte Menge beruhigen würde.

«Landsleute», sagte er, «ihr habt ja recht! Und C 4 genauso. Woher soll er's denn nehmen, wenn nicht von denen, die's haben? Und wen in die Pflicht nehmen, wenn nicht die, die ihren Pflichten stets gewissenhaft nachkommen? Wem würdet ihr eine Pfändung androhen, wenn es euch ernst ist? Kennt ihr pflichtbewusstere Leute als eure Frauen?» Er machte eine kurze Pause und blickte fragend in die Gesichter der Männer.

Ratte, dachte Clara. *Er macht's wie ich und schmiert den Leuten Honig um den Bart! Dabei regt er sich über diese*

Pfändung offenbar genauso sehr auf wie alle anderen. Nun gut, vielleicht nicht gar so sehr, weil man mich schwerlich pfänden kann. Zum einen bin ich nicht Willems Kontoristin, und überdies will es sich C 4 gewiss nicht mit Willem verderben, seit er in königlichem Auftrag direkt für die Garnison arbeitet. Zugleich war sie froh, zu sehen, dass sich die Mienen der Männer glätteten. Auf ihre Frauen ließen die Neubürger nichts kommen, schon gar nicht die Niederländer.

«Dieser Pfändungserlass ist nichts als ein Signal, dass nun zumindest eine Anzahlung hermuss», fuhr Willem fort. «Irgendeine Summe, mit der man den Bau beginnen kann. Und angefangen muss nun endlich werden. Oder wer von euch will kein Rathaus, das unabhängig von Hof und Garnison einen Ort schafft, an dem der Rat der Stadt, die Bürgerschaft und die städtische Rechtsprechung ihren Sitz haben? Rechte und Ämter haben wir ja längst, aber mal drängen wir uns in des einen, mal in des anderen Haus, wenn wir sie ausüben wollen. Oder in Räume wie diesen, wo jederzeit erneut die Tür aufgehen und ein Trunkenbold hereintorkeln kann. Auch für unsere Mitbürger ist es ein Unterschied, ob sie ihre Anliegen in dieses oder jenes Haus tragen müssen, im Zweifelsfalle abgewiesen und woanders hingeschickt werden, oder ob es ein Haus gibt, das gänzlich ihren Obliegenheiten dient. Ein Rathaus, Männer, ist mehr als ein Gebäude. Es ist die steingewordene Hülle unserer Rechte und Ämter, unseres Gewichts und unserer Würde. Noch Generationen nach uns wird es stehen und jedem Bürger dieser Stadt, jedem Besucher, jedem Durchreisenden und übrigens auch den gemeinen Soldaten wie den hohen Militärs und selbst dem König – unserem C 4 und all seinen Nachfolgern – bedeuten: Hier haben die Bürger das Sagen!»

Willem blickte in die ausnahmslos ihm zugewandten und zumeist nachdenklichen Gesichter der Männer. Clara sah, dass er prüfte, ob er sie schon genügend beeindruckt hatte, um noch etwas hinzuzufügen, das ihm offenbar am Herzen lag. Er schien zufrieden zu sein, denn nun setzte er sein spitzbübischstes Grinsen auf und sagte: «Und wenn ihr mich fragt, so soll dieses Haus recht groß und würdig sein, damit niemand der irrigen Vorstellung anheimfällt, es sei nicht gar so bedeutend, was seine Mauern bergen. Dass ein solches Haus erhebliche Baukosten verursacht, liegt auf der Hand. Aber ich denke, das sollte es uns wert sein.»

Clara wusste, dass er so dachte. Aber sie wusste auch, dass der Plan in ihrer Tasche seine kühnsten Vorstellungen übertraf. *Er wird begeistert sein*, dachte sie, und als sie merkte, dass sich schon wieder ihr linkes Grübchen zu bilden drohte, senkte sie den Kopf und zupfte sich die Haube tiefer in die Stirn.

Die Männer saßen immer noch schweigend und sichtlich beeindruckt da. Schließlich räusperte sich einer der Deutschen und sagte: «Ich habe gehört, es sollen auch Schulzimmer darin beherbergt sein. Das würde ich sehr begrüßen, denn es würde das Renommee unserer Stadt nicht unerheblich steigern und gute neue Leute anziehen.»

«Das kann auch nur einer wie du sagen», rief ein Niederländer. «In unserem Gemeindehaus an der Münzerstraße unterrichten wir unsere Kinder längst, und die Juden sorgen ohnehin für die Unterweisung ihrer Kinder. Wozu eine Schule für alle, wenn die Nationen schon selbst dafür sorgen und dabei die eigenen Traditionen wahren können?»

«Genau!», rief jemand. «Eine Schule treibt die Kosten nur unnötig in die Höhe.»

«Ja, die Kosten», bekräftigte ein anderer. «Das ist es doch, worum es hier geht!»

«Wohl, wohl», raunten etliche Männer.

Nein, es geht um die Kinder, dachte Clara, *und zwar um alle Kinder der Stadt*. Wenn das mit der Schule stimmte, gab es nach ihrem Dafürhalten endgültig kein Argument mehr gegen ein großes Rathaus. Und gegen ein schönes ohnehin nicht. Nationale und religiöse Traditionen zu wahren, war ein verbrieftes Recht eines jeden Glückstädters, vom König höchstselbst gewährt. Dennoch war es in ihren Augen ein Unding, dass es den Leuten überlassen blieb, ob und wie sie ihre Kinder bildeten. Gern hätte sie zu dieser Frage etwas beigetragen, aber Frauen hatten bei Bürgerversammlungen wie dieser keine Stimme, und sie konnte froh sein, dass man ihre Anwesenheit überhaupt duldete.

Stumm folgte sie einer unschönen Debatte darüber, dass die Nationen selbst zusehen sollten, wo sie und ihre Nachkommen blieben, und dass den Bürgern in diesen schwierigen Zeiten daran gelegen sein musste, vorerst alles beim Alten zu belassen und keinesfalls unnötigen Kosten aufgebürdet zu bekommen. Vor allem aber und immer wieder zürnte man der unseligen Pfändung der Frauen.

Bis Willem auf den Tisch haute und rief: «Wessen Frau ist denn schon gepfändet worden?» Dann machte er eine Pause, und als niemand etwas sagte, fuhr er fort: «Das entsprechende Schreiben des Königs liegt seit nunmehr fast zwei Wochen vor, auch wenn es heute erst publik wurde. Und? Ist in dieser Zeit etwas geschehen? Nicht? Da habt ihr's! Das würde C 4 nie und nimmer tun. Begreift ihr denn nicht, dass es lediglich eine Drohgebärde ist, mit der er uns Beine machen will? Bislang hat er niemanden gepfändet, sondern sich lediglich das Recht eingeräumt, es zu tun, wenn wir uns weiterhin stur zeigen.»

«Das kommt doch aufs selbe raus», rief jemand. «So oder so ist es eine Demütigung, und solange der Pfändungserlass steht, zahle ich sowieso nicht.»

«Ganz richtig», «Ich auch nicht», «So kann er mit uns nicht umspringen», riefen etliche Männer.

«Wozu muss er auch diesen Stuiven in die Stadt holen?», ereiferte sich einer. «Als ob nicht genügend gute Baumeister unter uns wären!»

«Genau», pflichtete ein anderer ihm bei. «Auch das treibt die Kosten noch zusätzlich in die Höhe.»

«Immerhin zahlt C 4 die Hälfte dazu», gab ein anderer mäßigend zu bedenken.

«Schluss jetzt!», erhob sich eine brüchige Stimme, der es jedoch nicht an Autorität mangelte. Es war Johann Rickelsma, der Deputierte der niederländischen Nation und Ältester der Reformierten Gemeinde, der das Wort ergriff. «Faktum ist: König und Schlossgemeinde haben Schulden bei uns. Faktum ist: Wir werden nicht gefragt, wie viel wir uns das Haus kosten lassen wollen, das angeblich gänzlich unseren Belangen dienen soll. Faktum ist auch, dass nicht wir diesen Bau beschlossen haben, sondern der König. Wenn der König dieses Rathaus unbedingt bauen will und aufwendiger als zu der ursprünglich veranschlagten Summe, soll er es tun. Das Gebäude als solches ist ohnehin seines. So es denn wahrlich zur Gänze uns zum Nutzen dienen soll, kann er es uns später vermieten. Zu zahlen, was er *realiter* nutzt, hat sich ein Niederländer noch nie geweigert. Christian bekäme seine Kosten nach und nach herein, und wir wüssten, wofür wir zahlen.»

Er blickte in die Runde, und da niemand Widerspruch zu erheben wagte, lehnte er sich zurück und sagte: «Ich werde morgen ein entsprechendes Schreiben aufsetzen und es dem Stadtgouverneur zukommen lassen.» Seine Worte stellten, wie so oft, ein endgültiges Verdikt dar.

Auch anschließend blieb es noch eine Weile still. Hier und da nickte jemand grimmig mit dem Kopf, strich sich bedächtig über den Bart oder schaute düster in seinen Bierkrug. Clara hatte durchaus nicht den Eindruck, dass alle mit diesem Schluss einverstanden waren. Zu sehr lag in der Luft – und nicht erst seit Willems Rede –, dass ein Rathaus Bürgerwille war und dass es den Bürgern nur eignen würde, wenn sie auch das Gros der Kosten dafür übernahmen. Umso mehr erschrak sie, als sie sah, dass Willem aufstand und seine erkaltete Pfeife in die Rocktasche steckte.

«Nun gut», sagte er. «Dann hätten wir ja wieder mal unserer größten Leidenschaft gefrönt und viel Geld gespart.» Er schob seinen Stuhl an den Tisch, nahm den Zettel an sich, auf dem er sich während der Debatte Notizen gemacht hatte, und wandte sich zum Gehen. Er blickte noch einmal nach allen Seiten in die Menge und sagte: «Dann wird das Rathaus eben ohne uns gebaut. Bleibt bloß noch abzuwarten, ob wir im Rat der drei Nationen, deren wir bislang eine sind, immer noch vertreten sein werden, wenn er erst in einem von uns nicht mitfinanzierten Rathaus tagt.» Dann setzte er sich in Richtung Wirtshaustür in Bewegung, zwinkerte Clara zu und wünschte den Versammelten «weiter einen schön sparsamen Abend».

«He!», rief ein Deutscher und sprang auf, als Willem an ihm vorbeiging, und hielt ihn fest. «Und was ist mit uns? Was kommt auf uns zu, wenn ihr die Zahlung verweigert? Und was wird aus dem Rat? Ihr macht den größten Teil der Bevölkerung aus. Wie soll der Rat ohne euch … Oder weißt du etwas, das wir nicht wissen? Will der König den Rat auflösen, wenn wir nicht zahlen? So kannst du nicht gehen.»

«Ach, nein?», sagte Willem kühl und streifte die Hände des Mannes ab. «Gar nichts weiß ich, jedenfalls nichts, was man mir insgeheim gesteckt hätte. Ich pflege mir durchaus meine eigenen Gedanken zu machen.» Damit ließ er den Mann stehen und ging weiter auf die Tür zu. «Den König unser Rathaus bauen lassen …», murmelte er vor sich hin, als spräche er zu sich selbst, und schaute niemanden mehr an. Trotzdem sah Clara, dass alle Blicke auf ihn gerichtet blieben. «… dann als Mieter bei ihm vorstellig werden und als Nächstes womöglich noch monatelang um die Miete feilschen?» Kopfschüttelnd ging Willem weiter. «Pah! Stolze Bürger, fürwahr!»

Clara schlüpfte aus der Tür, noch ehe er bei ihr war.

Schweigend gingen sie im Dunkeln am Fleet entlang. Hinter sich hörten sie die Debatte im Wirtshaus wieder aufbranden. Als sie in die Hafenstraße einbogen und die Ankerlaternen der vertäuten Schiffe im stillen Hafenbecken vor ihnen lagen, fragte Clara: «Ob sie wohl je zu reden aufhören?»

«Solange sie ihr schönes Geld damit beisammenhalten können, wohl kaum», entgegnete Willem düster.

«C 4 müsste diese ärgerliche Pfändungssache aus der Welt schaffen», sagte Clara. «Sie geht ihnen zu arg an die Ehre. Eigentlich wollen sie ihr Rathaus. Ich habe gesehen, wie sehr du ihnen aus dem Herzen gesprochen hast.»

Willem sah seine Frau von der Seite an, und sein Blick war so düster wie seine zuletzt gesprochenen Worte. «Und wer soll dem König das anraten?», fragte er, und Clara ahnte schon den beißenden Spott, ehe er hinzufügte: «Willst du kurz bei ihm vorbeischauen und es ihm sagen?»

Ein halbes Dutzend passender Antworten schoss Clara durch den Kopf, tröstende, scherzende und indignierte. Doch dann entschloss sie sich, ganz leichthin zu sagen: «Dafür werde ich leider keine Zeit finden, denn für heute Abend habe ich ganz andere Pläne.»

«Ach?» Wieder richtete Willem den Blick auf seine Frau, dieses Mal eher erfreut. Mit einer Handbewegung auf ihre Tasche sagte er: «Eine Geburt? Wirst du endlich wieder Hebamme?»

Clara zuckte unwillkürlich zusammen. Willem hatte in letzter Zeit schon öfter Bemerkungen darüber gemacht, dass sie seit Louis' Geburt nach seinem Dafürhalten viel zu wenig arbeitete und dass es ihm gar nicht recht war, wie unangefochten sie Grethe Jacobsen die Geburten überließ und selbst fast nur noch an ihren frauenheilkundlichen Schriften arbeitete und sich weiter für die Ausbildung der Hebammen einsetzte. Dass Grethe bald nach Bekanntwerden ihrer Schwangerschaft von Kopenhagen nach Glückstadt gekommen war, um

Claras Arbeit für die Zeit zu übernehmen, in der sie diese wahrlich nicht mehr selbst leisten konnte, hatte Willem genauso freudig begrüßt wie alle anderen in der Stadt. Mit ihrer langjährigen Erfahrung, ihrer ruhigen Art und ihrer Aufgeschlossenheit gegenüber allem Neuen war Grethe seither zu aller Zufriedenheit zu Werke gegangen. Nur Willem wurde langsam ungeduldig. Allerdings hatte er es noch nie so schroff in Worte gefasst wie gerade eben. Wieder schossen Clara verschiedene Antworten durch den Kopf. Doch da sie schon länger ahnte, dass Willem offenbar keinen Blick dafür hatte, wie sehr der kleine Louis sie noch band,

Das Glückstädter Rathaus in seiner ursprünglichen Form

glaubte sie sein Verständnis nicht mit ein paar hingeworfenen Bemerkungen auf der Straße wecken zu können. Inzwischen waren sie zwar an ihrem Haus angelangt, und im Haus hätte Clara ausreichend Gelegenheit für ein eingehendes Gespräch. Doch Lilholm konnte sich jederzeit auf den wohlverdienten Heimweg machen und die Bauzeichnung zurückfordern.

Als Willem die Haustür öffnete, seufzte Clara. Weniger über die nötige Auseinandersetzung mit ihrem Mann, sondern weil er offenbar gar keine Antwort erwartete, sodass seine Worte wie eine Forderung zwischen ihnen stehenblieben.

«Kommst du noch mit rein?», fragte er irritiert. «Musst du nicht gleich zu der Geburt? Warum hast du dann schon die Tasche dabei?» Dann erhellte sich seine Miene, und er fragte: «Oder kommst du von einer?»

Clara seufzte noch einmal und dachte: *O je! Wir hätten schon längst darüber reden sollen. In seinem Kopf scheinen sich bereits Gedanken verfestigt zu haben, denen mittlerweile schwer beizukommen ist. Ob wir einander wohl ferner geworden sind, als ich dachte?* Doch diese Befürchtung verwarf sie sogleich wieder. Dafür waren sie einander viel zu herzlich zugetan. Wahrscheinlich war Willem nur über die Sturheit seiner Mitbürger verärgert. Und genau dafür hatte sie das beste Gegenmittel zur Hand beziehungsweise in der Tasche.

«Als ich sagte, ich hätte für heute Abend andere Pläne, habe ich es ganz wörtlich gemeint», sagte Clara, als sie die enge Diele betraten. «Obwohl es eigentlich nur einer ist. Lass uns in die Gute Stube gehen. Ich muss dir etwas zeigen. Aber erst will ich Sanna wegschicken.»

Wie gerufen steckte das Mädchen, das ihnen stundenweise zur Hand ging, den Kopf zur Küche heraus. «Ich habe das Herdfeuer ausgehen lassen», sagte sie. «Ich wusste ja nicht, wann Sie heimkommen würden.»

«Es ist gut, Sanna», sagte Clara. «Der Herr hat gegessen, und ich komme zurecht mit dem, was wir haben. Schläft Louis?»

«Tief und fest», sagte das Mädchen. «Kann ich dann gehen?»

Beinahe hätte Clara gesagt: *Ich bitte darum.* Doch sie lächelte nur freundlich, gab Willem mit einem Kopfnicken zu verstehen, dass er dem Mädchen den Tageslohn aushändigen sollte, und ging in die Gute Stube.

Zwei

GLÜCKSTADT, 29. Juni 1642

Der Plan lag ausgebreitet auf dem ovalen Tisch und war beileibe nicht der einzige in der schmucken kleinen Stube. Nirgendwo im ganzen Haus zeigte sich Willems Leidenschaft für Konstruktionszeichnungen der letzten hundert Jahre und besonders der Gegenwart deutlicher als hier. Die kunstvollsten, die er besaß, sowohl eigene wie auch aus der Feder anderer Konstrukteure und Erfinder, hatte er nach und nach gerahmt oder zumindest überglast und an den Wänden der Guten Stube aufgehängt.

Clara klatschte vor Freude in die Hände, als sie den Rathausplan inmitten dieser passenden Umgebung sah, und beglückwünschte sich im Stillen zu dem Gedanken, diesen Plan hierherzubringen, denn genau hier gehörte er her. Wenn jemand ihn angemessen würdigen konnte, dann Willem.

«Was gibt es denn?», fragte er, als er ins Zimmer trat.

Clara brauchte ihm nicht zu antworten. Mit einem Blick hatte er erfasst, was sie ihm präsentierte.

«Nein!», entfuhr es ihm, aber seine Stimme klang so begeistert, dass Clara wusste, wie dieser Ausruf zu verstehen war. Und schon im nächsten Augenblick beugte er sich über den Tisch.

Clara merkte bald, dass sie sich nicht zu viel von den

kostbaren Minuten versprochen hatte, in denen er sich mit der Zeichnung befasste. Während sie sich an der Fassade nicht sattsehen konnte, interessierte er sich eher für die kleineren Skizzen, die sich um die Hauptzeichnung gruppierten.

Ihnen und ihren filigranen Beschriftungen entnahm er, dass im Erdgeschoss wirklich mehrere Räume für eine Stadtschule vorgesehen waren. Ein Rechen- und ein Schreibmeister würden die Kinder jeweils in eigenen Räumen unterweisen. Selbst der Organist der Stadtkirche, dem es oblag, die Kinder ins ABC einzuweisen, sollte seinen eigenen Raum bekommen, desgleichen Rektor und Kantor.

Nicht minder bemerkenswert fand Willem die geplante Einrichtung einer festen Gerichtsstube für reine Bürgerangelegenheiten. Für Händel, in die keine Militärpersonen oder Hofbeamte verwickelt waren, sondern ausschließlich Bürger der Zivilgemeinde, hatte das Stadtgouvernement schon vor Jahren die Rechtshoheit an die Bürger in ihren gewählten oder zuerkannten Ämtern übergeben, aber bislang hatte es keinen festen Ort für diese Rechtsprechung gegeben. Zwar hatte er gehofft, dass dieser Ort mit dem neuen Rathaus geschaffen würde, aber gewiss war er sich dessen erst jetzt. Allein die Gerichtsstube, darin waren sich Clara und Willem einig, wertete die Bürgerschaft ganz enorm auf.

Hellauf begeistert war Willem von der großzügigen doppelläufigen Treppe, die zum Obergeschoss mit den eigentlichen Ratsstuben führen sollte. «Ob du es glaubst oder nicht», sagte er zu Clara. «Es ist ein Unterschied wie Tag und Nacht, ob du über so eine Treppe schreitest oder dich in einem engen Treppenturm oder auf einer

Stiege nach oben windest. Unsere Herren Geizhälse bräuchten sich bloß einmal mit ihrem inneren Auge auf dieser Treppe zu sehen, und sie würden dieses Rathaus haben wollen. Darauf könnte ich wetten.»

Ebenso kühn wie erfindungsreich fand er den Plan, einen Weinkeller mit Weinstube anzulegen. Der weichfeuchte Marschboden erlaubte nur an manchen Stellen der Stadt eine Unterkellerung der Häuser, und es bei einem so großen Haus zu wagen war nicht unriskant. Wohl aus diesem Grunde waren Steenwinkel und Titken hier auf den Gedanken gekommen, den Keller nicht vollständig unter die Erdoberfläche zu legen, sondern ein ganzes Stück höher, sodass das eigentliche Erdgeschoss ein Hochparterre darstellte. «Sie haben wirklich an alles gedacht», sagte er und pfiff leise durch die Zähne.

Erst als Willem all das studiert und erkannt hatte, widmete er sich der Fassade. Auch hier sah er mehr als Clara. Etwa, dass die vordere Breite fünfzig und die hintere sechzig Ellen betragen sollte.

«Ein Haus mit schrägen Seitenwänden?», sagte Clara ungläubig. «Bist du dir sicher? Wie soll das denn aussehen?»

Willem lachte auf. «Wie maßgeschneidert», sagte er. «Unsere Straßen gehen doch alle schnurgerade vom Marktplatz ab. Was bedeutet das für den Anschluss der Rückseite eines großen Hauses, dessen Stirnseite am Marktplatz liegt?»

Clara runzelte die Stirn.

Willem griff in die Rocktasche nach Stift und Papier und zeichnete mit ein paar Strichen ein gleichmäßiges Spinnennetz, das die sternförmig angelegten Straßen Glückstadts darstellen sollte. Dann setzte er ein Rechteck in eine an den Mittelpunkt grenzende Lücke. Vorne füllte es die Lücke perfekt, aber es war nicht zu übersehen, dass nach hinten hin, wo die Striche immer weiter auseinanderliefen, links und rechts jeweils ein kleines Stück bis zur Straßenecke fehlte.

«Siehst du?», sagte Willem. «Darum ist das Rathaus hinten breiter als vorne. Es wäre doch zu dumm, wenn es hinten nicht genau bis an die Straßenecken reichte. Bei unseren Wohnhäusern, selbst den größeren, ist es genauso. Nur da fallen die schrägen Seitenwände nicht so auf wie bei einem Bau dieser Größe.» Dann zeigte er auf zwei Torbögen, die rechts und links vom Haus eine Durchfahrt bildeten, und sagte: «Und siehst du das hier?»

«Ja», sagte Clara. «Diese Torbögen gefallen mir besonders gut, weil sie dem ohnehin so zierlichen Ganzen noch zusätzlich Leichtigkeit verleihen.»

«Ganz recht, geliebte Schwärmerin», sagte Willem und schien sich prächtig zu amüsieren. «Man könnte meinen, Steenwinkel hätte sich das ausgedacht, um der Damenwelt zu imponieren. Aber leider hatte er keine andere Wahl, Dummchen! Jedenfalls nicht, wenn er den beiden Straßen, die dort liegen, nicht den Zugang zum Marktplatz abschneiden wollte.»

«Was? Unsere Straßen laufen unten durchs Rathaus? Das ist ja phantastisch!»

Willem nickte bewundernd, trat etwas vom Tisch zurück und ließ die Zeichnung nun im Ganzen auf sich wirken. *Vielleicht*, dachte Clara, *sieht er es jetzt so, wie ich es sehe, und bewundert einfach nur die Schönheit, die Einheitlichkeit der Fassade, die ebenmäßige Aufteilung und den feinen Schwung der schlanken Giebel.*

«Ha!», sagte Willem plötzlich, beugte sich vor, entzifferte eine Textzeile und zeigte dann auf einen Punkt in der Mitte der Fassade. «Holthusen hatte recht: das dänische Reichswappen.» Dann lachte er. «Ich wüsste aber auch wirklich nicht, welches andere Wappen eine dänische Stadt ausweisen sollte. Und wenn jemand vorschlägt, deutsche, niederländische und portugiesische Wappen hinzuzumeißeln, werde ich jemanden zu der Forderung aufstacheln, dass die Fassade mit den Wappen sämtlicher in der Stadt vertretenen Nationen verschandelt wird. Es dürften gut und gerne fünfzig sein, inklusive aller Grafschaften, Herzogtümer, Inseln und reichsfreien Städte. Stelle dir bloß einmal vor, wie scheußlich das aussähe und wie es die Fassade zerstückeln würde! Und falls es dann doch schwierig sein sollte, die Leute von der Unsinnigkeit eines solchen Vorgehens zu überzeugen, würde ich glatt noch Berechnungen anstellen, wie dieses Wappengetümmel die Baukosten weiter in die Höhe triebe.»

Clara lachte bei dieser Vorstellung. Doch dann fragte sie ernst: «Ob sie dieses Rathaus wohl haben wollen, unsere Bürger, ich meine, ohne verschandelte Fassade?»

«Das möchte ich meinen», erwiderte Willem und nickte so heftig, dass sein dichter blonder Schopf wippte. «Schon allein deswegen.» Er zeigte auf eine Stelle in der Mitte des Obergeschosses. «Siehst du?»

Clara sah dort eine Unebenheit, die sie nicht deuten konnte, und schüttelte fragend den Kopf.

«Ein Balkon, Clara! Ein Balkon, auf dem nicht der König oder der Stadtgouverneur stehen und auf Volk oder Garnison hinabschauen werden, sondern wir, die Bürger! Wir selbst werden dort stehen, an Festtagen oder wenn es etwas zu proklamieren gibt – etwas Ziviles wohlgemerkt.»

«Dann hätten die Männer vorhin in der Versammlung wohl anders geredet, hätten sie diesen Plan gekannt, nicht wahr?»

Willem wiegte bedächtig den Kopf und wollte schon antworten, als er plötzlich aufschaute und Clara einen Blick zuschoss, der sie wie ein blauer Strahl traf. Dann kniff er die Augen zusammen und musterte Clara neugierig. «Wie bist du eigentlich in den Besitz dieses Dokuments gelangt? Wird es bereits öffentlich ausgehängt, ohne dass ich etwas davon weiß? Hast du es von der Anschlagtafel am Marktbrunnen gerupft und einfach mitgenommen?»

Clara strich ihm schmunzelnd über die Wange. «So beruhige dich doch, Liebster! Nichts dergleichen habe ich getan, und in meinem Besitz ist es schon gar nicht.» Dann erzählte sie Willem, wie sie des Plans habhaft geworden war und dass Lilholm jeden Moment kommen und ihn abholen würde. «Eigentlich, sagte er, hätte er ihn gar nicht aus der Hand geben dürfen. Wenn jemand wüsste, dass wir ihn gesehen haben, gäbe es in der Stadt ein Gemunkel ohnegleichen.»

«Das stimmt», sagte Willem. «Dabei sollten die Leute ihn so bald als möglich sehen. Ich glaube wirklich, es könnte ihre ablehnende Haltung ändern.»

«Sag es Lilholm, wenn er gleich kommt.»

«Gern», sagte Willem. «Aber vorher muss ich dich küssen.» Sprach's und tat's. «Es war eine Glanztat von dir, Lilholm den Plan abzuschwatzen, und ich danke dir sehr dafür. Das ist die Clara, die ich liebe: mutig, neue Wege beschreitend, vorausschauend, tätig.»

Clara senkte den Kopf. Gerade hatte sie sich noch so darüber gefreut, Willem eine Freude gemacht zu haben. Aber was er nun sagte, klang weniger nach Lob denn nach Tadel. *Nun gut*, dachte sie, *wenn ich mutig sein soll, dann muss ich es jetzt ansprechen.* Sie schluckte, ehe sie fragte: «Und welche Clara liebst du nicht?»

Clara sah, dass jäh alles Strahlende aus seinem Blick wich. Unwillig schüttelte er den Kopf. Offenbar war es ihm nicht recht, jetzt darauf angesprochen zu werden. Aber er hatte ihr an diesem Abend bereits zwei Mal zu verstehen gegeben, dass ihm etwas auf der Seele lag, und sie wollte es nicht länger ignorieren. «Komm, setzen wir uns», schlug sie vor und rückte zwei Stühle vom Tisch.

Auch als sie saßen, sprach Willem nicht gleich. Dann begann er: «Ich frage mich, ob du dich selbst noch wohlfühlst, wenn du immer nur ...»

Weiter kam er nicht, denn in diesem Augenblick klopfte es an der Haustür, und gleich darauf fing Louis oben in der Schlafkammer an zu weinen.

Beide Eheleute warfen einander bedauernde Blicke zu und standen auf, Willem, um an die Tür zu gehen und den Besucher einzulassen, bei dem es sich erwartungsgemäß um Lilholm handelte, Clara, um nach ihrem Kind zu sehen.

Vergebens versuchte Clara, den Jungen zu beruhigen. Nicht lange, und sie fragte sich, wann Sanna dem Kleinen wohl zuletzt etwas zu essen gegeben hatte – und was. Sie war nicht mehr oft abends unterwegs, aber wenn es einmal nötig war, pflegte sie sich bei Willem oder Sanna zu erkundigen, in welchem Zustand Louis zu Bett gebracht worden war. Vor lauter Aufregung hatte sie es heute vergessen. Inzwischen aß der Kleine so gut und gern, dass man ihm abends etwas Nahrhaftes füttern konnte, das ihn die Nacht über satt hielt. Nun aber kam Clara zu dem Schluss, dass er hungrig sein musste, und sie trug ihn nach unten. Die Hingabe, mit der er sich dann den erkalteten Gemüsebrei einverleibte, der noch in der Küche stand, bestätigte Claras Vermutung.

Während sich Louis zufrieden Löffel um Löffel in den Mund schieben ließ, machte Clara lange Ohren. Lilholm war immer noch im Haus. Clara konnte die Stimmen der Männer gut vernehmen, aber sie konnte nicht verstehen, was sie sagten. Sie schienen sich sehr angeregt zu unterhalten, und ab und an lachten sie. Aber mehr, als dass es offenbar ein angenehmes Beisammensein war, bekam Clara zu ihrem größten Bedauern nicht heraus. Irgendwann wanderten ihre Gedanken auf die andere Seite des Hafenbeckens, zu Lilholms Haus. Saß dort womöglich gerade Lilholms Frau mit Caspar in der Küche und verfütterte einen beruhigenden Brei? Unwillkürlich musste Clara lächeln, als sie sich vorstellte, die junge Gräfin säße nicht in der Küche, sondern wanderte mit dem zahnenden Kind im Arm durch die vorderen Räume. In dem Fall bräuchte sie nur aus dem Fenster zu schauen, dann würde sie die beiden Männer hinter den Fenstern der Guten Stube sehen können. Nun gut, erkennen könnte sie sie wohl nicht, und im Übrigen war im gräflichen Haushalt um diese Zeit gewiss noch das Mädchen mit dem Jungen beschäftigt. Die Gräfin würde sich seiner, wenn überhaupt, erst später annehmen.

Irgendwann presste Louis die Lippen zusammen und schüttelte so grimmig die feinen blonden Locken, die er von seinem Vater geerbt hatte, als transportiere der Löffel, den Clara ihm zum Munde führte, dieses Mal Gift. Zugleich griff er danach, drehte ihn um und versuchte, nun seine Mutter zu füttern.

Clara leckte ihn ab, murmelte «Hmmm, gut!», und legte ihn außer Reichweite. Dann wischte sie dem Kind den Mund ab und fragte: «Habe ich dich endlich satt bekommen?»

Louis rülpste so ausgiebig, dass Claras Frage hinreichend beantwortet war. Überdies offenbarte ein Blick in die fast leere Schüssel, dass der Kleine eine viel größere Menge zu sich genommen hatte, als Clara beim Füttern bewusst geworden war. Ärgerlich biss sie die Lippen zusammen. Nur weil sie in Gedanken ganz woanders gewesen war, hatte sie dem Kind zu viel gegeben. Sie ahnte, dass sich das rächen würde. In spätestens einer Stunde würde sie Louis die Windeln wechseln müssen, und womöglich würde ein Gutteil der Nacht mit Bauchdrücken und dem dazugehörigen Wimmern draufgehen.

Sie nahm ihren Sohn aus dem Hochstuhl, den Willem ihm gebaut hatte, und in Erwartung eines weiteren Rülpsers wanderte sie mit ihm ein wenig durch die Diele, die zwar eng war, aber von der Haustür bis zu Willems Werkstatt hinten im Haus reichte. Louis brabbelte zufrieden vor sich hin, und so konnte Clara auch im vorderen Teil der Diele nicht verstehen, was Willem und Lilholm redeten. Stehen bleiben und lauschen wollte sie nicht. Stattdessen überlegte sie, ob sie Louis nicht ebenso viel Brei gegeben hätte, wäre sie mehr bei der Sache gewesen. Was, wenn sie irgendwann beschlossen hätte, er habe angesichts der späten Stunde genug gehabt, aber Louis hätte nach mehr verlangt? Hätte sie ihm dann einfach die Nahrung verweigert? Um ihrer Nachtruhe willen? Um seiner? Und warum hatte der Kleine überhaupt zur Unzeit so großen Hunger gehabt? Gewiss hatte Sanna ihn heute nicht recht ernährt. Aber dafür mochte es gute Gründe gegeben haben. Schließlich war Sanna nicht nachlässig. Vielleicht hatte Louis am Nachmittag so ausgelassen herumgetobt, dass er schon vor der Essenszeit eingeschlafen war. Vielleicht hatten sich die Kinder auf der Bleicherwiese, wo Sanna sich am Nachmittag aufgehalten hatte, wieder mal viel zu viel aus den Proviantkörben der Frauen stibitzt, und Sanna hatte zur Essenszeit dann nichts mehr in das Kind hineinbekommen. Oder, oder oder ... So etwas konnte einfach geschehen. Und wenn es geschah – was dann?

Was Willem nicht wusste, war, dass sie sich derlei Gedanken seit einiger Zeit immer häufiger machte. Angefangen hatte es vor gut einem Jahr. Louis war knapp zwei Monate alt gewesen, als ihn fast zwei Wochen lang nichts und niemand davon abbringen konnte, die Nacht zum Tag und den Tag zur Nacht zu machen. Mit allen Mitteln hatten sie versucht, einen normalen Schlaf-/Wachrhythmus wiederherzustellen, doch nichts hatte geholfen.

Damals war Clara eines Nachts wie angewurzelt mitten in Willems Werkstatt, dem geräumigsten Teil des Hauses, mit dem wimmernden Säugling im Arm stehen geblieben und hatte einen wie von Geisterhand hingeworfenen Schriftzug vor sich gesehen: SO NATÜRLICH WIE MÖGLICH. Es waren die wichtigsten Worte aus dem Hebammenlehrbuch der Louise Bourgeois, und Clara machte sich seit Jahren dafür stark, sie als Leitfaden der Geburtshilfe zu verbreiten. Noch nie zuvor war ihr der Gedanke gekommen, dass diese Worte für unendlich viel mehr Dinge des Lebens galten als nur für den Zeitraum von der ersten bis zur letzten Wehe. Es war ein Moment der Klarheit gewesen, eine regelrechte Erleuchtung. Doch so beglückend dieser Augenblick gewesen war, hatte sie seither keinen Weg gefunden, ihr Leben darauf zu gründen.

Nach und nach hatte sie immer mehr Exempel dafür gefunden, wo diese Worte heute als Maxime galten – in der Kunst und in den Wissenschaften zumal. Dort strebte alles danach, die Natur zu erkennen, genau abzubilden und die Dinge so zu gestalten, dass sie ein menschliches Maß bekamen und den Menschen dienten. Nur die Menschen selbst, stellte Clara immer wieder fest, erstarrten in hergebrachten, überkommenen Gewohnheiten, oftmals wider besseres Wissen.

Eine Zeit lang hatte sie gehofft, hier in der neu zusammengewürfelten Gemeinschaft Glückstadts könnte Althergebrachtes überwunden und alles so getan werden, wie es zum Besten und nach der Natur war. Hatte sie hier nicht schon alle möglichen Sträuße ausgefochten und dabei dutzendfach ein «Undenkbar» in ein «Bitte versuchen Sie es» gewandelt? Hier in Glückstadt obsiegte oft das neue Denken. Sein oberster Fürsprecher war der König selbst. Und zugleich war gerade er der Garant der alten Ordnung.

Auch das war ein Grund dafür, dass Clara nicht wusste, wohin mit ihren Gedanken. Doch seit jener Nacht vor einem Jahr fragte sie sich immer wieder, ob ein Menschenkind nicht nach derselben Maxime aufgezogen werden sollte, mit der ihm heute ins Leben geholfen wurde: so natürlich wie möglich. Warum konnte und durfte man Kinder nicht nach ihrer Natur gewähren lassen? Warum sie füttern, wenn sie nicht hungrig waren?

Warum sie schlafen legen, wenn sie nicht müde waren? Warum sie anziehen, wenn sie nackt sein wollten? Warum sie kälter oder wärmer waschen, als es ihnen lieb war?

In der Geburtshilfe war es für sie, trotz aller Widerstände und Schwierigkeiten, oft möglich gewesen, alte Gewohnheiten auszumerzen und stattdessen nach den neuen Erkenntnissen vorzugehen. Meist war es für die Leute nicht gar so schwer zu verstehen, dass ein brachiales oder reglementierendes Vorgehen schädlich sein konnte und dass es besser war, behutsam den jeweiligen Zustand von Mutter und Kind zu berücksichtigen. Vor, bei und unmittelbar nach einer Geburt war alles so handfest und kreatürlich, dass die Richtigkeit ihres Vorgehens und ihrer Maximen meist schnell offenbar wurde. War ein Kind jedoch erst einmal geboren und hatte die ersten Wochen und Monate überstanden, sodass es nicht mehr um Tod oder Leben ging, schien das Natürlichkeitsgebot jegliche Bedeutung zu verlieren. Und dagegen sträubte sich etwas in Claras tiefstem Inneren. Zudem glaubte sie, einer Frage auf der Spur zu sein, die sie zwar noch kaum in Worte fassen und daher mit niemandem besprechen konnte und die dennoch von immenser Bedeutung zu sein schien.

Darüber nachzudenken, hatte sie nun aber kaum Gelegenheit, denn lange ließ Louis sich nicht tragen. Nach allem, woran sie vorbeikamen, streckte er die Hände aus, ob es Claras Parapluie war, der an der Garderobe lehnte, ein Besen oder die blanken Türgriffe aus Messing. Er wurde immer munterer, und schließlich versuchte er, sich aus Claras Armen zu winden. Der Schemel unter der Treppe hatte es ihm angetan, und Clara wusste, dass er sich daran aufrichten und ihn stützend vor sich hin schieben wollte, während er die Dielenwanderung auf den eigenen wackeligen Beinen fortsetzte. Wahrscheinlich würde Louis zielstrebig auf die Gute Stube zusteuern, wo er die Stimme seines Vaters vernahm und noch Leben im sonst stillen Haus zu sein schien. Clara wollte nicht, dass Willem und Lilholm sie oder das Kind hinter der Tür hörten, denn dann sähe es wirklich so aus, als belauschte sie die beiden.

Da an Schlaf aber vorerst so oder so nicht zu denken war, trug sie den Kleinen in die Küche, setzte ihn auf den Boden, stellte einen Kochtopf vor ihn und gab ihm einen Kochlöffel, um den sie einen Lappen knotete, damit der Lärm um diese Abendstunde nicht gar so üppig ausfiele.

Louis strahlte übers ganze Gesicht. Dieses Spiel liebte er. Dass es nicht so laut schepperte wie sonst, schien ihn nicht zu stören. Begeistert und ausdauernd trommelte er auf dem Topf herum, und Clara nutzte die Zeit, in der er beschäftigt war, um eine Scheibe Brot zu essen.

Als Willem kurz darauf in die Küche kam, brauchte sie gar nicht erst in sein Gesicht zu blicken, um zu wissen, dass er für falsch hielt, was sich hier abspielte. Es war bereits nach zehn, und Willem war der Meinung, dass Louis um sieben ins Bett gehörte.

«Offenbar war es Sanna nicht möglich, ihm sein Abendessen zu geben. Er war furchtbar hungrig», versuchte Clara, seinen missbilligenden Worten zuvorzukommen. «Ich werde sie morgen fragen, warum.»

«Egal, warum», sagte Willem verärgert. «Abends um zehn brauchst du ihm nichts mehr zu geben. Ich dachte, darin wären wir uns längst einig. Wie soll er denn lernen, wann Essenszeit ist, wenn er zu allen Tages- und Nachtzeiten etwas bekommt? Und Spielzeit ist jetzt auch nicht.»

Er bückte sich, nahm seinem Sohn den Kochlöffel aus der Hand und hob Louis dann hoch. «So», sagte er viel freundlicher, als er mit Clara geredet hatte, und strich seinem Sohn über das Näschen, «jetzt bringt der Vater dich zu Bett.»

Abgesehen davon, dass Willem in Bezug auf das Kind genau den Reglementierungen anhing, die Clara immer fragwürdiger erschienen, war er ein sehr liebevoller Vater. Schon öfter war es ihm gelungen, Louis in Situationen zu Bett zu bringen, in denen Clara es nicht für möglich gehalten hätte. Sie war gespannt, ob es ihm dieses Mal gelingen würde.

Inklusive Windelnwechseln beschäftigten sich Clara und Willem dann abwechselnd alles in allem noch knapp eine Stunde damit, das Kind in den Schlaf zu musizieren, Clara mit Singen, Willem mit seiner sanften Flöte. Das Kind im Dunkeln schreiend allein zu lassen, fanden beide falsch. Wenigstens in diesem Punkt waren sie sich einig.

Als Louis in seinem Bettchen endlich die Augen zuklappte, saßen Clara und Willem nebeneinander auf der Kante ihres Bettes, betrachteten das Kind, und beinahe wären ihnen dabei selbst die Augen zugefallen.

Clara nahm Willems Hand und sagte: «Wollen wir auch …?»

Willem nickte und grummelte: «Nicht, dass der Abend reizlos gewesen wäre, aber dieser Abschluss! Bitte sorge dafür, dass so etwas nicht wieder vorkommt.»

Am liebsten hätte Clara ihn gefragt, wie sie das wohl anstellen sollte. Aber wie immer in solchen Augenblicken verzichtete sie darauf, weil es für sie dabei um viel mehr ging als um Schlaf- und Essenszeiten. Und weil sie nicht wusste, wie sie ansprechen sollte, was sie bewegte, solange Willem in dieser Frage gänzlich anders eingestellt war.

Die andere Frage, die sie ihm gern gestellt hätte, war, wie er sich die volle Wiederaufnahme ihrer Arbeit vorstellte, wenn er selbst es war, der ihr, wie gerade eben, ein volles Tagespensum für die Aufzucht von Louis abverlangte. Diese Frage war viel leichter zu stellen als die andere. Dennoch scheute sie sich, es zu tun. Stattdessen gemahnte sie sich, daran zu denken, dass sie vor einiger Zeit beschlossen hatte, jeden Abend mit einem freudigen Gedanken einzuschlafen.

Als sie ihre Nachtkleider angezogen hatten und sich betteten, sagte sie gähnend zu Willem: «Erinnerst du dich an den Blick von der Börse in Kopenhagen? Ich meine, wenn du, was ein wahrer Jammer ist, mit dem Rücken zum Gebäude stehst und seewärts schräg über den Kanal blickst?»

Willem drehte sich zu Clara um und sah sie fragend an. «Wie kommst du denn jetzt darauf?»

«Erinnerst du dich nun oder nicht?»

«Die Börse im Rücken, über den Kanal, seewärts?», vergewisserte sich Willem.

«Ja, genau. Was siehst du?»

«Die Holmens Kirche.»

«Richtig. Und der Hafen, wo läge, von deinem Standort aus gesehen, der Hafen?»

«Etwas weiter rechts. Was sind das für Fragen? Worauf willst du hinaus?»

«Das siehst du gleich selbst. Jetzt stell dir vor, du ständest mit dem Rücken zu unserem neuen Rathaus und schautest schräg hinüber.»

«Kein Mensch weiß, ob es je gebaut wird, aber gut, ich schaue.»

«Was siehst du da?»

«Unsere Stadtkirche.»

«Bravo! Und dahinter, etwas weiter rechts?»

«Da liegt der …»

Willem schnellte mit dem Oberkörper hoch, stützte eine Hand ins Kopfkissen und fuhr sich mit der anderen über die Augen, wie um eine Vision zu fixieren. «Der Hafen», sagte er. «Genau wie in Kopenhagen.» Dann grinste er Clara kopfschüttelnd an. «Du immer mit deinem geliebten Kopenhagen! Aber ich verstehe, was du meinst. Und du hast sogar recht. Unser Rathausplan ähnelt wirklich der Börse. Ich hatte vorhin die ganze Zeit über das Gefühl, dass er mich an irgendetwas erinnert.» Willem legte sich wieder hin. «Aber abgesehen davon, dass unser Rathaus natürlich nicht gar so gigantische Ausmaße hat wie die Börse, musst du dich damit abfinden, dass hier keine zweite Reichshauptstadt entsteht, meine Liebe. Da mag der König hier noch so oft residieren.»

«Ich weiß», murmelte Clara. «Aber schön, diese Ähnlichkeit, findest du nicht? Puste das Licht aus und leg dich zu mir.»

Im Lauf der folgenden zwei Wochen verfolgten Clara und Willem das fortgesetzte Stadtgespräch über das Rathaus und seine Finanzierung. Der König dachte gar nicht daran, den Pfändungserlass gegen die niederländischen Frauen zurückzunehmen, aber er setzte ihn nicht in die Tat um. Der Stadtgouverneur als Stellvertreter des Königs beantwortete ein Protestschreiben des Rats, ebenjene Pfändungssache betreffend, mit vagen Formulierungen, denen keinerlei Schärfe oder Drohung innewohnte. Die bedächtigeren Bürgervertreter sahen darin Willems Worte bestätigt, der die ganze Angelegenheit von Anfang an lediglich als eine leere Drohung betrachtet hatte – wenn auch als eine unkluge, denn sie leistete der Zahlungsunwilligkeit der Niederländer nur unnötig Vorschub.

Ein wenig Bewegung kam in die Sache, als das Stadtgouvernement bekanntgab, dass der Schulbereich innerhalb des Rathauses größer ausfallen würde als angenommen. Die Aussicht, eine richtige Stadtschule für alle Kinder zu bekommen, wurde von den meisten Bürgern sehr freudig aufgenommen, und immer mehr Stimmen wurden laut, Niederländer und Deutsche mögen doch nun endlich die Summen nennen, die sie zu dem Bau beizusteuern bereit waren. Von da an wagten die Niederländer nicht mehr, ihre eigene Schule als Gegenargument anzuführen, denn an einer Auseinanderdividierung der nachwachsenden Generation in Gebildete und Ungebildete war – Nationalstolz hin oder her – auch ihnen nicht gelegen. So einigten sie sich mit den Deutschen darauf, den Bau der Schulräume mit fünfhundert Reichstalern mitzufinanzieren. Angeblich um sicherzustellen, dass dieses Geld seinem wahren Zweck zugeführt würde, verfügte der Stadtgouverneur einen Baubeginn für den schulischen Teil des Gebäudes an der marktabgewandten Seite noch im Juli.

«Ein geschickter Schachzug», sagte Willem, als er Clara beim Abendbrot im Garten hinter dem Haus davon erzählte. In diesem Jahr war der Sommer sehr wechselhaft, und sie nutzten jeden Schönwettertag, um sich im

Freien aufzuhalten. «Wenn sie erst einmal anfangen zu bauen, geht es bestimmt zügig weiter.»

Die ganze Zeit über konnte Clara nicht verstehen, warum der Bauplan nicht öffentlich ausgehängt wurde. Sie war sich ganz sicher, dass er die Leute überzeugen und ihre Zahlungswilligkeit fördern würde. Aber Willem hatte in diesem Punkte seine Meinung geändert und entgegnete ihr, zum einen seien nicht alle Glückstädter so begeisterungsfähig wie sie, und zum anderen halte man sich in solchen Dingen nicht zu Unrecht bedeckt.

«Was glaubst du, wer alles anfangen würde, Verbesserungsvorschläge zu machen?», sagte er. «Und obwohl die wenigsten davon auf irgendeiner Expertise basierten, hätte sich bald in der ganzen Stadt herumgesprochen, dass der Bauplan des Rathauses zu ambitioniert, zu stümperhaft, zu französisch, zu niederländisch, zu repräsentativ oder zu dürftig wäre. Und damit eine Zumutung, für die kein klardenkender Mensch auch nur einen Schilling springenlassen sollte.»

«Dann lass uns hoffen, dass du recht behältst mit deiner Vermutung, der Baubeginn für die Schule sei gleichbedeutend mit einem Baubeginn für das Rathaus», sagte Clara. «Auf jeden Fall müssten die Stuivens dann ja bald kommen.»

«Nicht wahr, du freust dich auf die Arbeit?», sagte Willem, und seine blauen Augen blitzten Clara so aufmunternd an, dass sie nicht zu widersprechen wagte.

Louis hatte sein Brot zu Ende gekaut und kroch bereits wieder im Gras einem Ball hinterher, den er mit kleinen Freudenschreien vor sich hin kullerte. Nun war er unter die Büsche am Rande des Gartens gerollt. Clara war es nicht unwillkommen, aufstehen und den Ball zurückholen zu können.

Wenn Willem doch bloß nicht immerzu mit so viel innerer Gewissheit über mich und meine Arbeit spräche, dachte sie. Und zwar ohne meine Sorgen und Nöte zu kennen! Dabei will ich sie ihm so gern sagen. Aber er scheint die Dinge so anders zu sehen, dass ich nicht weiß, wie. Dennoch bekam sie langsam den Eindruck, dass sie sich selbst etwas vormachte, wenn sie mit ihm nur über Dinge sprach, über die sie sich einig waren.

«Außerdem sollte Stuiven schon deshalb bald kommen», hörte sie Willem weiterreden, «weil sich sonst womöglich doch noch einer der ortsansässigen Baumeister erdreistet, die Bauüberwachung zu verlangen. Je länger sich das Ganze hinzieht, desto mehr Gift und Galle spucken die Leute über alles und jedes, was mit dem Bau verbunden ist. Ausgenommen die, die schon seit Jahren einen stolzen Ort der Bürgerrepräsentanz fordern.»

Clara schaute zum Himmel auf, als sie zu der Sitzecke zurückkehrte. «Ich glaube, da braut sich etwas zusammen», sagte sie und fügte schnell hinzu: «Ich meine das Wetter. Merkst du, wie kühl es geworden ist? Und da hinten ziehen dunkle Wolken auf.»

«Du hast recht», sagte Willem. «Geh nur schon rein. Ich bleibe noch ein Weilchen mit Louis draußen. Soll er sich doch nach Herzenslust austoben. Umso besser wird er heute Nacht schlafen.»

Clara lächelte ihm halbherzig zu, als sie den Tisch abräumte, und wusste nicht, was sie von seiner letzten Bemerkung halten sollte. Aber darüber wollte sie jetzt nicht auch noch nachdenken und beschloss, sich zu freuen, dass Willem sich sowohl um Louis kümmerte als auch auf ihr Wohl bedacht war.

Das Haus in der Kleinen Nübelstraße, in dem sich Clara ein neues Zuhause geschaffen und ihre Arbeitsräume eingerichtet hatte, als sie vor zehn Jahren von Hamburg hierhergezogen war, wurde von den Leuten immer noch als «Claras Haus» bezeichnet. Dabei war Clara noch vor Louis' Geburt ganz zu Willem gezogen, und Grethe hatte in diesem Haus Logis genommen. Grethe hatte ihr eigenes Arbeitsgerät aus Kopenhagen mitgebracht, und Clara konnte das ihre mit in Willems Haus nehmen. Auch ihre Bücher, Schaubilder und andere Unterlagen hatte sie mitgenommen, zumal Grethe, wenn sie etwas nicht genau wusste, Clara lieber fragte, als in Büchern nachzuschlagen. Es gab also kaum noch etwas Gegenwärtiges, das Clara mit diesem Haus verband.

Selbst der Kräutergarten, den Clara hinter dem Haus angelegt hatte, war in die Obhut der guten alten Amalie übergegangen, ihrer früheren Kollegin und Stellvertreterin. Grethe war es überaus angenehm, auf diese Weise einen regen Austausch mit Amalie zu haben – und nicht nur in beruflichen Fragen. Überdies war Grethe froh, keine Verantwortung für den Garten tragen zu müssen, denn so ernst die Kopenhagener Hebamme ihre Arbeit nahm, so hatte sie doch, wie sie sagte, «keinen grünen Daumen». Clara hatte nie aufgehört, die Geschicke dieses Gartens zu verfolgen und Amalie zur Hand zu gehen oder sie zu beraten, wann immer sie darum bat, aber Amalie machte ihre Sache gut, und so hatte auch dieser Teil von «Claras Haus» aufgehört, etwas Nennenswertes mit Clara zu tun zu haben.

Clara empfand es als einen wahren Segen, ihren Garten in so fähigen Händen zu wissen, ohne auf die Heilgärtnerei ganz verzichten zu müssen, denn nach und nach war ihr ein immer größeres Stück des Königlichen Gartens auf dem Rethövel für ihre speziell in der Frauenheilkunde benötigten Kräuter und Pflanzen überlassen worden. Eine Entscheidung darüber, was in Claras früherem Garten und was auf dem Rethövel angepflanzt werden sollte, war ganz einfach: Kleinwüchsiges, Flachwurzelndes und Anspruchsloses gedieh in dem kleinen Garten hinter «Claras Haus», alles andere im Königlichen Garten, wo mehr Platz war und verschiedene Standorte je nach Bedürftigkeit der Pflanzen zur Verfügung standen. Dabei brauchte sich Clara nicht täglich um die Pflanzen zu kümmern, da Nikolaus Twietemeier, der Königliche Gärtner, stets einen Blick darauf hatte und Clara Bescheid sagte, wenn Wind oder Wetter etwas angerichtet hatten, worum sie sich kümmern sollte. Er tat das nicht ungern, denn er schätzte die Gespräche mit ihr. Der Königliche Garten war viel zu groß, um von einer Person allein gepflegt zu werden, aber die Burschen, die Twietemeier zur Hand gingen, waren für ihn «dumme Jungen», und wenn Clara zugegen war oder er zu ihr kam, um ihr Mitteilungen zu machen, lebte er sichtlich auf. Er hatte auch nichts dagegen, wenn sie Louis mitbrachte, ganz im Gegenteil. Der Kleine liebte es, über das weiche Gras und die lockere Erde zu krabbeln, und er tat es mit großem Bewegungsdrang, sodass Clara stets ein Auge auf ihn haben musste und mit der Arbeit nicht so flott vorankam wie früher. Das bedeutete, dass sie sich nun meist länger hier aufhielt als sonst und dass Twietemeier mehr von ihrer Gesellschaft hatte.

Zu diesem Garten war sie nun unterwegs, denn das Unwetter, das sie am Vorabend hatte aufziehen sehen, hatte Hagelschlag gebracht, der in prasselnden Regen übergegangen war. Der Gärtner brauchte ihr nicht erst Bescheid zu sagen, um sie wissen zu lassen, dass es abgeknickte Stauden aufzubinden, abgebrochene Blüten und Stängel aufzusammeln und ausgewaschene Erde neu anzuhäufeln galt. Sie schätzte die Gelegenheit, ihrem Sohn hier Bewegung an der frischen Luft verschaffen zu können, dennoch hatte sie Louis in Sannas Obhut daheimgelassen. Obwohl heute wieder die Sonne schien, war das Erdreich noch feucht, und der Kleine hätte sich durchnässt und unterkühlt.

Der kurze Weg über die Hafenbrücke und dann ein Stück elbwärts den Rethövel entlang war schnell zurückgelegt. Twietemeier sah sie nur von weitem. Heute hatte auch er zu viel zu tun, um sie im Schwatz aufzuhalten. So grüßten sie einander nur aus der Ferne. Ohne Louis beaufsichtigen zu müssen, ging Clara die Arbeit zügig von der Hand, und noch bevor sie fertig war, beschloss sie, Amalie ihre Hilfe anzubieten. Gewiss waren gerade die zarten Pflanzen in ihrem Garten ziemlich in Mitleidenschaft gezogen worden, und während man sich die Gartenarbeit sonst meist ein wenig einteilen konnte, war an diesem Tag viel auf einmal zu erledigen – womöglich mehr, als Amalies alter Rücken vertrug.

Statt zu Amalie zu gehen, wo ihr die Bescheidenheit der Guten womöglich ein anfängliches «nein, danke» einbringen würde und dann Überzeugungsarbeit zu leisten wäre, machte sich Clara lieber gleich auf den Weg zu dem kleinen Kräutergarten. Selbst falls sie Amalie nicht bei der Arbeit antraf, konnte sie sich doch einen Eindruck verschaffen, was dort vonnöten war, und gegebenenfalls einfach tun, was zu tun war. Amalie würde es ihr gewiss danken.

Auf der stadtabgewandten Seite des Hafenbeckens ging sie landeinwärts, vorbei am prächtigen Gebäude der Admiralität und an großzügigen Wohnhäusern, in denen außer den Lilholms auch Gerd Titken, einer der beiden Rathausbauer, wohnte. Inzwischen hatte sie gehört, dass auch Familie Stuiven auf den Rethövel ziehen wollte, zum einen wegen der Nachbarschaft zu Titken, aber auch aus dem ganz profanen Grund, dass hier kürzlich ein Haus frei geworden war. Eine wohlhabende Kaufmannsfamilie hatte dort gewohnt, bis der Mann von einer Fahrt nach Ostindien nicht zurückgekehrt war, von der er sich viel erhofft hatte. Nur deshalb war er selbst mitgefahren, was er sonst durchaus nicht jedes Mal tat. Der Großsegler, den er extra dafür hatte bauen lassen, war mit Mann und Maus untergegangen, und obwohl die Witwe und die Waisen, die er hinterließ, dadurch nicht mittellos geworden waren, hatte sich die Frau entschlossen, in ihre brabantische Heimat zurückzukehren.

Clara musterte das Haus im Näherkommen und dachte voller Mitgefühl an das Schicksal der bemitleidenswerten Familie. Zugleich war ihre Neugier geweckt, weil sie schon von weitem sah, dass die Fenster geöffnet waren. Sie versuchte zu erkennen, was sich dort tat. Noch war ihr der genaue Ankunftstag der Stuivens nicht genannt worden, aber sie rechnete täglich damit. Die geöffneten Fenster verrieten Clara nicht viel. Dass es nicht mehr lange dauern konnte, bis die Leute kamen, wurde ohnehin täglich mehr zur Gewissheit. Und dass man Leuten, die quasi auf Geheiß des Königs hier tätig wurden, das Domizil bereitete, bevor sie selbst da waren, gehörte – wenn irgend möglich – zu den Gepflogenheiten der Stadt.

Als Clara an dem Haus vorbeiging und neugierig in die offenen Fenster schaute, erhaschte sie einen Blick auf ein staubwischendes Mädchen. *Gut*, dachte sie. *Dann steht ihre Ankunft unmittelbar bevor.* Wäre ein Zimmermann im Haus gewesen, ein Glaser oder Maurer, hätte es nicht viel bedeutet. Aber Staub wischen? *Staub wischen lohnt sich nicht mal eine Woche im Voraus*, dachte sie. *Binnen einer Woche wäre wieder alles mit feinem Staub überzogen, und sie schicken das Mädchen bestimmt nicht zwei Mal zum Staubwischen her. So bedeutend sind die Stuivens am Ende auch nicht. Dann kommen sie jetzt wirklich bald, spätestens in drei, vier Tagen.*

Im Weitergehen musste sie sich – und nicht zum ersten Mal – eingestehen, dass sie mit einer irritierenden Unruhe auf die Stuivens wartete. Sie wusste selbst nicht recht, warum. Gewiss, ihre Ankunft würde bedeuten, dass endlich mit dem Bau des Rathauses begonnen würde, den Clara einerseits kaum erwarten konnte, der aber andererseits den Streit unter den Bürgern erneut anheizen würde. Zugleich bedeutete die Ankunft der Stuivens, dass sie zum ersten Mal seit Grethes Anwesenheit in der Stadt wieder selbst eine Geburt übernehmen würde. Das schreckte sie nicht, und sie befürchtete nicht im Geringsten, dass sie in der Zwischenzeit etwas verlernt haben könnte. Aber aufregend war es doch. Wie jede Geburt. Und je größer der zeitliche Abstand zwischen den geburtshilflichen Einsätzen, desto aufregender waren sie. Hinzu kam, dass dieser Einsatz eine Probe aufs Exempel sein würde, denn es würde sich erweisen, ob sie wirklich so einsatzbereit war wie früher. Was, wenn Sanna – so das Stuivenkind tagsüber kam – an dem Tag krank war? Was, wenn Willem – so das Stuivenkind des Nachts kam – einem Notruf folgen musste, weil ein Fertigungsvorgang im Gießhaus oder in der Münze fehlgeschlagen oder ins Stocken geraten war oder die Admiralität in einer nächtlichen Sitzung Fragen an ihn hatte, was in der Vergangenheit bereits alles vorgekommen war? Und was, wenn die Stuivengeburt länger als vierundzwanzig Stunden dauerte oder die Anwesenheit einer Hebamme noch Stunden oder gar Tage über die Geburt hinaus nötig sein sollte? Auch das wäre nicht zum ersten Mal der Fall.

So gut sie irgend konnte, hatte sie für alle Eventualitäten vorgesorgt und mit allen, die möglicherweise gebraucht wurden, Absprachen getroffen. Auch mit Grethe und Amalie. Grethe konnte bei einer absehbar langen Geburt gewisse Stunden übernehmen. Amalie konnte sich für gewisse Stunden um Louis kümmern. Selbst Lene, die im Wirtshaus mehr als genug zu tun hatte, war bereit, für Sanna, Willem, Grethe oder Amalie einzuspringen, falls es nötig wurde und nicht gerade Markttag, Mittags- oder Essenszeit war oder die Schänke wegen übermäßiger Hitze, eines plötzlichen Unwetters oder einer erneuten Rathausdebatte gerade überquoll und ihr Vater keinesfalls auf sie verzichten konnte. Clara hatte schon alle denkbaren Verläufe im Geiste durchdacht, und egal, wie sie es drehte und wendete, übrig blieben immer Zweifel, ob Louis über eine Spanne von bis zu drei, vier Tagen wirklich versorgt sein würde. Falls sich die Stuivengeburt so anließ wie manche zuvor, bei denen ihre Anwesenheit über Tage vonnöten gewesen war, konnte sie unmöglich die kalte Schulter zeigen und zwischendurch einfach nach Haus gehen – genauso wenig, wie sie Louis so lange unversorgt lassen konnte. Gerade in den letzten Wochen, seit Louis so bewegungshungrig geworden war, so wildentschlossen, endlich das Laufen zu lernen, so wissbegierig und wagemutig, musste man ständig auf ihn aufpassen und, um ihn vor sich selbst zu schützen, möglichst schon ahnen, was er als Nächstes tun würde. So schön es war, sein Fortkommen zu beobachten, so wichtig war es, stets dafür zu sorgen, dass er in guter Obhut war. Clara blieb nichts anderes übrig, als darauf zu vertrauen, dass sich all ihre guten Geister des Kindes annahmen. Und das war es, was ihr so schwerfiel. Denn im Gegensatz zu allen beruflichen Schwierigkeiten und Engpässen, die sie immer irgendwie gemeistert hatte, konnte sie zur Bewältigung dieses Engpasses nichts beitragen, da sie selbst ihn verursachte und hier wie dort gebraucht würde.

Jetzt, auf dem Weg zu Amalies Kräutergarten, ging ihr all das zum x-ten Male durch den Kopf. Clara konnte nur hoffen, dass Frau Stuiven die Umsiedelung in ihrem hochschwangeren Zustand gut überstand und sich und dem Kind nicht schadete – zum Wohle aller Beteiligten. Aber dass die Frau, die hier nichts und niemanden kannte, vor und nach der Geburt viel Hilfe brauchte, die nicht so ohne weiteres vorhanden war, schien ihr gewiss. Und dass sie für diese Neubürgerin das wichtigste Bindeglied zur neuen Umgebung sein würde, war ebenfalls anzunehmen. Alles zusammen war nicht eben wenig, was da von ihr erwartet wurde. Und der König selbst hatte sein Wort dafür gegeben, dass sie diesen Erwartungen gerecht würde.

Grethe hatte Claras Mitteilung, sie werde die Geburtshilfe bei der Frau des neuen Baumeisters übernehmen, ohne jeglichen Widerspruch hingenommen und sich nicht übergangen gefühlt, sondern nur zustimmend gesagt, es werde ja nun auch langsam Zeit für Clara, wieder tätig zu werden. Clara war darauf nicht näher eingegangen, hatte aber im Stillen gedacht, dass die Stuivenentbindung vorerst die einzige bleiben solle.

Als sie über den Trampelpfad vor dem östlichen Wall auf den Kräutergarten zuging, sah sie Grethe mit Amalie auf der kleinen Gartenbank an der Hauswand sitzen. Amalie trug eine grobe Schürze um den schmalen Leib, die mit Erde verschmiert war und noch andere Spuren der Gartenarbeit trug. Grethe hingegen war so adrett gekleidet wie immer. Als Hebamme alten Schlages trug sie stets ein hellgraues Kleid mit weißen Besätzen an Ärmelaufschlägen und Kragen, wie sie es von früheren Zeiten aus Kopenhagen gewohnt war. So auch jetzt. Doch obwohl sie keine körperliche Arbeit geleistet zu haben schien, wirkte sie matter als Amalie.

Clara winkte den beiden Frauen zu und ließ sich durch eine kleine Pforte ein. Sie sah, dass eine Hälfte des Gartens schon in Ordnung gebracht worden war, während in der anderen noch allerlei herabgefallenes Geäst von den Bäumen am Stadtrand herumlag, und die Pflanzen boten das gleiche jammervolle Bild wie im Königlichen Garten.

«Da ich ohnehin schon genauso schmutzig bin wie du, dachte ich, ich könnte hier gleich weitermachen und dir helfen», sagte Clara zu Amalie, die aber kaum zuzuhören schien und ein besorgtes Gesicht machte, das nicht dem Zustand des Gartens gelten konnte. Darauf blickte Clara Grethe genauer an und sah, dass sie Tränen in den Augen hatte. Clara beugte sich zu ihr hinunter und fasste sie an den Armen. «Was gibt es denn, Grethe? Ist etwas Arges geschehen?»

Grethe führte ein Schnupftuch an die ohnehin wässrig blauen Augen, betupfte sie und sagte mit brüchiger Stimme: «Meine Schwester.» Dann brach sie ab und weinte.

Amalie übernahm das Wort. «Vor knapp einer Stunde hat sie einen Brief bekommen, in dem steht, dass ihre Schwester sich bei einem Sturz das Bein gebrochen und einige Rippen geprellt hat. Ein Chirurg hat das Bein gerichtet, und der Bruch wird wohl verheilen. Aber das braucht Zeit, in der sie ans Bett gefesselt ist. Und für die Rippen kann man ohnehin nichts tun, außer schmerzlindernde Arzneien zu verabreichen, die aber kaum helfen. Die Ärmste leidet fürchterliche Qualen und kann sich fast gar nicht bewegen. Eine Nachbarin hat sie aufgenommen, aber dort kann sie nicht lange bleiben.»

«Deswegen muss ich so schnell wie möglich zu ihr», sagte Grethe und schluchzte auf. «Ich will ohnehin nicht hierbleiben, bis mich niemand mehr braucht.»

«Aber, Grethe, selbstverständlich wirst du noch gebraucht», sagte Clara und biss sich sogleich auf die Lippen, weil sie merkte, dass sie nur an ihre eigene Entlastung dachte und nicht an Grethes pflegebedürftige Schwester. «Bist du denn die Einzige, die sich um deine Schwester kümmern kann?»

«Nicht mal den Brief konnte sie selbst schreiben», sagte Grethe erschüttert. «Die Nachbarin musste ihn schreiben.»

«Und außer den Nachbarn hat sie niemanden?», hakte Clara nach.

Grethe schüttelte den Kopf. «Die Nachbarn können ihr schon noch länger zur Hand gehen, aber nicht im nötigen Maße, und vor allem können sie sie nicht wochenlang bei sich aufnehmen. Ich muss zurück! Die gute Frau bittet mich ganz inständig darum, und ich will es auch. Ich muss meiner Schwester jetzt beistehen.»

«Ja, das musst du wohl», murmelte Clara, und ihr wurde so flau im Magen, dass sie einen Augenblick lang fürchtete, ein Schwindel könne sie überkommen. Hilfesuchend blickte sie auf Amalie und hätte sie am liebsten gefragt, ob sie dann wieder geburtshilflich tätig werden könne. Aber das war der hageren Frau nicht mehr zuzumuten. Sie besaß längst nicht mehr die Kraft, die eine Hebamme bisweilen aufbringen musste. Und die Frauen, die früher mehr schlecht als recht bei Geburten geholfen hatten, würde sie schon gar nicht fragen.

«Lukas geht gerade einem Schiffszimmerer zur Hand, der ein Schiff ausstattet, das, wenn ich es recht erinnere, in drei Tagen nach Kopenhagen auslaufen soll», berichtete Amalie von ihrem Mann. «Das habe ich Grethe auch schon gesagt.»

«Lieber wäre mir, es liefe morgen aus», sagte diese.

In drei Tagen, dachte Clara entsetzt, und eine erneute Woge der Übelkeit ließ ihr ganz schummrig vor Augen werden. «Gut», sagte sie nahezu tonlos, räusperte sich und rang um Haltung und eine festere Stimme. «Dann müssen wir besprechen, welche Aufgaben für dich hier anstanden, damit ich sie übernehmen kann.»

Grethe nickte so bekümmert, dass Clara ganz gerührt war und hinzufügte: «Aber erst einmal musst du wieder zur Besinnung kommen und dich beruhigen.»

Grethe stand von der Bank auf und sagte: «Ich mache

uns einen Kamillentee. Ihr könnt derweil im Garten weitermachen.» In der Tür zum Gartenzimmer blieb sie stehen und drehte sich noch einmal um. «Es ist dir doch recht, Clara?», fragte sie und setzte hinzu: «Wo du jetzt ohnehin wieder deinen angestammten Platz übernimmst.»

Clara schluckte, ehe sie sagte: «Eile du nur zu deiner armen Schwester. Alles andere bekommen wir hier schon hin.»

«Was meinst du mit *wir*, und *wie* wollen *wir* das hinbekommen?», fragte Amalie, als sie kurz darauf auf der feuchten Erde knieten und unterspülte Wurzelballen festklopften, abgerissene Pflanzenteile mitsamt den Zweigen und dem Reisig von den Bäumen aufsammelten und für den Kompost beiseitelegten.

«Sei unbesorgt, Amalie», erwiderte Clara. «Dich habe ich damit nicht gemeint.»

«Aber du kannst doch nicht die ganze Stadt allein versorgen», wandte Amalie ein. «Ich bin ohnehin der Ansicht, dass wir eine zweite Hebamme in der Stadt brauchen. Deswegen hatte ich gehofft, dass Grethe bleiben würde. Auch, weil ich sie gern habe. Aber wenn sie nun geht und nur du übrigbleibst …»

Amalie sprach nicht weiter, aber Clara glaubte zu wissen, was sie sagen wollte. Sie stützte sich auf die Hände und sah Amalie von der Seite an. «Dann hat die Stadt nicht mal eine vollwertige Hebamme, nicht wahr?»

Amalie blickte betreten unter sich und nickte stumm.

«Du hättest es ruhig aussprechen dürfen, Amalie», sagte Clara. «Denn es stimmt ja. Es muss eine andere aus Kopenhagen kommen. Oder ich wende mich an meine alten Kolleginnen in Hamburg. Vielleicht ist eine von ihnen gewillt, nach Glückstadt zu kommen. Ihrer sind fast schon zu viele in Hamburg. Es könnte ein willkommener Neuanfang sein.»

Erleichtert blickte Amalie auf und sagte hoffnungsvoll: «Meinst du?» Doch schon im nächsten Moment blickte sie wieder ganz besorgt drein und sagte: «Woher die neue Hebamme auch immer kommen mag, Clara, sie muss schnell kommen.»

Drei

Glückstadt, 14. Juli 1642

Wie recht Amalie hatte, wusste niemand besser als Clara. Gleich nach dem Mittagessen machte sie sich auf den Weg zum alten Medicus Olsen, mit dem sie schon seit langem alles besprach, was für die medizinische Versorgung der Stadt wichtig war. Ihre Zusammenkünfte waren stets von gegenseitigem Vertrauen geprägt und erbrachten in der Regel Lösungen, auf die keiner von ihnen allein gekommen wäre. Doch abgesehen von ihren professionellen Belangen hatten sie einander im Lauf der Jahre auch menschlich liebgewonnen.

Olsens Haus lag direkt am Marktplatz, und Clara freute sich schon jetzt darauf, bei künftigen Besuchen von seiner Stube im ersten Stock aus das Vorankommen des Rathausbaus beobachten zu können. Dann brauchte sie sich nicht unters Volk zu mischen, das sich gewiss – pöbelnd oder nicht – vor dem Bauplatz sammeln und seine Neugier befriedigen würde, und konnte trotzdem ihrer eigenen Schaulust frönen. Der Blick aus Olsens Stube war aber auch ohne die spektakuläre Großbaustelle, die hier in Kürze entstehen würde, einer der schönsten der ganzen Stadt. Er erstreckte sich über die ganze Weite des Marktplatzes mit den schmucken Bürgerhäusern und der großen Kirche an seinen Rändern, ging dann übers Fleet mit seinem regen Schiffsverkehr und schloss die mit Linden gesäumten Uferstraßen und die eindrucksvolle Häuserzeile auf der anderen Fleetseite ein.

Aber all des Panoramas hätte es meist gar nicht bedurft, denn der Platz als solcher bot bereits genug zum Sehen. Da waren zum einen die täglichen Appelle. Clara hatte schon manche davon aus Olsens Fenstern beobachtet. Sie fand es immer wieder beeindruckend, die Männer aus den – speziell zu diesem Zweck – schnurgerade und sternförmig angelegten Straßen auf den Marktplatz zulaufen und dann, verstärkt durch die aus den Seitenstraßen und aus Richtung des Kremper Tors herbeiströmenden Soldaten, nach und nach Aufstellung nehmen zu sehen. Auch an Markttagen liebte Clara es, hier aus dem Fenster zu schauen. Und selbst wenn weder Appell noch Markt war, gab es hier stets etwas zu sehen, weil das Brunnenhaus in der Mitte des Platzes zu allen Tageszeiten Menschen anlockte, die hier verweilten, miteinander redeten, lachten oder stritten.

Nur Olsen selbst machte Clara in letzter Zeit Sorgen. Seine Beine wollten nicht mehr recht. An manchen Tagen ging es besser als an anderen, aber seit einigen Monaten überlegte er sich oft jeden Schritt, und unnütze Wege machte er fast gar nicht mehr. Seine langjährige Haushälterin Inken war im vergangenen Jahr verstorben, und die wesentlich jüngere Anni, die ihm jetzt den Haushalt führte, ersetzte seine Beine, so gut es eben ging. Inken hatte zuletzt gar nicht mehr aus dem Haus gehen können, und so war Olsen mit Anni besser versorgt als vorher, nur dass er Inkens Gesellschaft nach all den Jahren sehr vermisste.

Als Clara die Stiege zum ersten Stock erklomm, rief sie

nach Olsen, so wie sie es in letzter Zeit immer machte, um sich anzukündigen. Anni hatte ihr gesagt, dass er mit Büchern, die sie ihm aus der Studierstube gebracht hatte, in seinem bequemen Sessel in der Guten Stube saß.

Olsen blickte ihr lächelnd entgegen, als sie eintrat, legte das Buch, das er las, auf den kleinen Tisch, der vor dem Fenster stand, und lehnte sich zurück. Sein schütteres weißes Haar lugte in dünnen Strähnen unter seiner Kappe hervor, und Clara hatte den Eindruck, dass er jedes Mal, wenn sie ihn sah, dünner geworden war.

«Clara, liebes Kind, wie schön, dass Sie mich auch einmal wieder besuchen kommen», sagte er und bedeutete ihr, sie möge ihm gegenüber Platz nehmen. «Ich erlebe ja den lieben langen Tag nichts mehr. Außer, natürlich, was mir die Bücher darbieten. Und das ist, zugegeben, eine beträchtliche Menge. Aber bald ist, gottlob, Schluss mit meiner Ruhe. Haben Sie schon gehört?»

«Nein, was denn?», fragte Clara, als sie sich gesetzt hatte und ihre Röcke glättete.

«Der junge Aebletoft, der sich in Kopenhagen so um Sie verdient gemacht hat, als die älteren Ärzte Sie abkanzeln wollten, kommt uns in Kürze besuchen.»

Clara klatschte vor Freude in die Hände. «Peder Aebletoft? Aber das ist ja wunderbar! Was führt ihn her?»

«Ich korrespondiere schon seit einer Weile mit ihm. Sein entschiedenes Eintreten für die neue, die praktische Medizin hat mir von Anfang an imponiert. Und da er inzwischen zwei Jahre lang Erfahrungen als Arzt gesammelt und mir allerlei Erfreuliches über seine Vorgehensweise mitgeteilt hat, sodass ich mir nach und nach ein Bild davon machen konnte, habe ich ihn eingeladen. Was ich ihm nicht verraten habe …» Olsens schmales, kantiges Gesicht wurde durch ein verschmitztes Grinsen plötzlich ganz jung. «Ich hoffe, dass er bleibt.»

«Wie?» Clara blieb der Mund offen stehen. «Sie wollen sich zur Ruhe setzen? Aebletoft soll unser Stadtmedicus werden?»

Olsen nickte vergnügt.

Clara wusste so schnell gar nicht, was sie davon halten sollte. So gern sie Aebletoft mochte, so wenig konnte sie sich Glückstadt ohne den Medicus Olsen vorstellen. *Gewiss*, dachte sie, *ein Arzt, der kaum noch laufen kann, muss natürlich durch einen jüngeren ersetzt werden.* Aber ob Aebletoft diesen Schritt tun würde? Durch sie hatte er ihre Kopenhagener Freundin und Kollegin Karen kennengelernt, und die beiden waren seit fast zwei Jahren ein Paar. Clara konnte sich nicht vorstellen, dass die beiden auseinandergehen und an verschiedenen Orten arbeiten würden.

«Für unsere Stadt wäre es gewiss gut», sagte sie schließlich. «Aber er wird Karen nicht verlassen.»

«Müsste er das denn?», fragte Olsen.

«Aber ja», erwiderte Clara. «Sie ist doch an Kopenhagen gebunden, seit der König veranlasst hat, dass ihr aus der Stadtkasse ein kleines Grundsalär bezahlt wird. Ihre städtische Aufgabe besteht darin, die Hebammenschaft zusammenzuhalten und für eine gewisse Qualität ihrer Arbeit zu sorgen. Diese Position würde sie niemals aufgeben wollen, und der König würde es auch nicht zulassen.»

Olsen runzelte die Stirn. «Ich bitte Sie, Clara! Wir leben nicht mehr im Feudalismus, und Sklavenhaltung ist in unseren Breiten verboten. Karen kann tun und lassen, was sie möchte.»

«Verzeihen Sie den Einwand, lieber Olsen, aber zwischen Feudalismus und Tun und Lassen, was man möchte, scheint mir eine große Spanne zu liegen. Gewiss ist Karen keine Leibeigene von C 4, aber tun und lassen, was sie will, kann sie nicht.»

«Dennoch würde es ihr niemand verdenken, wenn sie ihrem Mann in eine andere Stadt folgte.»

«Nun, so weit ist es ja noch nicht. Oder wissen Sie mehr als ich, und Karen und Peder haben inzwischen geheiratet?» Doch dann gab sie sich die Antwort gleich selbst: «Nein, das kann nicht sein. Karen und ich korrespondieren regelmäßig.»

«Wie Sie ganz richtig sagen, ist es *noch* nicht so weit», sagte Olsen schmunzelnd.

Clara schüttelte den Kopf über die Schläue des Medicus und blitzte ihn ihrerseits schelmisch aus ihren warmen braunen Augen an. «Sie meinen, wenn die beiden heiraten, kann ihnen niemand die gemeinsame Umsiedelung verwehren? Nun, ehrlich gesagt, wäre es auch die Lösung meines Problems, wenn Karen käme», sagte sie.

«Ihres Problems?» Olsen sah sie ernst an. «Liebes Kind, welches Problem haben Sie denn?»

Clara erzählte ihm von Grethes plötzlicher Abreise. Was das für sie bedeutete, brauchte sie Olsen gar nicht erst zu sagen. Schon vor Louis' Geburt hatten er und Inken darauf gedrängt, dass ein solider Ersatz für sie gefunden würde, und beide hatten den Zeitraum, in dem sie durch Mutterpflichten an der vollen Ausübung ihres Berufes gehindert sein würde, von Anfang an länger veranschlagt als sie. Insofern hätte es Clara nicht so überraschen sollen, dass er sich nun entsetzter zeigte als sie.

Er schlug mit der knochigen Hand auf den kleinen Tisch und rief erstaunlich agil aus: «Dann muss sofort eine andere Hebamme her. Auf der Stelle! Denn Sie werden auf absehbare Zeit noch nicht wieder zuverlässig abkömmlich sein, und ich möchte nicht erleben, dass unsere Geburtshilfe in die alten Zustände zurücksinkt, als sich die Greetje Skippers dieser Stadt zu Höherem berufen fühlten und die Gebärenden mit ihren ungelernten, brachialen Praktiken überfielen.»

«Ich weiß», sagte Clara und senkte den Kopf. «Aber was soll ich denn tun? So schnell, wie Grethe die Stadt verlässt, bekommen wir keine gelernte Hebamme, und eine gute schon gar nicht.»

Eine Weile saßen sie schweigend und ratlos da. Dann berichtete Clara, sie wolle noch heute Briefe nach Kopenhagen und auch nach Hamburg schicken, in der Hoffnung, eine der dortigen Hebammen möge sich entschließen, sich für eine Zeit oder möglicherweise ganz in Glückstadt niederzulassen.

«Vage, vage», sagte Olsen ungehalten. «Das ist viel zu vage. Und selbst wenn sich eine fände, würde sie ihre Umsiedelung sorgsam vorbereiten, ihre laufenden Arbeiten abschließen *et cetera, et cetera*. So lange können wir nicht warten.»

Wieder schwiegen sie eine Weile. Dieses Mal brach Olsen das Schweigen.

«Was sagten Sie eben so richtig über den Unterschied zwischen Feudalismus und Tun-und-lassen-Dürfen, was man will? Dazwischen liegt in unserem Falle der König. Und wir wissen beide, wie viel ihm an einer Geburtshilfe liegt, die auf der Höhe der Zeit ist. Er soll verfügen, dass eine fähige Hebamme aus einer seiner zahlreichen Städte umgehend nach Glückstadt kommt. Wollen Sie ihn darum ersuchen, oder soll ich es tun?»

Clara blickte Olsen mit großen Augen an. Er hatte recht. Die entscheidenden Wendungen ihres eigenen Werdegangs waren aufs engste mit dem König verknüpft, der fürwahr ein enormes Interesse an ihrem Metier gezeigt hatte und nicht zögerte, Hebammen in die Pflicht zu nehmen. Zugleich behagte ihr der Gedanke nicht, eine gedungene Kollegin könne kommen und ihre Arbeit widerwillig tun. Auch wollte sie sich an die Kopenhagener Hebammen lieber selbst wenden. Viele von ihnen kannte sie, und es wäre ihr unangenehm, wenn eine von ihnen durch ein Machtwort des Königs und ohne eine direkte Ansprache durch sie selbst hierherkäme. Dennoch hatte Olsen recht, wenn er sagte, es würde zu lange dauern, bis auf diesem Wege jemand käme.

Schließlich bat sie sich ein wenig Bedenkzeit aus, und sie einigten sich darauf, dass Clara zwar eine schnelle Regelung herbeiführen wolle, womöglich auch mit Hilfe des Königs, aber keine, die eine Kollegin gegen ihren Willen in die Pflicht nahm.

Am Ende kam Olsen noch auf den hilfreichen Gedanken, man solle Grethe abverlangen, zum Ausgleich für ihre vorzeitige Abreise in Kopenhagen alles in ihrer Macht Stehende zu tun, um eine Kollegin für den Wechsel nach Glückstadt zu gewinnen.

«Sie kommt dort nicht lange nach Ihrem Bittbrief an», sagte er. «Wenn sie sich dann für die Sache stark macht, bekommt Ihr Brief gleich ein ganz anderes Gewicht.»

«Ja, so wird vielleicht ein Schuh daraus», sagte Clara hoffnungsfroh. «Erst mein Brief, dann Grethes Fürsprache, die ihm Nachdruck verleiht.» Sie beugte sich vor und nahm die knochigen Hände des alten Mannes in die ihren. «Ich wusste, dass ich gestärkt aus diesem Gespräch hervorgehen würde», sagte sie dankbar. «So wie immer.»

Anschließend plauderten sie noch eine Weile, vor allem über das neue Rathaus und die damit verbundenen Querelen. Ehe sich Clara endgültig von Olsen verabschiedete, fragte sie ihn, ob sie denn auch etwas für ihn tun könne.

«Bringen Sie das nächste Mal Louis mit», erwiderte er. «Ich sehe Kinder so gern, und je älter ich werde, habe ich immer mehr Freude an ihnen.»

Clara versprach es ihm.

Immer wieder kam es vor, dass Wind, Wetter und Tide im Hafen ein großes Gedränge verursachten, das bisweilen sogar gefährlich wurde. So auch am Tag von Grethes Abreise. Etliche Schiffe lagen oder kreuzten schon seit dem frühen Morgen vor der Hafeneinfahrt, in der Rhinmündung oder auf der Elbe und warteten auf Einlass, der ihnen nach und nach gewährt wurde. Zugleich wollten außer dem Schiff, das Grethe gegen Mittag nach Kopenhagen bringen sollte, vier andere noch am Vormittag auslaufen. Nicht nur die Wende- und Ausweichmanöver im Hafenbecken wirkten, von den Kaimauern und Brücken aus betrachtet, wie ein rechtes Durcheinander. Auch in der Hafenstraße ging es drunter und drüber. Lastkarren und Fuhrgespanne blockierten einander den Weg, Waren, Gepäck und Proviant stapelten sich auf den Kais, und als Clara losging, um Grethe zu verabschieden, ahnte sie, dass sich die enorme Betriebsamkeit bis weit in die Stadt hinein erstrecken würde. Überall wurden Lasten in Säcken, Ballen, Kisten und Körben hin und her gefahren und getragen, darunter immer wieder zu Blöcken gestapelte, mit Tauen zusammengebundene und von Netzen umhüllte Backsteine. Clara konnte sich deren Masse nicht anders erklären, als dass es sich um die Steine für den Rathausbau handeln musste.

Nur mühsam konnte sie sich einen Weg durch die Hafenstraße zum Fleet bahnen. Das große Speicherhaus an der Straßenecke bildete heute einen besonderen Engpass. Unablässig hievte die Seilwinde Waren in die Höhe, die auf allen Stockwerken von Männern in die Luken gezerrt und dann durch andere ersetzt wurden, die zur Verschiffung herabgelassen wurden. Auf der Straße vor dem Speicherhaus stauten sich Wagen, Karren und Lasten, sodass kaum ein Durchkommen war.

So schnell sie konnte, überquerte Clara die Fleetbrücke, aber auch dort herrschte großes Getümmel. Erst als sie die kleine Straße betrat, in der «Claras Haus» lag, wurde es etwas ruhiger.

Grethe hatte bereits alles gepackt und saß zusammen mit Amalie am Küchentisch. Als Clara nach kurzem Anklopfen in das vertraute Haus eintrat, stellte sie den mitgebrachten Kirschsaft auf den Küchentisch, holte drei Becher aus einem Regal und setzte sich zu den anderen. Die Aufregung war Grethe deutlich anzusehen, und auch ihr Redestrom zeugte davon. Sie hatte ihn kaum unterbrochen, als Clara kam, und zählte gerade die Freundinnen, Kolleginnen und Nachbarn auf, die sie «als Allererstes» aufsuchen wollte, sobald sie wieder in der Heimat wäre. Dann ließ sie sich wortreich darüber aus, was für ein Glück es sei, dass ihre Schwester in ihr Haus gezogen sei, als sie nach Glückstadt gegangen war.

«So kann ich in mein eigenes Heim zurückkehren und dennoch meine arme Schwester bei mir haben», sagte sie. «Sonst hätte ich womöglich zu ihr ziehen müssen, obwohl ... Man hätte sie auch zu mir transportieren können. Aber dann müsste sie all ihre gewohnten Dinge entbehren. Nein, nein, so ist es viel besser.»

So ging es in einem fort.

Als sie von dem köstlichen Kirschsaft trank, sagte sie: «Und dann all das frische Obst und Gemüse! Schon allein dafür braucht meine Schwester meine Hilfe. Sie kann ja nichts einwecken und entsaften oder Marmelade kochen. Wie sollte sie denn da durch den Winter kommen?»

Clara und Amalie warfen einander belustigte Blicke zu. Clara wusste aus Erfahrung, wie sehr einen das Reisefieber mitnehmen konnte – aus Furcht vor den Fährnissen der Fahrt und vor Glück über die Heimkehr. Beides schien von Grethe Besitz ergriffen zu haben, und sowohl Clara als auch Amalie ließen sie einfach reden.

«Sollten wir nicht langsam aufbrechen?», fragte Clara nach einer Weile.

«Nein, nein», erwiderte Grethe unbekümmert. «Der Fuhrmann, der mein Gepäck abholt, war ja noch gar nicht da.»

«Wie, bitte?», sagte Clara entsetzt. «Dein Gepäck ist noch hier? Wo denn? Ich habe gar nichts gesehen.»

«Ich habe alles in den Lagerraum vorne im Haus gestellt», sagte Grethe.

Nun war auch Amalie alarmiert. «Aber, Grethe!»,

sagte sie. «In einer halben Stunde sollst du am Schiff sein.»

«Ist es denn schon so spät?», fragte Grethe, die vorübergehend jeglichen Sinn für die Wirklichkeit verloren zu haben schien. «Dann hätte der Fuhrmann längst hier sein müssen.»

Das Straßenbild vor Augen, durch das sich Clara gerade gekämpft hatte, sagte sie: «Ich fürchte, auf den kannst du lange warten. Alles, was Räder hat, scheint heute unterwegs zu sein. So geschäftig wie heute war die Stadt schon lange nicht mehr. Entweder hat dein Fuhrmann dich vergessen, oder er hat ein lukrativeres Geschäft angeboten bekommen, oder er ist im Gewühl steckengeblieben. Jedenfalls können wir nicht länger auf ihn warten.»

«Aber wie soll ihr Gepäck dann zum Schiff kommen?», fragte Amalie.

Clara stand vom Tisch auf. «Kommt, wir klappern die Nachbarschaft nach einem Karren oder wenigstens nach starken Armen ab. Irgendjemand wird uns gewiss helfen.»

Amalie machte ein bekümmertes Gesicht, nickte aber und stand ebenfalls auf. Und selbst Grethe begriff nun, dass Eile geboten war.

«Zur Not fahre ich ohne mein Gepäck», sagte sie, woraufhin Clara und Amalie einander wiederum einen vielsagenden Blick zuwarfen.

Die guten nachbarlichen Beziehungen, die Clara über Jahre gepflegt hatte, und das Ansehen, das auch Grethe während ihres Aufenthalts genossen hatte, bescherten den drei Frauen die erhoffte Unterstützung. Der Schuster zwei Häuser weiter lieh ihnen den Karren, auf dem er

Felle und Lederstücke zu transportieren pflegte, und er schickte sogar seinen Lehrjungen mit zum Hafen, weil er den Frauen nicht zumuten wollte, den beladenen Karren selbst zu ziehen. Beim Aufladen und Verzurren von Grethes Gepäck half er selber mit, ehe er letzte Hand an ein Paar Stiefel legte, das bis zur baldigen Abfahrt eines Bootsmannes, wie er sagte, noch fertig werden musste.

Leider fanden die Frauen die Straßen nicht passierbarer als in den Stunden zuvor, und an ein zügiges Durchkommen war nicht zu denken.

«Welches Schiff ist es denn?», fragte Clara, als sie sich durch das dichte Gedränge der Hafenstraße schoben.

Grethe zeigte es ihr.

«Dann laufe los», sagte Clara. «Wir folgen dir, so schnell wir können. Irgendwie wirst du die Leute gewiss davon überzeugen können, dass dein Gepäck noch angenommen werden muss, wenn du erst mal an Bord bist.»

So fiel das Abschiednehmen wesentlich knapper aus, als eine von ihnen es für möglich gehalten hatte. Die Angst, das Schiff zu verpassen, machte Grethe gehörig Beine, und für mehr als einen knappen Händedruck mit Clara und Amalie hatte sie keine Zeit.

Eine halbe Stunde darauf winkten Clara und Amalie dem auslaufenden Schiff nach, und als sie Grethe nicht mehr winken sahen, ließen auch sie die Hände sinken. Aber keine von beiden wandte sich gleich zum Gehen. Es war, als habe ein Wirbelwind soeben von ihnen abgelassen, und beide brauchten einen Augenblick, um wieder zur Besinnung zu kommen.

«Kommst du noch mit zu mir?», fragte Clara. «Ich glaube, wir brauchen jetzt etwas Ruhe.»

«Gerne», sagte Amalie dankbar.

Die wenigen Schritte zu Willems Haus waren schnell zurückgelegt, und Clara und Amalie waren sich einig, dass sie sich am liebsten in den Garten setzen wollten. Obwohl auch hinter dem Haus der Lärm vom Hafen zu vernehmen war, herrschte hier doch kein hektisches Treiben. Beide Frauen genossen die Ruhe, das Grün und die Blumenpracht der Randbeete, als sie sich in der Sitzecke niederließen.

«Willem ist ja gar nicht in seiner Werkstatt», sagte Amalie verwundert.

«Er hält sich neuerdings oft im Gießhaus auf», erwiderte Clara. «Roen fertigt dort irgendwelche neuartigen Waffen, und Willem soll auf Geheiß des Festungskommandeurs mit seiner Erfindungsgabe helfen, die Anfangsschwierigkeiten des Verfahrens zu beseitigen.»

«Und Louis?», fragte Amalie. «Wo ist er?»

«Sanna hat ihn mit zu den Bauern in die Engelbrecht'sche Wildnis genommen. Sie holt erntefrisches Obst und Gemüse zum Einwecken.»

Dabei mussten beide Frauen an Grethe und ihre Aufgekratztheit denken. Doch während Clara sich darüber amüsierte, sagte Amalie ganz ernst: «Ich hoffe, du schiltst mich nicht der Klatschmäuligkeit, Clara, aber …» Dann brach sie ab, weil sie es wohl selbst als klatschmäulig empfand, was sie sagen wollte.

«Nur heraus mit der Sprache», sagte Clara und schaute die alte Freundin aufmunternd an. «Hat es etwas mit Grethe zu tun?»

Amalie nickte. «Weißt du, was ich glaube? Ich habe es schon länger beobachtet, aber ich wollte nichts sagen, um es nicht noch schlimmer zu machen. Ich glaube, sie litt schon seit Wochen unter ganz entsetzlichem Heimweh.»

«Ach, wirklich?» Clara war ehrlich überrascht, und zugleich erschrak sie ein wenig, weil früher meist sie diejenige gewesen war, die derlei bemerkte. Aber inzwischen war sie dafür offenbar zu sehr mit sich selbst und mit Louis beschäftigt.

Amalie nickte ernst. «Gesagt hat sie nie etwas, aber wenn ich sie in deinem Haus traf, hatte sie manchmal ganz verweinte Augen, und sie sprach immer häufiger von Kopenhagen und ihren Lieben dort.»

«Meinst du, dass ihre Schwester in Wahrheit gar nicht ...» Clara wagte es nicht auszusprechen.

Doch Amalie schüttelte energisch den Kopf. «So weit würde sie nicht gehen. Grethe ist keine, die sich aus Unmut oder Kummer einer Pflicht entzieht. Ihr Pflichtgefühl hat sie bis heute hier gehalten, und sie wäre gewiss noch länger geblieben, hätte ihre Schwester sich nicht so schwere Verletzungen zugezogen.»

Im Nachhinein tat Grethe Clara leid, und dass sie so gar nichts von ihrer Gemütsverfassung mitbekommen hatte, gab ihr zu denken. Aber sie wollte darüber nicht ins Grübeln geraten. Stattdessen sagte sie: «Meinst du, dass sie ihr Versprechen nachdrücklich genug wahr macht und versucht, eine Kopenhagener Kollegin für eine wenigstens zeitweise Übersiedelung nach Glückstadt zu gewinnen?»

«Ganz bestimmt», sagte Amalie. «Umso mehr, weil ich glaube, dass sie von gehörigen Gewissensbissen gepeinigt wird. Mehr noch als ihr Reisefieber war das wohl der Grund für ihre Aufgezogenheit heute Morgen. Ich glaube, sie wollte verhindern, dass eine von uns sie daran erinnert, in welch prekärer Lage sie uns zurücklässt. Ich bin davon überzeugt, dass sie spätestens am Tag nach ihrer Ankunft zu Karen geht, ihr bestätigt, dass du in deinem Brief nicht übertrieben hast, und dass die Kopenhagener schnellstens eine qualifizierte Kollegin herschicken müssen.»

«Du hast gewiss recht», sagte Clara und seufzte. «Sowohl in meinem Brief an Karen als auch in den Gesprächen mit Grethe habe ich ja schon mit dem König gewunken. Aber in Wahrheit möchte ich ihn nicht hinzuziehen.»

«Bestimmt wird sich eine finden», sagte Amalie begütigend. «Und du weißt, dass ich dich nicht im Stich lasse, wenn Not am Mann – oder besser: an der Frau – ist, nicht wahr?»

Clara strich ihr über den Arm und sagte dankbar: «Du Gute!» Im Stillen aber hoffte sie, Amalies Angebot nicht in Anspruch nehmen zu müssen, zumindest nicht als Geburtshelferin, sondern allenfalls für Wochenbettbesuche und am liebsten nur, um Louis zu versorgen. Alles andere wollte sie selbst schaffen.

Clara brachte Amalie zur Haustür und hatte keineswegs vor, sich erneut ins Getümmel zu stürzen, doch als sie ihr nachschaute, sah sie plötzlich Steenwinkel und Titken Seite an Seite auf ein kleineres Schiff zuschreiten. Das konnte nichts anderes bedeuten, als dass sie den Dritten in ihrem Bunde, den Baumeister Stuiven, abholen wollten. Aus Friedrichstadt kommend, war er auf einem Küstensegler zu erwarten, und ein solcher lag schräg gegenüber von Willems Haus an der Kaimauer. Irritiert schaute Clara den beiden Baumeistern nach. Konnte es sein, dass Stuiven ohne seine Frau kam? Lilholm wollte doch Bescheid sagen, bevor die Schwangere eintraf! Hatte Lilholm es vergessen, oder waren Steenwinkel und Titken aus einem ganz anderen Grunde hier?

Lange währte Claras Ungewissheit nicht, denn noch bevor die Baumeister den Kollegen ausfindig machten, sah sie die hochschwangere Frau, die, schleppenden Schrittes und von ihrem Mann gestützt, die Schiffsplanke herunterkam. *Himmel*, dachte Clara, *wenn nicht schnell etwas geschieht, um der Frau Erleichterung zu verschaffen, bricht sie zusammen oder entbindet auf der Straße.* Ohne nachzudenken, rannte sie los und war in dem Augenblick bei ihr, als die Frau Land betrat.

«Frau Stuiven?», sagte sie, und als die Angesprochene sie überrascht anblickte, fügte sie hinzu: «Ich bin Ihre Hebamme, Clara ten Hoff. Sie müssen von den Beinen. Ich wohne gleich da drüben. Kommen Sie!» Damit legte sie einen Arm an den Rücken der Frau und drückte die Hand kräftig in die Steißbeingegend. Mit der anderen Hand nahm sie den Arm der Frau. Dabei trat sie so nahe an sie heran, dass sie sie seitlich mit dem ganzen Körper stützen konnte.

Die Frau leistete nicht den geringsten Widerstand, genauso wenig wie Stuiven. Ein wenig irritiert, aber sichtlich erleichtert ließ er den Arm seiner Frau los, trat beiseite und nickte Clara zu.

«Nur ein paar Schritte, und Sie liegen auf meinem Kanapee», sagte Clara zu der Schwangeren und bedeutete dem neuen Baumeister mit einer Kopfbewegung, wo Willems Haus lag. Dann setzte sie ein beruhigendes Lächeln für beide Eheleute auf, so wie sie es gewiss schon hundert Mal getan hatte, wenn die Lage ernst, Eile geboten und sie die einzige Helferin war, und wiederholte aufmunternd: «Kommen Sie!» Dann setzte sie sich langsam mit der Frau in Bewegung. Hinter sich hörte sie, wie die alten und der neue Baumeister einander begrüßten, wobei Stuiven den beiden anderen mit knappen Worten erklärte, was soeben geschehen war. Dabei konzentrierte sie sich darauf, mit der sich in höchsten Nöten befindlichen Frau eine Gangart zu finden, die sie so schnell wie möglich und so langsam wie nötig in eine Ruhelage brachte.

«Ich bin ja so froh, dass Sie da sind, Clara», sagte Frau Stuiven, als sie nach einigen Schritten mit schmerzverzerrtem Gesicht stehen geblieben war, Clara den Druck auf ihren Rücken verstärkt und sie zu tiefem, ruhigem Atmen angehalten hatte. «Ich hatte schon befürchtet, unsere kurzfristige Ankündigung würde Sie nicht mehr erreichen.»

Welche Ankündigung?, dachte Clara, als sie langsam weitergingen. «Machen Sie sich keine Sorgen, Frau Stuiven», sagte sie beruhigend. «Es ist alles in Ordnung. Ich bin ja da.»

Doch schon nach wenigen Schritten blieb die Schwangere wieder keuchend stehen. Clara wusste, dass Frauen in dieser Lage immer wieder vergaßen, was ihnen gerade eben noch gutgetan hatte und wie sie atmen mussten. Ohne etwas zu sagen, drehte sie das Gesicht der Schwangeren zu, sah sie freundlich, aber bestimmt an und begann wieder, so zu atmen, wie die Schwangere es tun sollte. Sie wusste bis heute nicht, warum diese wortlose Anleitung immer wieder die gewünschte Wirkung hervorrief und die Frauen dazu brachte, es ihr gleichzutun. Schneller als beim ersten Mal glich die Schwangere ihren Atem an Claras an und richtete sich, nachdem sie sich kurz vornübergebeugt hatte, als wolle sie aufs Straßenpflaster schlagen, wieder auf, schloss die Augen und atmete nun selbständig ruhig und tief weiter. Wie sehr Clara sie dabei stützen musste, schien ihr nicht gegenwärtig zu sein.

«Wie weit ist es noch?», fragte sie, nachdem sie sich ein wenig erholt hatte.

«Bloß ein paar Schritte», sagte Clara.

Gottlob lag die Gute Stube gleich hinter der Haustür. Jeder Schritt schien der geplagten Frau zu viel zu sein, und mit einem erleichterten «Ahhh» ließ sie sich aufs Kanapee sinken.

Clara rückte einen Stuhl vom ovalen Tisch und setzte sich vor die Frau, die nun mit geschlossenen Augen dalag, eine Hand auf die Stirn gelegt. Clara betrachtete sie aufmerksam. Sie hatte ein ebenmäßiges, volles Gesicht, und unter einer eleganten Haube ringelten sich weiche, hellbraune Locken hervor, die in Farbe und Form Claras Haar glichen. Unter ihrem rotbraunen Reiseumhang waren ihre Körperformen nur undeutlich zu erkennen, aber Clara hatte den Eindruck, dass auch ihre Statur der ihren ähnelte – weder dünn noch dick, sondern wohlgenährt und mit sanften Rundungen. Auch musste sie etwa in Claras Alter sein, Ende zwanzig, Anfang dreißig, und Clara fragte sich, ob es ihre erste Schwangerschaft war, was sie für unwahrscheinlich hielt. Dennoch schienen die Stuivens keine Kinder zu haben. Gleich auf der Straße hatte Clara nach Wehen gefragt, aber Frau Stuiven hatte das mit Bestimmtheit verneint. Sie verspüre nur ein Ziehen im Unterbauch und alles fühle sich furchtbar hart an. Daraus schloss Clara, dass die Frau wusste, wie sich Wehen anfühlten. Was sie jedoch nicht zu wissen schien, war, dass dieses Ziehen oft ein Vorbote von Geburtswehen war. Da sie sich jedoch nicht vorstellen konnte, dass die Stuivens ihren Umzug just in die Zeit legten, da die Frau niederkommen sollte, lag die Vermutung nahe, dass es die Folgen einer Überanstrengung waren, die Frau Stuiven jetzt zu spüren bekam. Es galt also, für Ruhe zu sorgen und zu verhindern, dass die Geburt vorzeitig begann. Je mehr sich das Kind im Mutterleib ausbildete, desto überlebensfähiger war es. Und falls die Stuivens schon Kinder verloren hatten, war es umso wichtiger, dieses zu retten. Untersuchen wollte Clara die Frau jetzt nicht. Zwar könnte sie durch eine Untersuchung Klarheit darüber gewinnen, wie weit die Schwangerschaft fortgeschritten war, aber sie war sich auch so ganz sicher, dass die Geburt noch nicht anstand. Im Übrigen könnte jede Berührung im jetzigen Zustand der Schwangeren echte Wehen auslösen. Sie verzichtete sogar darauf, den Bauch mit Ölen einzureiben, um ihn zu entspannen. Und näher befragen wollte sie Frau Stuiven erst, wenn diese zur Ruhe gekommen war.

Als sie schließlich ruhig und gleichmäßig atmete, ging Clara in die Küche, um einen Tee aus Baldrian, Johanniskraut und Melisse anzusetzen, der wehenberuhigend wirkte und schon vielen Frauen geholfen hatte. Auf dem Rückweg in die Gute Stube nahm sie den kalten Lindenblütentee mit, den Louis am Morgen verschmäht hatte. Gleich etwas zu trinken, egal was, würde der Frau gewiss guttun.

«Das war Rettung im letzten Augenblick», sagte Frau Stuiven, als sie wieder ein wenig zu Kräften gekommen war. «Ich kann Ihnen gar nicht sagen, wie dankbar ich Ihnen bin, Clara. Was für ein Glück, dass Sie gleich zur

Stelle waren! Aber wie haben Sie mich erkannt? Oder stürzen Sie auf alle schwangeren Frauen zu, die Ihnen auf der Straße begegnen?» Dabei zwinkerte sie Clara schalkhaft zu.

Clara lachte. «Wenn Sie schon wieder scherzen können, scheint es Ihnen ja wieder gutzugehen», sagte sie. «Und wenn Sie's genau wissen wollen: Ja, ich würde mich auf jede Schwangere stürzen, die sich kaum noch auf den Beinen halten kann, so wie Sie, Frau Stuiven, als Sie von Bord gingen.»

«Sagen Sie doch bitte Maike.»

«Schön, Maike. Dann sagen Sie mir jetzt bitte, wie es Ihrem Bauch geht.»

«Viel besser», sagte Maike. «Aber ich weiß nicht, was wird, wenn ich gleich wieder aufstehe.»

«Aber ich, und deswegen werden Sie so bald nicht aufstehen. Sie bleiben hier noch mindestens eine Stunde liegen, lieber zwei oder drei.»

Diese Verordnung – und Clara hatte es wie eine Verordnung klingen lassen – schien Maike Stuiven nicht im Geringsten zu schrecken. Ganz im Gegenteil lächelte sie Clara dankbar an und murmelte: «Wenn es Ihnen keine Umstände macht.»

«Viel weniger als eine Geburt zur unrechten Zeit», sagte Clara. «Ich schicke gleich einen Burschen zu Ihrem Gatten hinüber. Er soll ihm sagen, dass Sie vorsichtshalber noch eine Weile hierbleiben. Er soll sich schließlich nicht sorgen. Und übrigens kann er Ihnen gern Gesellschaft leisten.»

«Das wäre schön», sagte Maike. «Aber ich fürchte, er hat zu tun. Ich hätte ja eigentlich auch zu tun. Es ist doch allerlei, was wir an Hausrat mitgebracht haben, und die häuslichen Dinge obliegen natürlich mir. Zudem muss mein Mann gleich mit der Arbeit beginnen, nachdem sich unsere Abreise aus Friedrichstadt wieder und wieder verzögert hat.»

Clara schüttelte den Kopf. «Heute werden Sie gar nichts mehr tun, Maike! Und morgen und übermorgen und alle Tage bis zur Geburt werden Sie ebenfalls Ruhe halten. Sie haben doch eben selbst gemerkt, dass die Reise in Ihrem Zustand zu viel für Sie war. Und Ihre Schwangerschaft ist so weit fortgeschritten, dass eine Irritation wie diese Folgen haben kann. Sie dürfen sich von jetzt an nicht mehr anstrengen, Maike. Haben Sie das verstanden?»

Die Schwangere antwortete nicht gleich. Sie legte beide Hände auf den Bauch und schlug die Augen nieder. Dann sagte sie leise: «Wie soll das denn gehen, mitten im Umzug und wo alles neu ist und wir keine Lebensmittel im Haus haben.»

«Haben Sie ein Mädchen?», fragte Clara.

Maike schüttelte den Kopf. «Noch nicht. Wir wollten uns eins nehmen.»

«Ich werde dafür sorgen, dass möglichst noch heute eins zu Ihnen kommt, ein zuverlässiges, ehrliches. Wenn das nicht reicht, sagen Sie es mir bitte. Ich werde täglich nach Ihnen schauen und kann Ihnen gewiss das eine oder andere abnehmen. Falls auch das nicht reicht, besorge ich Ihnen noch jemanden, der Ihnen hilft. Die Hauptsache ist, dass Sie sich bis zur Geburt nicht mehr anstrengen. Das müssen Sie mir versprechen!»

Maike nickte recht verzagt, aber sie schien willens, auf Clara zu hören.

Anschließend stellte Clara ihr einige Fragen und erfuhr, dass sie bereits zwei Kinder verloren hatte, eins wenige Tage nach der Geburt, das zweite im Alter von eineinhalb Jahren. Erfahren, wie sie war, schätzte Maike, dass es bis zur Geburt noch zwei bis vier Wochen hin sein könnte. Nach weiteren Fragen über den Schwangerschaftsverlauf kam Clara zu dem gleichen Schluss.

Als sie einen Laufburschen vom Hafen mit der Nachricht zu Stuiven schickte, seine Frau werde noch zwei Stunden bei ihr ruhen, trug sie ihm gleich mit auf, einen Sänftenträger für die besagte Zeit zu bestellen. Damit hatte sie im Grunde alles getan, was sie für Maike im Augenblick tun konnte.

Obwohl nicht damit zu rechnen war, dass Stuiven kommen und seiner Frau Gesellschaft leisten würde, weil er, auch wegen ihrer Schwäche, mehr als genug zu tun hatte, hätte Clara die Schwangere getrost in der Guten Stube allein lassen können. Sie erholte sich sichtlich, trank brav von dem bitteren Beruhigungstee und sagte, ihr Bauch sei nun wieder ungleich wohler. Doch Clara blieb bei ihr sitzen, denn die Frauen waren sich auf Anhieb sympathisch, und Clara hätte ohnehin nichts Rechtes anfangen können, weil sie immer wieder nach ihr geschaut hätte. Aber sie blieb nicht aus Pflichtgefühl bei Maike sitzen, sondern weil sie ihr zugetan war. Und das beruhte durchaus auf Gegenseitigkeit.

Selbstverständlich kamen sie auch auf das Rathaus zu sprechen. Während Clara aus ihrem Stolz keinen Hehl machte und kaum zu verbergen suchte, dass sie wusste, wie groß und schön das Rathaus werden sollte, brachte Maike zum Ausdruck, wie stolz sie auf ihren Mann war.

«Euer König und der Gottorf'sche Herzog sind sich ja nicht immer grün», sagte sie. «Und dass er einen Baumeister aus der Herzogstadt annimmt, will gewiss etwas heißen. Dabei hat Marten immer schon gesagt, er halte Glückstadt für die viel bedeutendere Stadt, vor allem baulich. Das Rathaus ist das beste Exempel dafür. Gewiss ist das Friedrichstädter Rathaus ein würdiges und sehr schönes Gebäude, aber was hier entstehen soll, ist um einiges bedeutender und größer.»

Clara gingen diese Worte sehr nahe, und sie hörte auch die Begeisterung heraus, die Maike – genau wie sie selbst – für derlei aufbringen konnte. Das war nach ihrer Erfahrung nicht bei vielen Frauen der Fall.

«Und abgesehen davon, dass es für Marten eine ungeheure Ehre ist, nicht nur für den dänischen König zu arbeiten, sondern mit zwei so bedeutenden Kollegen wie Steenwinkel und Titken, vor allem Steenwinkel natürlich, ist er ganz erpicht darauf, Ihren Mann kennenzulernen», sagte Maike.

«Was?», fragte Clara verdutzt. «Meinen Mann, Willem?»

«Aber ja! Erstaunt Sie das? Marten sagt, es gibt heute kaum ein gehobenes Handwerk mehr, in dem die Erfindungen Ihres Mannes nicht ihre Spuren hinterlassen hätten. Ob es die Uhrmacherei ist, die Linsenschleiferei, der Buchdruck, und selbst die Baumeister sprechen mit Hochachtung von ihm, seit er ... ich weiß gar nicht genau ... etwas für Regenrinnen erfunden hat, damit sie nicht so leicht leckschlagen und das Mauerwerk auswaschen. Und dann hat er etwas erfunden, damit die Kamine besser ziehen.»

«Das stimmt zwar», sagte Clara. «Aber außer dass er die heutige Baukunst liebt, versteht er vom eigentlichen Bauen nichts.»

«Aber Kamine und Regenrinnen gehören doch auch dazu», entgegnete Maike. «Stellen Sie das Licht Ihres Mannes nur nicht unter den Scheffel!»

Clara lachte. «Das wollte ich gar nicht. Ich weiß sehr wohl, was die Stadt an ihm hat. Und ich auch.»

So gab ein Wort das andere, und Maike hatte viele Fragen über die Stadt und ihre Menschen. Mitten im Gespräch dachte Clara einmal: *Wenn ihr nicht wieder ganz wohl wäre, würde sie jetzt nicht so angeregt plaudern.* Und etwas später dachte sie: *Womöglich konnte ich ihr gar nicht besser helfen als mit der Zeit, die ich ihr widme, und mit der damit verbundenen Ablenkung.* Das war etwas, das den Kolleginnen und vor allem den Ärzten, die sich seit neuestem für die Geburtshilfe interessierten, so schwer verständlich zu machen war: Bisweilen nützte die schönste Hebammen- oder Chirurgenkunst nicht das Geringste, wenn Ruhe und Zuwendung das Gebot der Stunde waren. Maike Stuivens Scheinwehen waren ein gutes Exempel dafür.

Etwa eine halbe Stunde bevor der Sänftenträger kommen und Maike abholen sollte, kehrte Sanna mit Louis zurück. Sie war sehr erschöpft und sagte, sie habe Louis auf dem Kahn, mit dem sie auf dem Rhin die Gehöfte in der Wildnis ansteuerten, kaum bändigen können.

«Die Zeit, in der man ihn einfach auf den Schoß nehmen und mit Singen oder Vögelbeobachten ruhighalten kann, ist vorbei», sagte sie. «In nächster Zeit kann ich ihn auf derlei Besorgungen nicht mehr mitnehmen. Mehr als einmal hätte er unseren Kahn fast zum Kentern gebracht.»

Entsprechend froh war sie, den Kleinen in die Obhut seiner Mutter geben zu können. Maike hatte nichts dagegen und fühlte sich von ihm keineswegs gestört. Sie sprach ihn freundlich an und kitzelte ihn mit ihrem Taschentuch sacht an der Nase, bis er lachte, danach griff und wieder und wieder gekitzelt werden wollte. Clara beobachtete mit Freude, dass Maike nicht müde wurde, dieses Spiel mit ihm zu spielen. Ab und an fuhr sie mit dem Tuchzipfel auch in seine Ohren, was den Kleinen besonders zum Juchzen brachte. Er schlug mit den Händen nach dem Tuch, versuchte, es zu greifen, und rieb sich das Ohr an Claras Schulter. Maike ließ ihn das Tuch immer nur berühren, dann entzog sie es ihm wieder und benutzte es zu einer neuen Neckerei.

Clara war nun endgültig davon überzeugt, dass die Krisis vorbei war. Aber nicht nur darüber war sie froh. Noch nie hatte sich eine Fremde ihrem Kind so innig zugewandt. In den letzten drei Stunden schien so etwas wie eine Freundschaft begonnen zu haben, die sie auf mehr hoffen ließ.

Als der Sänftenträger eintraf, nahmen die Frauen herzlich Abschied voneinander, und Clara versprach Maike, sie werde am Abend noch einmal nach ihr schauen und sich in der Zwischenzeit nach einem Mädchen umsehen, das im Stuiven'schen Haushalt aushelfen würde, bis Maike wieder bei Kräften war. Clara wusste, dass es eine Stellung für mindestens zwei Monate war, und genügend Neubürgerinnen waren darauf aus, ihren Familien durch derlei Tätigkeiten Fuß fassen zu helfen. Man musste nur die rechte finden, und möglichst eine, die mit ins Haus einzöge. Denn Clara konnte sich gut vorstellen, dass Maike in Kürze auch nachts Hilfe brauchen würde.

Schon bald nachdem Maike gegangen war, wurde Louis quengelig. Auf Nachfrage berichtete Sanna, dass der Kleine den ganzen Tag über zwar bestens verpflegt worden sei, teils durch den mitgeführten Proviant, teils aber auch von den Bauern, die ihm Leckereien zusteckten. Allerdings habe er noch kein Auge zugetan, und das war ihm deutlich anzumerken. Der Nachmittag ging bereits in die vierte Stunde, und somit war es eigentlich zu spät für einen Mittagsschlaf. Aber Clara wusste, dass sie Louis nicht bis zum Abend würde wach halten können, und ehe er noch später seinen Schlaf hielt, war es besser, ihn jetzt zu Bett zu legen.

Sie nahm ihn auf den Arm und trug ihn zur Schlafkammer hinauf. Als sie ihn in sein Bettchen gelegt hatte, blieb sie noch eine Weile bei ihm sitzen. Während sie ihm sanft über Schulter und Rücken strich, überlegte sie, wie sie unter diesen Umständen nach einem Mädchen für die Stuivens suchen sollte. Solange Louis schlief, konnte sie das Haus nicht verlassen. Auch Sanna würde nicht mehr lange im Haus sein. Sie präparierte noch kurz das mitgebrachte Obst und Gemüse, damit es sauber und trocken war, wenn sie am nächsten Tag mit dem Einwecken begänne. Dann war ihr Dienst im Hause ten Hoff für heute beendet.

Zwar wollte Clara Sanna fragen, ob sie jemanden für die Stuivens wüsste, aber am besten, dachte sie, sollte sie Lene fragen. Sie kannte so gut wie alle und alles in Glückstadt. Nicht nur, weil im Wirtshaus viele Menschen verkehrten, sondern auch, weil Lene viel in der Stadt herumkam. Die Einkäufe auf dem Markt und an den Bauern- und Händlerkähnen, die tagsüber am Fleet lagen, tätigte sie, wann immer ihre Zeit es erlaubte, selbst. Sie verkehrte auch in vielen Häusern und wusste, wo es die fruchtigste Marmelade, den geschmeidigsten Honig, die abgehangensten Würste und das griebenreichste Schmalz gab. Clara war bekannt, dass Lene bei ihren Besorgungen mit den Leuten nicht nur über das jeweilige Geschäft sprach, sondern über alles Mögliche, unter anderem auch über Leute, die Lene gar nicht selbst kannte. Dennoch wäre Lene trotz alledem nicht zu einer wandelnden Auskunftei über die Bürger der Stadt geworden, hätte ihre frische, zupackende Art sie nicht immer dazu getrieben, an den Schicksalen der Menschen Anteil zu nehmen und ihnen zu helfen, wo immer sie konnte. Oftmals bestand diese Hilfe darin, dass sie wusste, wer für die Bewältigung irgendeiner Schwierigkeit genau das rechte Werkzeug, genau die rechten Fähigkeiten oder dergleichen besaß.

Als Louis tief und gleichmäßig atmete, ging Clara zum Fenster und öffnete es einen Spaltbreit. Draußen herrschte immer noch genauso viel Gewese wie vorhin, und sie wollte nicht gar zu viel Lärm in die Schlafkammer dringen lassen, wohl aber etwas frische Luft. *Jetzt hätte es ohnehin keinen Sinn, mit Lene zu reden*, dachte sie. An Tagen wie diesem quoll Lenes Wirtshaus vor Gästen geradezu über, und gewiss wäre es nicht möglich gewesen, mit Lene auch nur zwei zusammenhängende Sätze zu wechseln.

Umso erstaunter war Clara, als sie Lene unten in der Straße auf Willems Haus zukommen sah. Ihre Miene war grimmig, und trotzig vergrub sie die Hände in den Taschen der Schürze, die sie im Wirtshaus zu tragen pflegte. Sie ging sehr schnell, und die mangelnde Bewegungsfreiheit ihrer Arme gab ihrem Gang etwas ungelenk Kantiges, das ihren offensichtlichen Unmut noch betonte. Ihre Haube neigte sich zu einer Seite, und als sie Clara sah, die schnell die Treppe hinabgelaufen war und ihr die Tür öffnete, warf sie den Kopf so schwungvoll zurück, dass die Haube ihr ganz vom Kopf rutschte und einen unordentlichen Blondschopf zum Vorschein brachte.

«Wie ist dir, Lene?», sagte Clara besorgt. «Warum bist du nicht im Wirtshaus?»

«Lass uns in den Garten gehen», sagte Lene unwirsch. «Ich schwitze wie ein Schwein. Und außerdem brauche ich Luft, weil ich sonst platze.» Damit stapfte sie durch die Diele voran und fügte hinzu: «Vor Wut.»

«Das sehe ich», sagte Clara und folgte ihr. «Aber was hat dich so wütend gemacht?»

Im Garten angekommen, ging Lene zwar zunächst auf die Sitzecke zu, aber dann drehte sie ab und begann eine Wanderung über den kleinen Rasen zwischen Haus, Blumenbeeten und Büschen.

«Ich kann es nicht mehr hören», begann sie aufgebracht und imitierte als Nächstes die tiefe Stimme ihres Vaters. «Du musst endlich heiraten, Kind! Meine Tage als Wirt sind gezählt. Du kannst das Haus nicht allein führen.»

«Wieso sind seine Tage als Wirt gezählt?», fragte Clara.

Als Lene auf ihrer Wanderung das nächste Mal auf Clara zukam, die sich an den Gartentisch gesetzt hatte, blieb sie stehen. Nun ließ sich auch Lene auf den nächstbesten Stuhl fallen. «Er will nicht, dass es jemand erfährt. Er hat das Gliederreißen. Es wird immer schlimmer. Ich sage ihm, er soll sich wegen des vielen Hantierens mit Wasser stets die Hände eincremen. Das tut er auch manchmal, aber nicht häufig genug. Die Salbe, die ich ihm dafür besorge, rührt Olsen für mich zusammen. Heimlich. Sie soll die Schmerzen lindern. Aber Olsen sagt selbst, dass sie das Gliederreißen nicht aufhalten kann.»

«Der Arme», sagte Clara mitfühlend und begriff, warum der einst so joviale und agile Mann in letzter Zeit immer brummiger und schwerfälliger geworden war.

«Was das betrifft, ist er wirklich arm dran», sagte Lene bissig. «Aber wie kommt er dazu, mich zum Heiraten zu drängen? Als ob ich nicht seit Jahren eine vollwertige Wirtin wäre!»

«Gewiss, Lene», sagte Clara begütigend. «Aber du hast ihn zur Seite. Was, wenn er sich aus dem Geschäft zurückzieht?»

«Dann stelle ich ein, zwei Helfer ein», erwiderte Lene. «Mehr braucht es nicht. Aber das will er nicht wahrhaben. Er sagt, ein Wirtshaus ohne Wirt sei eine Spelunke, wenn nicht gar etwas noch Ärgeres.»

Clara kannte Lene gut genug, um zu verstehen, wie sehr sie das kränken musste. Andererseits konnte sie sich gerade Lenes Wirtshaus nicht ohne Wirt vorstellen. Es war das größte der ganzen Stadt, und allein schon die Stallungen hinter dem Haus bedurften gewiss einer männlichen Hand. Bislang hatte sie geglaubt, dass auch Lene dieser Ansicht war. Nachdenklich betrachtete sie die Freundin, und plötzlich ahnte sie, dass Lene ihr noch nicht alles gesagt hatte. Denn ihre Verärgerung war stärker, als sich aus dem bisher Geäußerten erklären ließ.

«Hat er denn schon jemanden als seinen Nachfolger im Auge?», fragte sie.

Lene biss sich auf die Lippen und sah Clara dann unglücklich an. «Robert», sagte sie leise.

Daran, dass Lene den Namen englisch ausgesprochen hatte, erkannte Clara, dass sie den Schotten MacFarlin meinte. «Der Whiskybrenner?», vergewisserte sie sich. Und als Lene verschämt nickte, fügte sie hinzu: «Na, immerhin steht er eurem Gewerbe nahe und …»

Lene sprang auf, stellte sich wütend vor Clara und rief: «Wenn du nicht sofort aufhörst, schreie ich die ganze Nachbarschaft zusammen! Wie kannst du nur so etwas sagen!» Dann nahm sie die Wanderung über den Rasen wieder auf.

Nie und nimmer wäre sie so erregt, gäbe es nicht zarte Bande zwischen ihnen, dachte Clara. *Wie schaffe ich es nur, sie wieder zu beruhigen und sie dazu zu bringen, mir die ganze Geschichte zu erzählen?* Fürs Erste hielt sie es für das Beste, nichts zu sagen und Lene ihren Bewegungsdrang austoben zu lassen. Und richtig, nach einer Weile setzte sich Lene wieder zu ihr.

«Als wäre es ein Kuhhandel», begann sie. «Genauso gut könntet ihr mir einen Böttcher, einen Bierbrauer oder Stallmeister andienen. Die stehen unserem Gewerbe auch nahe. Ich hätte nie gedacht, dass du so herzlos sein kannst, Clara!»

Clara lehnte sich zurück. Sie wusste, wie sie Lene zu nehmen hatte. In Gefühlsdingen – und insbesondere in Liebesdingen – war sie immer noch so schamhaft, dass sie derlei für sich behielt. Es sei denn, man lockte sie aus der Reserve.

«Da kannst du mal sehen», sagte Clara leichthin. «Und ich werde so lange herzlos sein, bis du mir sagst, wie es um dein Herz bestellt ist. Denn solange ich darüber nichts weiß, trete ich in ein Fettnäpfchen nach dem anderen. Und zwar mit Wonne. Es geschieht dir ganz recht! Wo gibt's denn so was: der besten Freundin die herzinnigsten Dinge verheimlichen?!»

Lene schoss ihr einen wütenden Blick zu und wollte schon wieder auffahren, doch dann obsiegte ihr Sinn für das Komische, und sie begann zu lachen. Aber sie wurde schnell wieder ernst und fragte: «Hast du etwas bemerkt?»

«Zwischen Robert und dir, meinst du?»

Lene nickte schüchtern.

«Ehrlich gesagt, nicht», erwiderte Clara. «Wenn ich euch zusammen gesehen habe, dachte ich, es ginge um die Whisky...»

«Fang nicht schon wieder damit an!», unterbrach Lene sie mitten im Wort.

«Entschuldige, bitte», sagte Clara. «Es hätte doch sein können. Zumindest sah es so aus.»

«Das sollte es auch», sagte Lene verschämt. «Wegen Vater. Er und sein ewiges ‹Du musst endlich heiraten, Kind!›. Ist es denn zu viel verlangt, wenn man erst einmal herausfinden will, *wie* gut man einander ist?»

«Gewiss nicht», sagte Clara und nahm Lenes Hand. «Und nun habt ihr festgestellt, wie sehr ihr einander gut seid, und da ärgert es dich umso mehr, wenn dein Vater aus rein geschäftlichen Gründen auf deine Verehelichung mit Robert drängt?»

Lene sah Clara mit großen Augen an. Zuerst nickte sie, dann schüttelte sie den Kopf und grinste. «Ich wusste gar nicht, dass ich so kompliziert bin. Ich dachte immer, ich wäre ganz geradeheraus.»

«Bisweilen berühren Dinge einen so tief, dass man

nicht geradeheraus sein kann», sagte Clara. «Vor allem, solange man sie selbst noch nicht recht versteht.»

«Dann bist du mir nicht mehr gram?»

«Ich – dir gram? Wann wäre ich das je gewesen?»

«Na, eben gerade noch», sagte Lene.

«Ach, das.» Clara machte eine wegwerfende Handbewegung. «Irgendwie musste ich es dir ja entlocken.»

«Schlange!», sagte Lene, aber ihre runden blauen Augen blitzten so amüsiert, dass Clara nicht im Geringsten beleidigt war.

«Und wie soll es nun weitergehen?», fragte sie nur.

Lene zuckte mit den Schultern. «Solange Vater nicht aufhört, mich zu drängen, geht gar nichts weiter», sagte sie trotzig.

Clara nickte. Sie kannte Lenes Dickkopf und wusste, dass ihr wohl nichts anderes übrigblieb, als noch ein wenig länger die Schlange zu spielen und Lenes Vater heimlich das eine oder andere zu flüstern.

«Warum bist du ausgerechnet jetzt zu mir gekommen?», fragte sie. «Hattet ihr Streit?»

«Das nicht», sagte Lene. «Aber ich habe es nicht mehr ausgehalten. Du kannst dir nicht vorstellen, wie voll die Schänke den ganzen Tag lang war. Auch das Mittagsgeschäft zog sich viel länger hin als sonst. Erst eben wurde es etwas ruhiger. Und was tut mein Vater an so einem Tag, an dem man nicht weiß, was man zuerst und zuletzt tun soll? Statt einfach vor sich hin zu arbeiten, kommt er immer wieder zu mir und sagt ein ums andere Mal, ein Ansturm wie heute sei das beste Exempel dafür, dass die Schänke einen Wirt braucht. Und dann fing er noch mit dem Betrunkenen von neulich Abend an. Erinnerst du dich, bei der Bürgerversammlung?»

Clara nickte. «Der mich beinahe umgerannt hätte», sagte sie.

«Genau der. Ich mache mich niedrig, sagt mein Vater, wenn ich handgreiflich werde, so wie es bei Betrunkenen bisweilen nötig ist. Als er damit rauskam, wurde mir klar, dass er nun so weit ist, alles und jedes zum Anlass zu nehmen, um mich in die Ehe mit Robert zu drängen. Und um ihn zum Schweigen zu bringen, habe ich mich auf dem Absatz umgedreht und bin gegangen. Aber nicht, ohne ihm zu sagen, dass ich, wenn ich zurück bin, kein Wort mehr davon hören will.»

Clara verzog skeptisch den Mund. «Glaubst du, er nimmt sich das zu Herzen?», fragte sie.

«Zumindest heute wird er mich zufriedenlassen», sagte Lene. «Am Abend wird die Schänke gewiss wieder voll, so viele Leute, wie heute in der Stadt sind, und so beschäftigt, wie sie alle waren. Da wird er nicht riskieren wollen, dass ich den Dienst verweigere.»

Clara sagte Lene nichts davon, dass sie mit ihrem Vater reden wollte. Gern hätte sie nach Robert gefragt und mehr über ihn erfahren. Aber auch das tat sie nicht, denn sie wusste, dass Lenes Auskunftsbereitschaft in solchen Dingen begrenzt war. Für ihre Verhältnisse hatte sie heute schon viel verraten. Damit musste sich Clara fürs Erste begnügen.

«Ich habe auch Neuigkeiten für dich», sagte sie und erzählte Lene von der Ankunft der Stuivens und wie gut Maike ihr gefiel. «Sie wird eine Bereicherung für die Gemeinde sein, aber einstweilen braucht sie dringend Hilfe.»

Sie brauchte nicht viel mehr zu sagen, ehe Lenes Augen wieder aufblitzten. «Svenja Geerks», sagte sie.

«Sie braucht dringend just so eine Stelle, am liebsten mit Logis. Meinst du, sie könnte bei den Stuivens wohnen?»

«Platz genug hätten sie», sagte Clara. «Und wenn du mich als Maikes Hebamme fragst, wäre es mir sehr lieb, Tag und Nacht jemanden im Haus zu wissen. Sobald der Rathausbau beginnt, und das wird bald sein, muss Stuiven als Bauaufseher gewiss auch nachts raus. Mir wäre wohler, wenn ich wüsste, dass Maike stets jemanden in ihrer Nähe hat.»

«Soll ich Svenja gleich Bescheid geben?», fragte Lene und zwinkerte Clara zu. «Mein Vater mag ruhig ein Viertelstündchen länger auf mich warten.»

«Das wäre wunderbar. Ich habe Maike versprochen, mich noch heute um ein Mädchen zu kümmern.»

Lene stand auf und klatschte in die Hände. «Also, dann», sagte sie voller Tatendrang.

Gegen Abend – Willem war von der Arbeit im Gießhaus nach Haus gekommen, Louis war längst wieder wach, und Clara wollte gerade aus dem Haus gehen, um nach Maike zu sehen – kam überraschender Besuch: Marten Stuiven. Er sah müde und erschöpft aus, was nach einem ereignis- und arbeitsreichen Tag nicht weiter verwunderlich war. Umso stärker wog es daher, dass er es trotzdem für nötig befand, sich bei Clara zu bedanken. Er tat es gleich in der Diele, aber anschließend machte er keinerlei Anstalten, wieder zu gehen. Einen Augenblick standen sie etwas ratlos da, bis Willem mit Louis in die Diele trat. Louis kroch gleich auf den Fremden zu und richtete sich an seinen Beinen auf, worauf dieser lachte und den Kleinen auf den Arm nahm.

Clara zwinkerte Willem zu und sagte: «Warum bittest

du Herrn Stuiven nicht in die Gute Stube und unterhältst dich ein wenig mit ihm? Ich will Maike nicht länger warten lassen.»

Sie nahm ein leichtes Schultertuch vom Garderobenhaken und warf es sich über. Aus dem Augenwinkel sah sie, dass der Baumeister Willem erwartungsvoll anblickte. Dann verabschiedete sie sich und dachte: *Wenn das nicht eine ähnlich erfreuliche Begegnung wird wie meine mit Maike vorhin, sollte es mich wundern.*

Das Letzte, was sie mitbekam, als sie aus der Tür ging, war, dass die Männer sich schnell einig wurden, keineswegs in die Gute Stube, sondern in Willems Werkstatt zu gehen. *Aha*, dachte sie und lächelte still, *dann galt der Besuch wohl weniger mir als Willem.*

Als sie kaum eine Stunde später über die Hafenbrücke zurückging, begegnete sie Stuiven, der sie beinahe nicht bemerkt hätte. Clara erkannte ihn schon von weitem und sah, dass er ganz gedankenverloren in die Ferne starrte und die Lippen bewegte, als spräche er leise vor sich hin. Im Näherkommen überlegte sie, ob sie ihn ansprechen oder nicht wenigstens grüßen sollte. Aber sie entschied sich dagegen und wandte den Kopf Richtung Elbe, so als schaute sie den letzten Schiffsmanövern zu oder blickte in den sich orange verfärbenden Abendhimmel. Sie glaubte den Zustand des Baumeisters zu kennen. Die Tagesereignisse waren so vielfältig, fordernd und – was seine Frau und das ungeborene Kind anging – so beängstigend gewesen, dass er ziemlich mitgenommen sein musste. Schließlich sprach Stuiven sie doch an.

«Außerordentlich», sagte er und tippte sich an den ausladenden Federhut. «Ganz außerordentlich, was Ihr Mann da sagt.»

Clara schossen allerlei außerordentliche Dinge durch den Kopf, die Willem gesagt haben könnte, und sie versuchte sogar, sich auf seine den Häuserbau betreffenden Einfälle zu konzentrieren, die Stuiven wahrscheinlich am meisten interessierten. Trotzdem kam sie nicht darauf, was Stuiven meinen könnte, und da er ihr keinerlei Hinweis gab, worum es ihm ging, lächelte sie nur höflich und sagte: «Ja, nicht wahr?»

«Ja, ja», sagte Stuiven fahrig. «Ich kann es kaum glauben, in dieser morastigen Gegend. Aber das Absacken des Schlosses beweist es.»

Dass Stuiven offenbar nicht in der Lage war, ein zusammenhängendes Gespräch zu führen, hoffte Clara seiner gegenwärtigen Verfassung und den Anstrengungen des heutigen Tages zuschreiben zu können. Es schien ihr das Beste zu sein, sich schnell von ihm zu verabschieden und ihm eine gute und vor allem baldige Nachtruhe zu wünschen.

Doch dann sah Stuiven ihr direkt in die Augen und sagte: «Clara, es geht um viel. Ich hatte sehr gehofft, so verständige Leute wie Sie und Ihren Mann hier anzutreffen. Nur dass Sie leider nicht fürs Bauen zuständig sind. Und nach dem, was Ihr Mann mir sagte …» Er brach ab, schüttelte verärgert den Kopf und fuhr dann fort: «Jedenfalls danke ich Ihnen für alles, was Sie seit unserer Ankunft für uns getan haben. Auch dass Sie uns so schnell ein Mädchen geschickt haben. Meine Frau ist darüber sehr froh. Als ich sie vorhin verließ, befand sie sich recht wohl. Sind auch Sie mit ihrem Zustand zufrieden?»

«Ja», sagte Clara. «Ich denke, Sie können einer ruhigen Nacht entgegensehen. Alle vier.»

«Vier?», fragte Stuiven irritiert.

«Sie, Maike, Svenja und das Ungeborene», sagte Clara.

«Ja, ja, ganz recht», sagte Stuiven so fahrig wie am Anfang ihrer Begegnung. «Und meine Frau ist wirklich wohlauf?»

«Ja, das ist sie», sagte Clara. «Morgen sehe ich wieder nach ihr. Wie jeden Tag bis zur Geburt. Allerdings darf sie bis dahin keinerlei Anstrengungen unternehmen. Wenn Sie darauf bitte achten wollen und es – genau wie ich eben gerade – dem Mädchen noch einmal einschärfen!»

Stuiven nickte, aber Clara bezweifelte, dass er daran denken würde. Seufzend wünschte sie ihm eine gute Nacht.

Vier

Glückstadt, 18. Juli 1642

Bei ihrer Heimkehr fand Clara Willem und Louis in der Werkstatt vor. Willem feilte am Modell eines Kanonenrohrs, und Louis hämmerte Holzlatten in den Schlitz einer Kiste, die Willem ihm gebaut hatte. Es gehörte zu seinen Lieblingsbeschäftigungen, aber er tat es jetzt so kraftlos, dass Clara sah, wie müde er trotz des verspäteten Mittagsschlafs war. Willem hingegen schien sehr nachdenklich zu sein, und beide zeigten kaum eine Regung, als Clara die Werkstatt betrat.

«Ich glaube, der junge Mann bekommt jetzt ein wenig Hirsebrei und begibt sich dann zur Ruhe, nicht wahr?», sagte Clara und nahm den Kleinen auf den Arm, was der ruhig geschehen ließ.

«Gibt's für mich auch welchen?», fragte Willem.

«Aber ja», erwiderte Clara. «Für uns alle. Ich wärme ihn nur schnell auf und ziehe Louis die schmutzigen Sachen aus.»

«Was für ein Tag!», sagte Clara, als sie Louis kurz darauf, kaum dass er etwas gegessen hatte, zu Bett gelegt hatte und wieder zu Willem herunterkam, der bereits an seiner Werkbank saß und feilte.

«Nicht wahr?», sagte Willem und schaute kurz von seiner Arbeit auf. «Da blühst du gleich wieder auf.»

Es war nicht die Erwiderung, die Clara sich gewünscht

hatte, aber obwohl sie nach wie vor nicht finden konnte, dass sie seit Louis' Geburt untätig gewesen war, hatte er in gewisser Weise doch recht. Sie blühte wirklich auf, wenn sie gefordert war. Doch darauf wollte sie jetzt nicht eingehen.

«Ich traf eben noch Stuiven auf der Brücke», sagte sie stattdessen. «Er redete etwas wirr, aber er scheint sehr beeindruckt von dir zu sein. Mir war, als deutete er an, du habest ihm etwas Wichtiges gesagt, das ihm Sorgen bereitet. Aber ich wurde nicht schlau aus dem, was er sagte.»

Willem schob das Kanonenmodell zur Seite, nickte ernst und sagte: «Ich fragte ihn nach der Gründung der Häuser in Friedrichstadt. Das Areal zwischen Eider und Treene wurde zwar schon früher abgedämmt und trockengelegt als das unserer Stadt, ist aber ähnlich weich und morastig. Nach dem, was Stuiven sagte, scheint man dort die Beschaffenheit des Baugrunds ernster zu nehmen als hier. So verzichtet man fast überall auf Unterkellerung und – wo nötig – wird der Boden gründlich gerammt, ehe er bebaut wird. Als er vor vier Jahren hörte, dass unser Schloss bereits sechs Jahre nach seiner Fertigstellung abzusacken drohte und nachträglich unterpfählt werden musste – was natürlich viel aufwendiger ist, als es gleich richtig zu machen –, dachte er, dass wir bei neuen Bauvorhaben nun sorgfältiger vorgehen, und er fragte mich danach.»

«Und musstest du ihm berichten, dass es nicht so ist?», fragte Clara. Plötzlich bekam Stuivens Gestammel einen Sinn, und sie fühlte sich mit einem Male so schwach, dass sie sich setzen musste.

Willem rückte auf seinem Hocker zur Seite und machte ihr Platz.

«Werden denn all unsere Häuser nach und nach absinken?», fragte Clara.

Willem zuckte mit der Schulter. «Je weiter landeinwärts sie liegen und je kleiner sie sind, desto geringer die Gefahr.»

Clara wurde blass und fuhr sich mit den Händen an die Wangen, wie immer, wenn sie erschrak. «Aber, Willem», sagte sie, «was bedeutet das für unser Haus hier – und was für das Rathaus?»

«Dem Plan, den du hier anbrachtest, war das nicht zu entnehmen, was schon mal kein gutes Zeichen ist», sagte er. «Deshalb habe ich Stuiven ja darauf angesprochen. Ich hoffe, er kann etwas ausrichten. Allerdings ist die Sache heikel. Er kann schwerlich neu in die Stadt kommen und aller Welt verkünden, bis dato hätte man alles falsch gemacht. Ihm schlägt ohnedies schon genug Neid entgegen. Dennoch kann er nicht sehenden Auges einen Großbau überwachen, bei dessen Gründung verheerende Fehler gemacht werden.»

«Aber Steenwinkel und Titken?», sagte Clara. «Sie sind doch Baumeister von Rang. Sie werden doch nicht …»

«Sie haben schon», unterbrach Willem sie. «Du weißt doch selbst, dass es Steenwinkel war, der unser Schloss erbaute.»

«Hat er daraus denn nicht gelernt?»

«Gewiss hat er das. Er sagte es mir kürzlich selbst. Aber er ist gehalten, eine gewisse Bausumme nicht zu überschreiten. Du weißt ja selbst, was für ein heißes Eisen die Baukosten sind. Er kann nicht einfach drauflosplanen, koste es, was es wolle. Und dann …» Willem zögerte, und Clara musste ihn ausdrücklich bitten, weiterzusprechen. «Mir will scheinen», sagte er dann, «dass sich hier etwas Ungutes zusammenbraut. Alle – oder wenigstens viele – wissen, dass es hier ein Problem gibt und dass in der Vergangenheit Fehler gemacht wurden, aber niemand will der womöglich bitteren Wahrheit und ihren Konsequenzen ins Auge blicken. Ich habe mich schon gefragt, ob die Furcht so groß ist, dass man deshalb bei Neubauten auf eine sorgfältige Gründung verzichtet. Verstehst du? Einfach nur, damit niemand, der das Rammen und Pfählen beobachtet, auf die Frage kommen kann, was denn wohl mit den anderen Gebäuden geschieht, die nicht so sorgfältig gegründet wurden.»

«Du meinst, ein alter Fehler wird immer weiter begangen, nur damit sich niemand rückblickend darüber sorgt?»

Willem nickte düster.

«Nein, Willem, das kann ich nicht glauben», sagte Clara bestimmt und sah ihm herausfordernd ins Gesicht. «Das ist nicht Glückstadt. So geht man hier nicht vor. Ganz im Gegenteil!» Sie erregte sich so sehr, dass sich ihre Wangen wieder röteten und Willem ein schiefes Lächeln abrangen.

«Wäre es dir wirklich so fremd, die Leute dabei zu ertappen, dass sie etwas besonders Arges nicht wahrhaben wollen?», fragte er und strich Clara über die weichen Locken.

Sie senkte den Blick, presste die vollen Lippen zusammen und schüttelte stumm den Kopf.

«Ich habe Stuiven mit Bedacht auf diese Spur gesetzt», sagte Willem. «Lass ihn nur erst mit der Arbeit beginnen. Er ist ein gewissenhafter Mann, und seine

Friedrichstädter Erfahrungen wird man nicht ignorieren können. Mach dir keine Sorgen, Liebes.»

Das war leichter gesagt als getan. Trotzdem sah Clara, dass Willem schon wieder nach seinem Kanonenmodell schielte und weiter feilen wollte. Seufzend erhob sie sich. «Morgen wird eingeweckt», sagte sie. «Sanna kümmert sich darum. Aber ich will schon einiges vorbereiten. Und du? Arbeitest du in den nächsten Tagen weiter im Gießhaus? Feilst du deshalb an dem Kanonenmodell?»

Willem nickte und wandte sich wieder dem Werkstück zu. «Roen erbaut eine komplett neue Artillerie. Da kann er meine Hilfe gut brauchen.»

«Deine Hilfe? Als Gießer?», fragte Clara überrascht.

Willem lachte kurz auf. «Gewiss. Ich muss achtgeben, dass die Schmelzöfen nicht erlöschen.»

Jetzt lachte auch Clara und tat so, als wollte sie Willem ohrfeigen.

Der duckte sich weg und sagte: «Ich glaube, deine Vorstellung davon, was ich dort tue, reicht vollkommen aus. Oder erwartest du, dass ich dir Einzelheiten über die neuen Waffen des Königs erzähle und damit herumprahle, welche Teile von mir sind?»

«Schon gut», sagte Clara und wandte sich zum Gehen. Insgeheim dachte sie ärgerlich: *Waffen, Waffen und immer wieder Waffen! Was das kostet! Kein Wunder, dass es dann am Hausbau fehlt.* Doch damit war die Sache für sie nicht erledigt. Sie merkte, wie beunruhigt sie war und dass das Gefühl von bevorstehendem Unheil sie nicht mehr verließ.

Während Willem und Stuiven in den folgenden Tagen immer wieder die Köpfe zusammensteckten, ohne dass

Willem mehr darüber verriet, als dass es ernst sei, verbrachte Clara viel Zeit mit Maike. Obwohl sie in Svenja eine tüchtige Hilfe gefunden hatte, gab es doch vieles, was sie als eine Aufgabe der Hausherrin betrachtete. Immer wieder musste Clara in sie dringen und ihr Ruhe verordnen. Nein, sagte sie, sie brauche nicht zum Tuchhändler zu gehen und Stoffe für Kleider, Vorhänge und Kissen auszusuchen, der Tuchhändler könne genauso gut seinen Gehilfen mit Mustern und Proben zu ihr ins Haus schicken. Und nein, auch zum Schneider brauche sie nicht zu gehen, da auch dieser gern zum Maßnehmen und Anprobieren ins Haus komme. Selbst Antrittsbesuche hätten Zeit, sagte Clara. Allenfalls gestattete sie, dass Maike Leuten, die ihr besonders wichtig waren, Briefe schrieb, in denen sie ihre Lage erläuterte und um einen Besuch in ihrem Hause bat. Dabei konnte sie die Ärmste nur zu gut verstehen. Unmöglich konnte sie sich vorstellen, sie hätte nach ihrer Ankunft in Glückstadt nicht alles selbst in die Hand nehmen können, sondern alles im Liegen regeln müssen. Doch wann immer sie die Schwangere untersuchte, stellte sie fest, dass der Geburtskanal noch geschlossen war. Und wenn diese trotzdem über ein wehenartiges Ziehen klagte, wusste Clara, dass Maike wieder mehr getan hatte als erlaubt. Um sie besser zu überwachen, ihr das eine oder andere abzunehmen und weil sie gern bei ihr war, besuchte Clara sie zwei Mal pro Tag. Manchmal brachte sie Louis mit, wogegen Maike nichts einzuwenden hatte. So ging es alles in allem zwei Wochen, in denen immer wieder der Tee aus Baldrian, Johanniskraut und Melisse seine beruhigende Wirkung tun musste, bis Clara glaubte, nun könne es bald so weit sein.

Mit Maike über die Arbeit ihres Mannes zu reden, verbot sich Clara, obwohl sie es gern getan hätte. Sie sagte sich, dass es eine zusätzliche Sorgenquelle sein könnte, und derlei konnte Maike gerade jetzt nicht gebrauchen. Überdies hatte sie den Eindruck, dass Stuiven mit ihr ohnehin nicht über seine beruflichen Belange sprach, und schließlich gab sie die Hoffnung auf, durch Maike mehr über den baulichen Zustand der Stadt zu erfahren.

Glücklicherweise hatte Grethe nur zwei andere Frauen ihrer Obhut übergeben. Bei einer, die noch von Grethe entbunden worden war, ging es darum, sie wieder auf die Beine zu bringen und dem kränkelnden Säugling über die ersten Lebenswochen zu helfen. Amalie hatte sich bereit erklärt, diese Aufgabe zu übernehmen, vorausgesetzt, dass Clara die Verantwortung übernahm und sie jederzeit alles mit ihr besprechen könne. Dazu war Clara gern bereit, wenn Amalie ihr bloß die Besuche abnahm, für die sie nun wirklich keine Zeit erübrigen konnte. Denn da war ja auch noch die andere Frau, Elske Daniels. Mit ihrer Niederkunft war nicht vor September zu rechnen, aber sie hatte sich frühzeitig an eine Hebamme gewandt, weil sie sich vor der Geburt schrecklich fürchtete. Ihre eigene Mutter war bei ihrer Geburt gestorben, und überdies wurde sie von ihrer Schwiegermutter drangsaliert, die in so ziemlich allem anderer Ansicht war als Elske, Grethe und Clara. Dieser Frau konnte sie am besten helfen, indem sie ihr täglich eine Ruhepause verschaffte, sie wieder und wieder beruhigte und ihr Gelegenheit gab, nach und nach Vertrauen zu ihrer neuen Hebamme zu fassen.

Zu diesem Zweck empfing sie sie immer um die Mittagszeit im Gartenzimmer ihres früheren Hauses, dem

«Clara-Haus». Dort hingen immer noch die Kopien von Michelangelos Skizzen stillender Mütter und trinkender Kinder an den Wänden und entfalteten ihre beruhigende und ermutigende Wirkung nicht weniger eindrucksvoll als all die Jahre zuvor. Vor allem stellten sie ein gutes Gegengewicht zu all dem Unsinn und Aberglauben dar, mit dem die Schwiegermutter die junge Frau belastete. Wenn die Schwiegermutter ihr in den Ohren lag, sie solle gerader gehen und ansonsten hauptsächlich die rechte Hand und den rechten Fuß benutzen, damit «die Mole» in ihrem Leib zu einem Jungen würde, ließ Clara sie die Säuglinge auf den Bildern betrachten und fragte sie, ob sie sich wirklich vorstellen könne, die drallen Ärmchen und Beinchen, die dicken Backen, Hände, Füße und alles andere bilde sich erst unmittelbar vor der Geburt aus. Genauso verfuhr sie, als die Schwangere ganz aufgelöst zu ihrer Verabredung kam und sagte, erst heute habe ihre Schwiegermutter ihr erzählt, schon seit Hippokrates sei bekannt, das Ungeborene drehe sich nach sieben Monaten im Mutterleib vom Aufrechtstand in die Kopflage, und von diesem Manöver sei es so geschwächt, dass es unmöglich eine Geburt durchstehen könne. In diesem Zustand verharre das Ungeborene dann vier Wochen, sodass ein Kind, das nach acht Monaten geboren würde, keine Überlebenschance hätte. Was, wenn ihr Kind nun plötzlich käme, wo es doch gut sein könne, dass es seit just acht Monaten in ihrem Leib sei? Auch hier taten Michelangelos dralle Säuglinge ihre beruhigende Wirkung, und überdies gab die Schwangere zu, kein derartiges «Manöver» in sich verspürt zu haben. Trotzdem überlegte Clara, ob sie nicht einmal mit der Schwiegermutter reden sollte, und sie war sich ganz sicher, dass sie es vor

Louis' Geburt getan hätte. Jetzt aber wusste sie nicht, woher sie die Zeit dafür nehmen sollte.

Eine andere Hinterlassenschaft Grethes, um die sich Clara kümmern musste, war der Chirurg Knud Larsen, der vor etwa einem Jahr von Kopenhagen nach Glückstadt gekommen war und mit dem Grethe seither gut zusammengearbeitet hatte. Larsen war der Ansicht, dass viel zu viele Chirurgen die Hauptstadt bevölkerten, und er hatte gehört, dass man in Glückstadt mit dem dortigen Kollegen nicht mehr zufrieden war, weil er dem Trunke zuneigte und im Übrigen nicht eben auf der Höhe der Zeit war. Einer seiner ersten Gänge hier hatte ihn zu Grethe geführt, die er aus Kopenhagen kannte, und nun galt es für Clara, das gute kollegiale Verhältnis fortzuführen, das die beiden etabliert hatten. Sie kannten einander seit Jahresfrist, und sie schätzten einander, auch wenn sie bislang nicht zusammengearbeitet hatten. Genau genommen kannte Willem ihn sogar besser, denn der junge Chirurg war eines Tages in Willems Werkstatt spaziert gekommen und hatte ganz unverblümt gesagt, dass er mit einigen Instrumenten nicht zufrieden sei und gehört habe, Willem habe schon anderes medizinisches Gerät erfunden und gebaut. Dann hatte er Willem gefragt, ob er an einem Auftrag interessiert sei. Und ob Willem interessiert war! Seither besaß Larsen ungleich feinere und schärfere Messer und Nadeln als zuvor, Pinzetten und Zangen in allen Größen, und Willem hatte ihm sogar eine ähnliche Tasche gebaut wie Clara, in der Arzneien und Instrumente transportiert werden konnten, ohne von ihrem Platz zu verrutschen.

Noch brauchte Clara Larsen nicht, aber sie wollte nicht warten, bis sie unter einer Geburt einen Notruf nach ihm schicken musste. Als sie ihn in seinem Haus in der Deichstraße aufsuchte, stellte sie überrascht fest, dass Grethe sich nicht von ihm verabschiedet hatte und er noch gar nicht wusste, dass sie nach Kopenhagen zurückgereist war.

«Nehmen Sie's ihr nicht krumm», sagte Clara. «Zwischen ihrem Entschluss und der Abfahrt lagen gerade mal drei Tage.» Dann erzählte sie von den Umständen, die Grethe zu dem schnellen Schritt bewogen hatten.

Der junge, etwas untersetzte Mann wiegte bedächtig den Kopf. «Haben Sie nicht zu viel Mitleid mit ihr», sagte er, und Clara glaubte so etwas wie Schalk in seinen klugen grauen Augen zu erkennen. «Sie hat ihre Heimat sehr vermisst, und auch wenn sie nun ihre liebe Last mit der kranken Schwester hat, ist sie gewiss sehr froh, wieder daheim zu sein.»

«Hat sie Ihnen das gesagt?», fragte Clara überrascht.

«Nein», sagte Larsen. «Aber es war ihr anzumerken.»

Alle außer mir scheinen es bemerkt zu haben, dachte Clara unangenehm berührt.

«Aber mein Schaden soll es so oder so nicht sein», fuhr Larsen fort. «Nun bekomme ich es endlich mit der weithin gerühmten Hebamme von Glückstadt zu tun. Ich erinnere mich noch, dass nach Ihrem letzten Besuch in Kopenhagen wochenlang die ganze Stadt von Ihnen sprach.» Dann lachte er und berichtigte: «Jedenfalls in dem klitzekleinen Zirkel, in dem sich unsereins bewegt.»

Clara sah sich in dem blitzsauberen Raum um, in dem er arbeitete. Auch Larsens Kleidung, der graue Rock und die schwarze Kappe, waren nicht nur makellos rein, sondern schienen gestärkt und geplättet zu sein. Falls es sich um sein Behandlungszimmer handelte – und dafür sprachen eine Liege und ein Stuhl mit Ledergurten –, musste er seine Instrumente woanders aufbewahren. Die Behandlungszimmer anderer Chirurgen, die Clara kannte, waren voller Instrumente gewesen.

«Steht Ihnen das ganze Haus zur Verfügung?», fragte sie, auch um von ihrem angeblichen Ruhm abzulenken. Es war ein recht großes Haus.

«I wo!», sagte Larsen. «Ich logiere nur im Erdgeschoss. Hier vorne arbeite ich, und nach hinten raus habe ich eine kleine Küche und eine Wohn- und Schlafkammer.»

«Und Ihre Instrumente?», fragte Clara.

«Ich will nicht, dass die Leute als Erstes an eine Folterkammer denken, wenn sie zu mir kommen.» Larsen klopfte an einen länglichen, halbhohen Schrank. «Da ist alles drin.» Dann öffnete er die Schranktüren. Clara staunte, wie ordentlich alles war. Selbst hier war kaum ein Instrument zu erkennen, dafür viele Hüllen, Etuis und Säckchen, die ihr verdächtig bekannt vorkamen. Auch für sie hatte Willem Instrumentenhüllen aus weichem Schweinsleder gefertigt. «Von meinem Mann?», fragte sie.

Larsen nickte und fragte: «Wie hatten Sie sich unsere Zusammenarbeit denn vorgestellt?»

Clara gestand ihm freimütig, dass sie gerade erst angefangen hatte, über eine Kooperation von Hebammen und Chirurgen nachzudenken, als sie schwanger geworden war, und dass sie – außer einmal in Kopenhagen, als ein Chirurg ohne ihr Zutun hilfreich eingegriffen hatte, und abgesehen von Grethes Schilderungen – keinerlei Erfahrung damit hatte.

«Dann belassen wir es einstweilen doch am besten dabei, wie es mit Grethe war», sagte Larsen. «Ich habe Dammrisse genäht und die Wundheilung überwacht, auch wenn Mutter und Kind andere Verletzungen erlitten. Später können wir dann weitersehen.»

«Gut», sagte Clara. «Am meisten sorge ich mich um Ihre Abkömmlichkeit. Bisweilen geschehen Dinge unter einer Geburt sehr plötzlich und …»

«Ich weiß, was Sie meinen», unterbrach Larsen sie. «Meine Wirtsleute hier haben eine sehr hilfsbereite und gewandte zehnjährige Tochter, von der ich übrigens weiß, dass Sie ihr ins Leben verholfen haben. Ich hinterlasse hier immer eine Nachricht, wo ich bin. Wenn Grethe einen Laufburschen oder dergleichen nach mir schickte und ich nicht zugegen war, wussten die Wirtsleute, wo mich das Mädchen oder der Laufbursche finden konnten. Das hat immer gut geklappt, und bislang war ich stets beizeiten zur Stelle.»

Clara war ehrlich beeindruckt. Diesem Mann brauchte sie offenbar nichts über Zuverlässigkeit, Sauberkeit und andere Dinge zu erklären, die bei Geburten eine Rolle spielten. So schien fürs Erste alles besprochen zu sein. Alles Weitere würde sich ergeben.

Aus Kopenhagen wusste sie, dass Karen ihre Anregung aufgegriffen und nach und nach Verbindungen zu Chirurgen geknüpft hatte, die Hebammen in gewissen Notlagen unterstützen konnten. Die studierten Ärzten hingegen ließen sich immer noch nicht weiter mit den Hebammen ein. Zwar beäugten sie deren Arbeit wohlwollend und ließen ihnen medizinische Unterweisungen zukommen, die den Hebammen durchaus willkommen waren, doch darin erschöpfte sich die Zusammenarbeit. Daran hatte auch Karens Verbindung mit Aebletoft nichts geändert, denn nachdem er sein Studium beendet hatte, war er zunächst einmal damit beschäftigt, berufliche Erfahrungen aller Art zu sammeln. Dass ihm überhaupt an der praktischen Arbeit gelegen war und er im Gegensatz zu älteren Kollegen die Studierstube verließ, um sich mit den Kranken selbst zu befassen, war schon viel. Und durchaus nicht unumstritten. Olsen, den die Gräuel der vergangenen Kriege bewogen hatten, wie ein Feldscher zu arbeiten, und der sich seither der Kranken *in persona* annahm, war einer von wenigen Medici, die Aebletofts Vorgehen zu würdigen wussten. Aber Clara wusste, dass noch Jahre vergehen würden, ehe er – was durchaus seine Absicht war – ein geburtshilflich versierter Arzt werden konnte. Umso mehr freute sie sich, in Larsen einen offenbar fähigen Helfer gefunden zu haben.

Aebletofts Ankunft in Glückstadt wurde nun täglich erwartet. Clara schaute, wann immer sich die Gelegenheit ergab, nach den ankommenden Schiffen und hoffte, den schlanken, hochaufgeschossenen jungen Mann mit den langen schwarzen Haaren, den leuchtend blauen Augen und dem schlaksigen Gang zu erspähen. Doch dann war es ein von Olsen gesandter Laufbursche, der am Nachmittag eines strahlend schönen Samstags in der letzten Juliwoche zu Willems Haus kam und die ersehnte Meldung machte.

Clara und Willem saßen vor etlichen Pfund Erbsen, die Willem am Morgen erntefrisch von einem der Rhinkähne am Fleet gekauft hatte, im Garten und pulten sie aus. Es waren die ersten des Jahres, und wie üblich zelebrierte Willem die Erbsenernte mit einer Klütschensuppe, die seiner Meinung nach besonders schmackhaft war, wenn sie in großer Menge gekocht wurde. Im Gegensatz zu Willem hatte Clara nie gern gekocht, und nach sechs Ehejahren hatte sich daran nicht viel geändert. Sie kochte jetzt öfter als früher, aber wenn es um mehr als ums Sattwerden oder gar eine Köstlichkeit wie die erste Erbsensuppe des Jahres ging, waren nach wie vor Willems Kochkünste gefragt.

Louis stand zwischen ihnen im Gras, beugte sich über den Erbsenkorb, fuhr mit beiden Händen in die Schoten, richtete sich auf und ließ sie in den Korb zurückrieseln. Wie üblich, wenn er an etwas Gefallen fand, tat er es wieder und wieder. Ab und an zog Clara die glasige Innenhaut von einer gepulten Schote und schob ihm das saftig süße Grün in den Mund. Das versöhnte ihn ein wenig mit dem Verbot, im Topf mit den ausgepulten Erbsen zu wühlen, der auf einer umgedrehten Gemüsekiste stand. Während Clara ihn beobachtete, fragte sie sich, warum sie vor drei Wochen, als die Kirschernte begonnen hatte, nicht daran gedacht hatte, Kirschkerne zu sammeln, zu waschen und sie Louis zum Kullern und Rascheln zu geben. Die Vorstellung, überall im Haus Kirschkerne herumliegen zu haben, und die Frage, wer pausenlos darauf achten sollte, dass Louis sie sich nicht in den Mund steckte und verschluckte, ließ sie von dem Gedanken allerdings gleich wieder Abstand nehmen. Doch Louis' begehrliche Blicke auf die ausgepulten Erbsen verrieten ihr, wie viel Freude er an den Kirschkernen haben würde, und sie wollte Willem gerade fragen, ob er sich etwas einfallen lassen könne, wie man Louis einerseits zu dem Vergnügen verhelfen und andererseits das Haus sauber halten und das Kind schützen könne, als der Bote sichtlich verlegen in den Garten trat.

Er habe sich nicht anders zu helfen gewusst, sagte er, da man sein wiederholtes Klopfen offenbar nicht gehört hatte, und als er es gewagt habe, die Haustür einen Spaltbreit zu öffnen, habe er die Familie hinterm Haus im Garten sitzen sehen, und da habe er sich gedacht, er dürfe wohl …

«Schon gut», unterbrach Willem sein Gestammel. «Er hat recht getan. Was soll er uns denn bringen?»

«Nur eine Vermeldung», sagte der Junge ebenso stolz wie umständlich und nahm sichtlich Haltung an. «Der Stadtmedicus lässt gnädigst ausrichten, ein Medicus aus der Hauptstadt habe sich am Vormittag erlaucht, bei ihm einzutreffen.»

«Aebletoft!», rief Clara und strahlte Willem an. «Endlich!» Dann blickte sie auf die vielen Erbsen. Sie wusste, dass sich Willem umso lieber an den Herd stellte, je mehr Leute es zu bekochen galt, und schon gar, wenn ein geselliges Beisammensein damit verbunden war. Mehrere Gedankengänge auslassend, sagte sie dann nur: «Olsen könnte eine Sänfte nehmen, falls seine Beine heute nicht recht wollen.»

Dann bedurfte es nur noch eines einvernehmlichen Blickwechsels zwischen den Eheleuten, ehe Willem dem Laufjungen augenzwinkernd auftrug, Olsen «eine gnädigste Retourvermeldung» zu machen und ihn und den Medicus aus der Hauptstadt zum Abendessen einzuladen.

Zur vereinbarten Zeit erschienen Olsen und Aebletoft Arm in Arm an Willems Tür. Zwar stützte sich der Ältere auf den Jüngeren, aber sonst war er bei Kräften und guter Dinge. Aebletoft hingegen wirkte etwas mitgenommen.

«Wie rücksichtslos von uns», sagte Clara an Aebletoft gewandt, als sie die Gäste in den Garten führte, wo der

Tisch schon gedeckt war. «Sie sind ja heute erst angekommen. War es eine beschwerliche Reise?»

«Sie brauchen sich nicht zu entschuldigen», sagte Aebletoft, als er sich setzte. «Ich konnte es ja selbst kaum erwarten, Sie wiederzusehen und endlich Ihren Mann kennenzulernen. Aber ja, es war eine beschwerliche Reise. Regenstürme und Flauten wechselten einander ab. Sonst wäre ich schon einige Tage früher hier eingetroffen.» Dann überreichte er Clara ein Kästchen. «Von Karen», sagte er, «mit herzlichen Grüßen.»

In dem Moment trat Willem aus dem Haus, und Aebletoft erhob sich. Während Olsen es übernahm, die Männer einander vorzustellen, öffnete Clara das Kästchen. Ein zusammengefalteter Brief lag darin und – in einen Stofffetzen eingewickelt – eine Anstecknadel in Form eines zierlich eingefassten weißen Elefanten. Clara erkannte sogleich, dass es sich um eine Replik des Elefantenordens handelte, der eigentlich an einer Kette um den Hals getragen wurde. Er symbolisierte die Geduld und Weisheit, die einen noblen Monarchen und andere klug und gerecht amtierende Würdenträger auszeichnen sollten. Clara fand ihn wunderhübsch, aber ihr stockte der Atem, als sie ihn in der Hand hielt. Denn sie hatte diesen weißen Elefanten, zumindest in Form der Originalorden, bislang nur auf der Brust der beiden höchsten Herren der Stadt gesehen – der des Königs und der des Stadtgouverneurs.

Die Männergruppe löste sich nach einigem Händeschütteln auf, und als Aebletoft Claras fast erschrockenes Gesicht sah, trat er lachend auf sie zu.

«Verzeihen Sie», sagte er. «Karen hat mir eingeschärft, dass ich Ihnen dieses Kleinod nicht überreichen dürfe, ohne Ihnen zu versichern, dass es in Kopenhagen derzeit ganz und gar üblich ist, alle möglichen Insignien der königlichen Macht zu replizieren und dem gemeinen Volk zum Schmucke zu verkaufen. Erst kürzlich ist ein Streit darüber entbrannt, und angeblich soll ihn der König höchstselbst mit dem Diktum beendet haben, ihm sei es lieber, die Leute schmücken sich mit würdigen Dingen als mit Amuletten und sonst welchem abergläubischen Zeug.» Dann zwinkerte er Willem zu. «Dass er dabei auch das Wohl der Gold- und Silberschmiede sowie der Preziosenhändler im Auge hatte, ist wohl nicht ganz auszuschließen.»

«Sie meinen also, es wäre nicht anmaßend von mir, diesen Elefanten zu tragen?», fragte Clara und hielt sich das hübsche Stück schon einmal probeweise an die Brust.

«Ganz und gar nicht», versicherte ihr Aebletoft.

«Ehe über diesen Elefanten die Suppe noch kalt wird, nehmt doch bitte alle Platz», sagte Willem, trat auf Clara zu und steckte ihr den Elefanten ans Kleid. Zur Feier des Tages trug sie ein besonders hübsches. Es war rostbraun und harmonierte schön mit dem hellen Braun ihrer Haare und Augen. Der helle Elefant zeichnete sich gut darauf ab, und die Männer klatschten Beifall, als Clara sich mit dem neuen Schmuck kokett vor ihnen hin und her drehte.

Als sie sich gesetzt hatten und Willem ins Haus zurückgegangen war, um die Suppe zu holen, fragte Olsen nach Louis.

«Ganz gegen seinen Willen sind ihm vor einer halben Stunde die Augen zugefallen», sagte Clara. «Wenn es nach ihm ginge, bräuchte kein Mensch je zu schlafen.»

«Wie schade», sagte Olsen. «Ich hatte mich darauf gefreut, den kleinen Mann zu sehen. Richten Sie ihm morgen bitte von mir aus, dass ich ihm ganz und gar recht gebe. Es gibt einfach viel zu viel zu tun, und alles ist viel zu aufregend, um die kostbare Zeit auf Erden mit Schlafen zu vertun.»

«Vor allem, wenn es Erbsensuppe mit Klütschen gibt», sagte Willem und stellte eine große Terrine auf den Tisch. «Lasst es euch schmecken.»

Das fiel keinem am Tische schwer. Die grasgrünen Erbsen und die weißen Mehlklütschen sahen nicht nur appetitanregend aus, sondern mundeten so köstlich, dass alle ihre Teller mehrfach nachfüllten und die Terrine bald geleert war. Willem warf Clara einen triumphierenden Blick zu, und diese nickte ergeben. Nachdem die Einladung an Olsen und Aebletoft ausgesprochen worden war, hatte Clara gesagt, dass es auch einen Nachtisch geben sollte, wenn sie denn schon einmal Gäste hätten. Doch Willem hatte dagegengehalten, dass er keinen Grund sehe, «aufzufahren wie bei Hofe», wenn ohnehin etwas Gutes aufgetischt würde. Allerdings hatte er Clara gebeten, Lene im Wirtshaus um einen Krug Rinder- oder Kraftbrühe zu bitten, um die Suppe damit nahrhafter zu machen. Und nun glaubte auch Clara nicht, dass auch nur ein Löffel Nachtisch in jemandem Platz gefunden hätte.

«Nun erzählen Sie, was sich in unserer Hauptstadt tut», sagte Willem zu Aebletoft, als sich alle wohlig zurücklehnten.

«Ach», sagte Aebletoft verlegen, «eigentlich habe ich viel zu viel zu tun, um von etwas anderem als meiner Arbeit berichten zu können. Außer dass immer noch viel gebaut wird. Auf meinen Wegen durch die Stadt passiere ich allenthalben Baustellen.»

«Gibt es denn den großen runden Turm schon?»,

fragte Clara. «Wo er entstehen soll, befand sich die größte aller Baustellen, zumindest als ich zuletzt da war.»

«Oh, der ist fertig», sagte Aebletoft. «Und wir sind alle mächtig stolz darauf. Nicht nur, weil er alles überragt, sondern auch wegen des Observatoriums, das mit den neuesten und stärksten Geräten dort eingerichtet wird.» Dann zeigte er auf den kleinen Elefanten an Claras Brust. «Der König hat eine Inschrift darauf anbringen lassen, die an die Grundsätze des Elefantenordens gemahnt: Macht durch Gelehrsamkeit und Gerechtigkeit, heißt es dort sinngemäß.»

Clara sah, dass Willem in diesem Moment die Augen zusammenkniff, als falle ihm plötzlich etwas Bedeutsames ein. Zugleich schien er etwas sagen zu wollen, verzichtete dann aber darauf. Clara schaute ihn fragend an.

«Ich dachte nur gerade …», sagte er zögerlich. «Falls das Reichswappen wirklich in unser neues Rathaus eingelassen wird, befände sich der Elefant auch darauf. Er hängt, wenn ich es recht erinnere, unter den dreizehn Wappen, die das Herrschaftsgebiet Christians repräsentieren. Dann trügest du sozusagen ein Stück Rathaus an deiner Brust spazieren.»

Clara lächelte ihrem Mann verschwörerisch zu. Sie war sich nicht sicher, ob es auch in diesem Kreise nötig war, zu verheimlichen, dass sie den Bauplan kannten. Aber Willem schien es für besser zu halten.

«Und Karen?», wechselte sie schnell das Thema. «Wie geht es Karen?»

Aebletofts Mattigkeit war wie weggeblasen, als er von Karen zu erzählen begann. Seine Augen glänzten, und lebhaft bewegte er beim Reden die Hände. Er berichtete von ihrer Arbeit und wie sie ihre führende Stellung unter den Hebammen durch beständiges Lernen und Lehren gefestigt habe. «Und das hat sie alles Ihnen zu verdanken», sagte er abschließend und sah Clara fast ehrfürchtig an. «Wären Sie nicht vor vier Jahren gekommen …»

«… hätte Karen früher oder später den gleichen Weg genommen», vervollständigte Clara seinen Satz. Sie wusste, dass er etwas anderes hatte sagen wollen, aber gerade deshalb hatte sie seiner Rede eine Wende gegeben. So stolz sie auf ihre Arbeit war, so wenig konnte sie es leiden, *coram publico* gelobt zu werden, vor allem, wenn dieses *publico* aus Vertrauten bestand. Um zu verhindern, dass jemand protestierte, sprach sie gleich weiter. «Und wie steht es um Ihre eigene Arbeit?», fragte sie.

Aebletoft zog eine Grimasse. «Ich mag gar nicht daran zurückdenken, mit wie wenig Wissen ich die Universität verließ.» Dann lachte er auf. «Dabei dachte ich damals, ich wüsste fast alles. Aber erst seit ich zu den Kranken gehe, verstehe ich manches aus den Lehrbüchern. Und weiß, was alles nicht darin steht.»

«Sie schrieben mir, Sie seien nicht der einzige Medicus, der zu den Leuten geht, statt sich in Schriften zu vergraben», sagte Olsen. «Wie steht es damit? Wie viele denken wie Sie?»

«Nur zwei», sagte Aebletoft. «Also drei mit mir.»

«Und die anderen Kollegen?», fragte Olsen. «Wenn ich Sie recht verstanden habe, beäugen sie Ihr Tun misstrauisch.»

Aebletoft wiegte den Kopf. «Da gibt es unterschiedliche Ansichten», sagte er. «Es gibt kaum noch jemanden, der leugnen könnte, dass die jüngsten medizinischen Erkenntnisse und deren Abweichungen von den überkommenen Vorstellungen allein auf praktischen Studien beruhen, seien sie anatomischer oder sonst welcher Art. Dennoch heißt das für die meisten Kollegen noch lange nicht, nun auch handelnd tätig zu werden. Obwohl etliche es theoretisch – wohlgemerkt: theoretisch! – befürworten, tun es bislang doch die wenigsten. Ein Jammer, wenn man sieht, was es alles zu tun gäbe, und wenn man bedenkt, wie sehr unsere heutigen Ärzte mit all ihrem neuen Wissen überall helfen könnten. Wenn sie denn helfen wollten.»

«Oh, ich denke, helfen wollen sie schon», wandte Olsen ein. «Aber ohne ihre Hände dabei ins Spiel zu bringen. Und wie mir scheint, ist es reiner Dünkel, der sie daran hindert. Wohl dem, der sich nicht mit dünkelhaften Kollegen herumzuplagen braucht!»

Aha, dachte Clara, *er beginnt bereits den Boden für sein Ansinnen zu bereiten, dass Aebletoft seine Geschäfte übernehmen soll.* Gewiss wollte Olsen den jungen Kollegen nicht gleich am Ankunftstag damit überfallen. Aber er schien zielstrebig darauf hinzuarbeiten. Doch dann sagte Aebletoft etwas, das Olsens Plänen gänzlich zuwiderlief.

«Ebendeshalb erwäge ich, mit Gleichgesinnten ein Spital zu gründen», sagte er, und vor lauter Begeisterung für sein Vorhaben war seine Müdigkeit plötzlich wieder wie verflogen.

Clara warf Olsen einen mitleidigen Blick zu, und der krauste im ersten Moment unwillig die Stirn. Doch dann konnte er nicht umhin, Aebletofts Überlegungen die größte Hochachtung zu zollen. Die Vorstellung, dass viele Kollegen auf überschaubarem Raum zusammenarbeiten, sich austauschen und Krankheitsverläufe bis zur Genesung verfolgen oder auch über Misserfolge und Rückschläge gemeinsam beraten konnten, brachte auch seine alten Augen zum Leuchten, bis er schließlich sagte: «Ich wünschte, ich wäre jünger. Dann wäre ich mit Ihnen und Ihrem Spital im Bunde.»

Doch dann fragte Willem nach der Finanzierung eines solchen Unterfangens. «Es würden nur Arme ein solches Spital aufsuchen», sagte er. «Den Wohlhabenden mangelt es ja nicht an den besten Chirurgen, Apothekern und dergleichen.»

Das war auch Aebletoft klar, und er sagte, aus diesem Grunde seien die interessierten Kollegen und er zu dem Schluss gekommen, man müsse dem Rat der Stadt eine Offerte unterbreiten, die das Siechtum zu minimieren verspräche, der Ausbreitung von Seuchen entgegenwirke und somit eine größere Stabilität von Handel und Wandel gewährleiste. «Deshalb müsste der Rat zum Wohle der Stadt an der Finanzierung mitwirken», sagte Aebletoft und setzte seufzend hinzu: «Aber selbst wenn unsere Entlohnung dabei den geringsten Anteil ausmachte und wir unsere Instrumente und Arzneien selbst mitbrächten, wäre es ein Batzen. Und insofern, dessen bin ich mir bewusst, ist dieses Spital einstweilen ein Griff nach den Sternen.»

Nun war es Olsen, der Clara einen vielsagenden Blick zuwarf. Allerdings hielten sich Triumph und Bedauern darin die Waage. Dann sagte er: «Apropos Finanzierung: Wer von Ihnen weiß, dass heute um ein Haar mit dem Rathausbau begonnen worden wäre? Jedenfalls mit dem Teil, der als Schule dienen soll?»

Niemand wusste es. Olsen hatte es vom Fenster seiner Guten Stube aus beobachtet. Er erzählte, dass auf das Areal an der Nordseite des Marktplatzes, das Stuiven bereits vor Tagen hatte vermessen und abstecken lassen, ein

Trupp Männer mit Äxten, Schaufeln und Bohrstangen zugekommen sei, gefolgt von anderen, die Bretter und Planken zum Abstützen des bald klaffenden Erdlochs brachten. Stuiven sei dabei auch zugegen gewesen. Aber die Männer hätten nicht mit der Arbeit beginnen können, weil eine wütende Meute sie daran gehindert habe. Er, Olsen, habe sogar das Fenster geöffnet, um zu hören, was sich dort tat. Aber es sei nichts Neues gewesen. Wieder sei es gegen die Niederländer gegangen, die außer für den Schulbau immer noch nicht bereit waren, zu sagen, welchen Anteil des eigentlichen Rathausbaus sie übernehmen wollten.

«Die Leute waren so wütend, und es wurden immer mehr», berichtete Olsen, «dass die Arbeiter trotz ihrer Werkzeuge, die sie leicht als Waffen hätten benutzen können, wieder abzogen. Und Stuiven mittendrin. Er versuchte, die aufgebrachte Menge zu beruhigen, und sagte, der Schulbau sei doch unstrittig. Aber er wurde niedergebrüllt. Von einem Friedrichstädter ließe man sich nichts sagen, schrien die Leute. Und schon gar nicht für dumm verkaufen. Denn sobald der erste Spatenstich gemacht sei, nehme der Rathausbau seinen Lauf. Was ich», fügte er hinzu, «übrigens auch glaube und hoffe.»

Während Clara und Willem einander beunruhigte Blicke zuwarfen, zeigte sich Aebletoft eher belustigt. «Ach, herrje», sagte er schmunzelnd. «Da denkt man, man verlässt die lärmende, arbeitsreiche Hauptstadt, um in ein hübsches, ruhiges Städtchen zu fahren, und dann stellt man fest, dass man im Zentrum der Revolte logiert und womöglich täglich Dutzende von Verletzten zu versorgen hat. Ich hoffe nur, meine Schlafstube geht nach hinten raus, lieber Olsen.»

Die drei Glückstädter in der Runde hätten den Aufruhr, von dem Olsen berichtete, lieber in weniger scherzhaftem Ton besprochen, aber das war dem weitgereisten Gast kaum zuzumuten. Es war sein Willkommensabend, und wie wenig ihn die Angelegenheit bekümmerte, hatte er gerade hinreichend deutlich gemacht. Wahrscheinlich würde er in den nächsten Tagen den Ernst der Sache begreifen. Für heute jedoch sollte der Rathausbau kein Thema sein.

Lange währte ihr Beisammensein ohnehin nicht mehr. Langsam senkte sich die Dunkelheit über den kleinen Garten, und für Aebletoft wurde es Zeit, den strapaziösen Tag zu beenden. Zum Abschied verabredete man sich nach dem Kirchgang für einen Gang um die Wälle und Bastionen, falls das schöne Wetter anhielte und falls Olsen auch am nächsten Tag gut zu Fuß sei.

Kaum waren die Gäste gegangen, las Clara Karens Brief. Willem wusste, wie sehr sie darauf brannte, und als sie gemeinsam den Gartentisch abgeräumt hatten und Clara sich anschickte, das Geschirr zu säubern, sagte er zu ihr, sie solle sich doch einfach an den Küchentisch setzen und den Brief lesen und – falls es keine Geheimnisse seien – ihm erzählen, was Karen geschrieben hatte.

Dankbar küsste sie ihn auf die Nasenspitze, setzte sich und entfaltete den Briefbogen.

Hatte sie gehofft, eine Antwort auf ihren Hilferuf nach einer zweiten Hebamme zu finden, und sei es auch nur ein Zwischenbescheid, so gab sie diese Hoffnung gleich wieder auf, als ihr Blick auf das Datum fiel. Offenbar hatte Karen diesen Brief geschrieben, als Aebletoft Olsens Einladung angenommen hatte. Wahrscheinlich hatte Karen dann gleich den Elefanten besorgt und ihrem Liebsten das Päckchen samt Brief überreicht, damit er es ja bei sich habe, wenn die Reise losging.

Auch sonst enthielt ihr Brief wenig Wissenswertes über Karens Arbeit und die der anderen Hebammen. Clara wurde schnell klar, dass dieser Brief, obwohl erstaunlich lang, eine einzige Schwärmerei über Aebletoft war. Zwar erwähnte Karen sowohl ihre eigene Arbeit als auch die der Kolleginnen, aber immer nur, um darauf hinzuweisen, wie hilfreich Peders Anwesenheit hier und wie aufmunternd seine Worte dort gewesen seien. Dann stellte sie ausführliche Überlegungen darüber an, wann sie wohl heiraten würden und was dafür spräche, dass er zu ihr in das Haus in der Lavendelstraße zöge, da er nur eine kleine Wohnung hatte, wobei andererseits zu erwägen sei, dass sie zusammen ein anderes, ein größeres Haus beziehen könnten. Erst in diesem Zusammenhang erwähnte sie den Medicus Johannsen, der den Hebammen einst sehr geholfen hatte, nun aber hauptsächlich in der Pflege seiner kranken Frau aufgehe und mit ihr in deren Heimat auf dem Lande ziehen wolle, was die Möglichkeit berge, deren schöne große Wohnung am Amagertorv zu beziehen, die aber andererseits vielleicht zu klein sei, um zugleich als Ort für die Versammlungen der Hebammen zu dienen, die bislang in Karens Haus stattfanden. Aber vielleicht sei es ohnehin besser, einen aushäusigen Raum für die Hebammenzusammenkünfte zu suchen, denn wenn Peder und sie erst zusammenwohnten und er seiner Profession unter demselben Dach nachginge, sei es möglicherweise nicht angebracht, das ewige Ein und Aus der Kopenhagener Hebammen im eigenen Haus zu haben …

An dieser Stelle wies Karens Brief drei Pünktchen auf, und sie fuhr fort:

Ach, Du Liebe, ich schreibe, als säßen wir uns gegenüber und unterhielten uns. Wie sehr ich wünschte, es wäre so! Gern hörte ich auch jede Bemerkung von Dir, jede Frage, jedes laute Nachdenken. Ich vermisse Dich oft so sehr, Clara! Und nicht nur, weil ich Dir gegenüber Peders Vorzüge frei heraus anpreisen kann, obwohl ich zugeben muss, dass ich das sehr schätze. Schließlich hast Du uns zusammengebracht. Und dafür bin ich Dir ewig dankbar. Auch er erinnert sich noch gern an unsere erste Begegnung in Regensen, als Du …

An dieser Stelle musste Clara lachen und ließ den Brief sinken.

Willem stand am Spülstein und wandte den Kopf zu ihr um. «Darf ich mitlachen, oder bleibst du bei deinem eisigen Schweigen?», fragte er.

«Welches eisige Schweigen?», fragte Clara verwundert zurück.

«Du liest seit Minuten still vor dich hin, dabei hatte ich gedacht, du liest mir aus dem Brief vor, wenigstens hier und da ein Sätzchen. Ich will ja gar nicht all eure Geheimnisse ergründen. Aber da du nun lachst … Ich dachte schon, deine Stille habe etwas Unangenehmes zu bedeuten. Aber, gut, wenn du erst fertig lesen wolltest … Oder magst du mir nun endlich sagen, was Karen schreibt?»

Clara stand auf und schmiegte sich von hinten an Willem. «Entschuldige bitte», sagte sie. «Ich wollte gar nicht schweigen, sondern habe immer weitergelesen, weil ich hoffte, es käme etwas Mitteilenswertes. Aber Karen schreibt bloß, wie wunderbar ihr Peder ist. Und das in schätzungsweise fünfhundert Worten, von denen ich die letzten vierzig noch gar nicht gelesen habe.»

«Und warum stimmt dich das so kuschelig?», fragte Willem und rieb seinen Kopf an ihrem.

«Ich weiß auch nicht», erwiderte Clara versonnen. «Es hat etwas Herzerwärmendes, diese Schwärmerei. Und ich wünschte, ich hätte damals jemanden gehabt, dem ich so hemmungslos von dir hätte erzählen können oder von meinen Empfindungen oder …» Clara überlegte einen Moment, ehe sie weitersprach. «Aber vielleicht hätte ich es gar nicht gekonnt oder gewollt, weil wir von Anfang an so vernünftig sein mussten und weil ich mich hier erst beweisen musste und selbst nicht wusste, wie mir war.»

«Ich wüsste nicht, dass ich am Anfang sehr vernünftig gewesen wäre», sagte Willem, drehte sich um und nahm Clara bei den Schultern, um sie ein Stück von sich zu schieben und ihr ins Gesicht zu blicken. «Was drückt dich so, Liebes? Du denkst doch nicht plötzlich darüber nach, mit wem du vor zehn Jahren gern geredet hättest? Mir ist seit einiger Zeit, als schwebte ein Schatten über dir.»

Clara blickte Willem so überrascht und so hilflos an, dass er sie an sich zog. Sie drückte ihr Gesicht an seine Brust und merkte, wie ihr – zu ihrer eigenen Überraschung – Tränen in die Augen schossen. Aber sie spürte gleich, dass es Tränen der Erleichterung waren.

«Es gibt so viel zu besprechen», sagte sie aufschluchzend. «Aber ich weiß gar nicht, wo ich anfangen soll.»

Fünf

Glückstadt, 5. August 1642

Clara und Willem hatten kaum angefangen zu reden, und Clara hatte im Grunde noch nicht mehr gesagt, als dass sie fürchtete, ihr würde alles zu viel werden, als es einen Schlag tat, als wolle das Haus einstürzen. Ein gewaltiges Gewitter, das niemand erwartet, geschweige denn im Dunkeln hatte aufziehen sehen, entlud sich über der Stadt. Es weckte nicht nur Louis, der wie am Spieß zu schreien begann und, auch als Clara ihn auf den Arm genommen hatte, angstvoll weiterweinte. Es löste auch die Geburtswehen bei Maike Stuiven aus. Im strömenden Regen polterte Svenja Geerks an Willems Tür, und Clara war keineswegs überrascht, sie zu sehen. Schon bei ihrem letzten Besuch im Hause des Baumeisters hatte sie am frühen Nachmittag ertastet, dass es bald so weit sein würde. Zwar hätten noch ein oder zwei Tage vergehen können, aber ein Gewitter wie dieses gab oftmals den Ausschlag, selbst bei Frauen, die nicht gar so von Vorwehen und Anstrengungen geplagt waren wie Maike.

Clara drückte Willem das verängstigte Kind in die Arme und holte die bereits fertig gepackte Tasche aus der Dachkammer, in der sie ihre Hebammenutensilien aufbewahrte.

«Kommst du zurecht?», fragte sie Willem, ehe sie davoneilte. «Du weißt, dass Amalie bereit ist, Louis zu nehmen. Die Nacht wird, wenn das Gewitter vorbei ist, kein Problem sein, aber ich weiß nicht, wann ich morgen heimkomme.»

«Heute musste die Fertigung im Gießhaus unterbrochen werden», sagte Willem. «Aber morgen Mittag sollen die Öfen wieder hochgefahren werden, und dann werde ich gebraucht. Aber bis dahin wirst du ja wohl zurück sein.»

«Vermutlich», sagte Clara. «Aber gewiss ist es nicht. Sage Amalie einfach beim Kirchgang Bescheid.» Dass sie, selbst falls sie mittags nach Haus käme, todmüde sein würde, sagte sie nicht. Jetzt war nicht die Zeit, darüber zu sprechen, und überdies war es vollkommen ungewiss, wie lange sich die Geburt hinziehen würde. Im Übrigen war es eine der Fragen, die sie mit Willem ohnehin ganz grundsätzlich besprechen wollte. So lächelte sie nur tapfer, gab Mann und Sohn einen Kuss und warf sich ihren Wetterumhang über die Schulter.

Maike schrie laut, als Clara mit Svenja das Haus auf dem Rethövel betrat. Obwohl sie nicht viel weiter als eben über die Hafenbrücke gegangen war, waren Claras Schuhe und Strümpfe durchnässt, und sie hatte nicht die Absicht, eine Geburt in diesem Zustand zu begleiten. Über ihren nassen Rocksaum machte sie sich keine Sorgen. Der würde schon trocknen, ohne zwischendurch viel Unheil anzurichten. Aber ehe sie für trockene Füße sorgen konnte, musste sie erst einmal nach Maike sehen. Trotzdem bat sie Svenja gleich beim Betreten der geräumigen Diele, ihr Strümpfe und ein Paar Hausschluppen zu bringen. Dann eilte sie die Treppe hoch in die Schlafkammer, von wo das Schreien kam.

Maike trug kein Schlafgewand, sondern das Tageskleid, in dem Clara sie bei ihrem letzten Besuch gesehen hatte. Folglich musste sie seither munter gewesen sein und wieder einmal allerlei im Haus erledigt haben, statt sich ins Bett zu legen. Die Haube, die sie tagsüber trug, war ihr beim Hin- und Herwinden vom Kopf gerutscht und lag neben ihr auf dem Kopfkissen. Ihre braunen Locken klebten an Stirn und Schläfen. Sie hatte die Augen weit aufgerissen und krallte sich an der Decke fest, auf der sie lag. Als sie zu schreien aufhörte, warf sie den Kopf in den Nacken, bis sich ihr Hals über dem Kissen krümmte, und dann schien sie den Atem anzuhalten.

Clara setzte sich zu ihr aufs Bett, nahm wortlos ihren Kopf und drückte ihn flach aufs Kissen. Dann holte sie tief Atem und sah Maike dabei auffordernd an, nahm ihre Hände von der Decke, fasste sie und drückte dagegen.

So ging die Wehe, die Maike zum Schreien gebracht hatte, bald vorüber, und als die Gebärende ganz matt dalag, untersuchte Clara sie nach einer kurzen Erholungspause, um festzustellen, wie weit die Geburt vorangeschritten war. Erstaunt stellte sie fest, dass der Muttermund schon um etwa die Hälfte geöffnet war.

«Wie viele Wehen hattest du denn schon?», fragte sie. Das förmliche Sie hatten die Frauen längst durch das vertrautere Du ersetzt.

«Es war erst die zweite», sagte Maike. «Aber die erste war so fürchterlich, dass ich Svenja gleich zu dir rüberschickte.»

«Verstehe», sagte Clara. Mehr sagte sie nicht. Angesichts der zwei Geburten, die Maike schon gehabt hatte, und angesichts der Mächtigkeit der Wehen rechnete sie mit einer sehr schnellen, schmerzhaften Geburt. Aber Prognosen wie diese waren wenig hilfreich. Zum einen konnte es auch ganz anders kommen, und zum anderen war es nicht ratsam, die Gebärende zu verschrecken. Sie überlegte, ob sie ihr etwas Beruhigendes geben sollte, das den Geburtsverlauf noch etwas hinauszögern konnte, aber dann beschloss sie, lieber erst abzuwarten und die nächste Wehe von Anfang bis Ende zu beobachten und zu begleiten.

Als wieder Ruhe eingekehrt war und Clara ihre Untersuchung beendete, wurde ihr plötzlich bewusst, dass Stuiven gar nicht im Haus zu sein schien, und sie fragte nach ihm.

«Er inspiziert den Bauplatz», sagte Maike.

«Mitten in der Nacht und bei diesem Wetter?», fragte Clara erstaunt.

«Gerade weil es Nacht ist und auch wegen des Wetters», erwiderte Maike und lächelte schwach, aber stolz. «Marten sagt, er fürchtet faules Spiel und will lieber nach dem Rechten schauen.»

«Aber der Bau hat doch noch gar nicht begonnen», wunderte sich Clara.

«Nein, aber der Bauplatz ist abgemessen und markiert. Stelle dir bloß vor, jemand würde die Markierungen unkenntlich machen oder anderswo anbringen!»

Erschrocken hielt sich Clara die Hand vor den Mund. «Dein Mann meint, das könnte geschehen?»

Maike zuckte mit der Schulter. «Zumindest will er die Leute an Patrouillengänge in der Nacht gewöhnen.»

«Aber des Nachts und schon gar bei diesem Gewitter wird doch niemand auf der Straße sein, der ihn sehen und den er das Fürchten lehren könnte.»

Maike lächelte schlau. «Marten will den Nachtwächter etwas Vieldeutiges ausrufen lassen. Und im Übrigen», ihre Miene verfinsterte sich. «Im Übrigen hat Marten ganz recht, wenn er sagt, dass dieses Wetter einem Bösewicht die beste Gelegenheit verschafft, ungesehen etwas anzurichten.»

Clara konnte sich das alles nicht vorstellen und hielt Martens Sorge für übertrieben. Aber Maike schien mit ihm einer Meinung zu sein, und es lag Clara fern, ihren Mann auch nur im Geringsten zu bekritteln.

Als Svenja mit Strümpfen, Hausschluppen und einem Krug heißen Lindenblütentees kam, nahm Clara die ersten beiden Gaben dankbar an. Den Tee ließ sie jedoch zurückgehen.

«Es ist lieb von dir, uns so gut zu versorgen, Svenja», sagte sie. «Aber die Frau sollte jetzt nichts Heißes zu sich nehmen. Und wenn sie es nicht darf, will ich ihre Begehrlichkeit nicht wecken und vor ihrer Nase etwas zu mir nehmen. Du könntest uns aber etwas Most bringen, mit Wasser verdünnt. Und dann wird sich die Frau gewiss umziehen wollen.» Damit wandte sich Clara an die Gebärende. «Was soll Svenja dir bringen? Du weißt ja wohl selbst, dass es nichts sein sollte, um das es schade wäre, wenn es verdürbe.»

Maike nickte und schickte das Mädchen um ein altes Schlafgewand.

Die nächste Wehe setzte ein, noch ehe Svenja mit den Besorgungen zurück war. Obwohl Clara nun zu tun hatte, dachte sie darüber nach, ob sie das Mädchen wohl wiedersehen würde, bevor Ruhe eingekehrt war. Wieder und wieder hatte sie erlebt, dass Bedienstete eine Geburt auch dann großräumig mieden, wenn sie dringend gebraucht wurden, was hier gottlob nicht der Fall war. Umso erstaunter war sie, als Svenja zurückkehrte, während ihre Herrin noch ächzte und stöhnte.

«Kann ich helfen?», fragte sie.

Clara lächelte ihr dankbar zu. «Ich sage dir Bescheid, wenn wir Hilfe brauchen, ja?»

Svenja nickte und knickste, stellte den Most auf den Nachttisch und hängte das alte Nachtgewand auf eine Stuhllehne.

In dem Moment wurde Clara schreckhaft klar, dass sie ihren Gebährstuhl nicht mitgebracht hatte. Nicht alle Gebärenden bedienten sich seiner, aber manchen war er eine ungeheure Erleichterung. Zwar hatte Maike ihr schon vor Tagen gesagt, dass sie darauf keinen Wert lege, da sie ihre anderen beiden Kinder auch im Bett zur Welt gebracht hatte, aber Clara hatte ihn trotzdem mitbringen wollen. Zu oft hatte sie erlebt, dass Frauen, die gar nicht wussten, was das war und den Stuhl zunächst skeptisch beäugten, am Ende doch froh waren, ihn benutzen zu können. Die Art, wie Maike immer die Hände aufs Bett stemmte und sich in der Decke verkrallte, signalisierte ihr, dass die Handstützen ihres Gebärstuhls genau das waren, wonach sie verlangte.

«Warte, Svenja», rief sie, als das Mädchen schon an der Tür war. Aber erst als Maike die Wehe veratmet hatte, wandte sie sich wieder an das Mädchen. «Du kannst doch etwas tun. Allerdings musst du zu dem Zweck noch einmal raus. Ich weiß, es ist scheußlich.» Dann erklärte sie Svenja, was sie Willem sagen sollte. Dass er den Stuhl in das wasserabweisende, kofferähnliche Lederfutteral stecken sollte, sagte sie nicht. Willem hatte es für sie gefertigt, und zwar just für Wetterlagen wie diese, und er war so stolz auf seine Erfindung, dass er von ganz allein daran denken würde.

«Das ist doch nicht nötig», sagte Maike, als sie Claras Order gehört hatte.

«Wir werden ja sehen», erwiderte Clara. Und an Svenja gewandt, fügte sie hinzu: «Stelle dir vorher den Lindenblütentee zum Warmhalten auf den Herd. Du kannst ihn brauchen, wenn du zurück bist. Der Stuhl ist schwer, und auf dem Rückweg wirst du nicht rennen können.»

Bis zur Rückkehr des Mädchens tat sich nichts mehr. Und wie fast immer zwischen den ersten Wehen war es auch mit Maike so, als halte man lediglich ein Plauderstündchen, das aus unerfindlichen Gründen am Bett stattfand. Als Svenja den Gebärstuhl in die Schlafkammer brachte, berichtete sie, der Regen habe etwas nachgelassen. Trotzdem war sie tropfnass. Gottlob hatte sie die Geistesgegenwart besessen, das Futteral in der Diele abzustreifen. Selbst ihre Schuhe hatte sie ausgezogen, bevor sie in die Kammer kam.

Clara nahm sich vor, Lene davon zu erzählen und ihr noch einmal ganz besonders dafür zu danken, dass sie so eine gute Gehilfin für Maike gefunden hatte.

Ohne dass sich in der Zwischenzeit eine weitere Wehe eingestellt hätte, kam Marten irgendwann nach Haus, und als er die Stimmen der Frauen hörte, begab er sich sogleich in die Schlafkammer.

«Ist es endlich so weit?», fragte er freudig erregt und eilte auf Maike zu. «Wie geht es dir?» Und ohne eine Antwort abzuwarten, wandte er sich an Clara, um zu fragen: «Ist alles in Ordnung?»

«Alles bestens», sagten beide Frauen fast gleichzeitig.

«Was kann ich tun?», fragte er.

Dieses Mal fielen die Antworten der Frauen unterschiedlich aus. Während Maike sagte: «Bleib einfach ein wenig bei mir», hatte Clara anderes im Sinn. Trotz der Kürze ihrer Bekanntschaft war sie bereits mit dem Umstand vertraut, dass Marten zu Fahrigkeit neigte, wenn er erregt war. Und weder Fahrigkeit noch Erregung waren am Geburtsbett von Nutzen. Sie wollte Maike nicht rundheraus widersprechen, Martens Anwesenheit aber doch kurz halten.

«Ja, bleiben Sie ein wenig», sagte sie. «Aber Sie sehen ja, dass Maike guten Mutes und bei Kräften ist. Und das sollten Sie auch bleiben. Wenn die Geburt vorbei ist und die Mutter nicht mehr bei Kräften, sollten es alle anderen im Haushalt sein. Deswegen helfen Sie Ihrer Frau am meisten, wenn Sie bald schlafen gehen.» Dann stand sie auf und ging auf die andere Seite des Bettes. «Soll ich Ihnen Decke und Kissen gleich mitgeben?»

Ohne nachzudenken, hatte Clara angenommen, Stuiven werde sich auf das Kanapee der Guten Stube legen, so wie Willem es in ihrem eigenen Haus getan hätte. Aber Stuivens verständnisloser Blick sagte ihr gleich, dass sie etwas Dummes gesagt hatte. In diesem großen Haus gab es gewiss eine Gästekammer, womöglich sogar mehrere. Doch der peinliche Moment verging schnell, und immerhin hatte die Irritation zur Folge, dass Stuiven vom Bett aufstand, mit den Armen wedelte und sagte: «Nein, nein, schon gut. Ich habe ein Bett.»

Dann beugte er sich zu seiner Frau hinab, schmiegte seine Wange an ihre und flüsterte ihr etwas ins Ohr. Sie flüsterte zurück, dann küssten sie sich, und Stuiven verließ die Schlafkammer.

«Ach», sagte Maike und seufzte, als er die Kammer verlassen hatte. «Ich wünschte, ich könnte ihm die Kinder schenken, die er so gern haben möchte. Mit unseren Kleinen war er so gut, aber sie starben jung. Vor allem wünscht er sich einen Sohn, einen Erben. Einen, dem er seine Profession weitergeben kann und die schwere Verantwortung, die so auf ihm lastet. Meinst du, ich gebäre einen Sohn, Clara? Sagt dir der bisherige Geburtsverlauf etwas über das Geschlecht? Das Gewitter, zum Exempel. Im ersten Moment dachte ich: Es ist ein Junge, der sich dem Donnerhall mutig stellen will. Doch dann beschlich mich der Gedanke, es könnte ein Mädchen sein, das sich vor dem Getöse fürchtet und deshalb so unruhig wird, dass die Wehen einsetzen.»

Seit vielen Jahren schon war Clara es leid, sich die abertausend Spekulationen über Anzeichen einer Buben- oder Mädchenschwangerschaft anzuhören oder gar selbst Prognosen darüber abzugeben. Spitzer oder breiter Bauch, hoher oder tiefer Kindsstand, sehr frühe oder sehr späte Geburt, schwere oder leichte Schwangerschaft, eine Vorliebe für Süßes oder Saures, Dunkles oder Helles, Mondangst und Mondsucht, Begegnungen mit bestimmten Tieren während der Schwangerschaft und was es sonst noch alles für «deutende Hinweise» auf das Geschlecht des Ungeborenen gab, hatten sich allesamt und immer wieder als Humbug erwiesen. Hoffnung, wie bei den Stuivens, spielte bei diesen Spekulationen nach ihrer Erfahrung meist die größte Rolle. Und so viele Jungen, wie die meisten Familien sich erhofften, wurden – gottlob, wie Clara immer wieder dachte – nicht geboren. Gewiss war es beschwerlicher und kostspieliger, ein Mädchen großzuziehen, seine Mitgift zusammenzusparen und für eine gute Verheiratung zu sorgen. Clara fragte sich jedoch, wie sich die Leute den Fortbestand der Menschheit vorstellten, wenn kaum noch Mädchen geboren wurden – oder womöglich gar keine mehr.

«Nein, Maike», sagte sie. «Das Geschlecht sehen wir erst, wenn das ganze Menschlein da ist und du es mit allem, was dazugehört, in den Armen hältst – Beinchen, großen und kleinen Zehen, Pobäckchen, Näschen und winzigen Öhrchen.» Sie hätte noch weiter in süßlicher Form die Bestandteile eines Säuglings aufgezählt, aber sie sah, dass ihre Worte bereits Wirkung zeitigten. Offenbar war es ihr gelungen, in Maikes Vorstellung ein Bild des Neugeborenen zu zeichnen, das sich anschickte, von ihr geboren zu werden. Denn sie lächelte und strich sich zärtlich über den Bauch – eine Geste, die zweifellos dem Kind galt, ungeachtet seines Geschlechts.

«Aber habe ich denn auch wirklich alles, was das Kind braucht?», war Maikes nächste Frage. «Ich konnte mich in den letzten Wochen ja um nichts kümmern.»

«Das haben wir doch alles hinreichend besprochen», sagte Clara. «Weißt du noch, was ich dazu gesagt habe?»

Maike lachte. «Du sagtest, es braucht die Mutterbrust, ein wärmendes Tuch und ab und an frische Windeln. Mehr nicht.»

Auch dieses Gespräch hatte Clara wohl schon hundert Mal geführt, und fast immer glaubten die Frauen, ein Neugeborenes brauche viel mehr. Zumindest bei Erstgebärenden war es so. «Und deine Kinder», sagte sie. «Was brauchten sie zu Anfang?»

Wieder strich Maike sich versonnen über den Bauch. «Du hast recht», sagte sie schließlich. «Nur Johan brauchte noch etwas dazu. Er hatte lange braune Locken, gleich von Geburt an. Für ihn brauchten wir von Anfang an einen feinen Kamm.»

Clara strich Maike über den Kopf. Seit sie die Frau kannte, sprach diese in so liebevoller Erinnerung über ihre verstorbenen Kinder, dass es Clara anrührte. Und dass sie es auch jetzt tat, mitten unter der Geburt, fand sie sehr tapfer.

«Und?», fragte sie leise. «Habt ihr einen feinen Kamm?»

Maike nickte.

Nun war bald eine Stunde seit der letzten Wehe vergangen. Der Muttermund hatte sich zwar weiter geöffnet, aber das Kind hatte sich noch nicht abgesenkt, und Clara begann sich zu fragen, wie diese lange Pause wohl zustande kam, nachdem die ersten Wehen doch so mächtig gewesen waren und einen raschen Geburtsverlauf hatten vermuten lassen. Bereits die nächste Wehe bestätigte ihre Befürchtungen. Nach all den lästigen Vorwehen der letzten Wochen schien Maikes Leib auf stur zu schalten oder hatte seine Kraft verbraucht. Dabei war der Muttermund so weit geöffnet, dass mit den nachfolgenden Wehen nur noch das Kind ausgetrieben zu werden brauchte. Doch die Wehen, die nun einsetzten, waren so schwach, dass sich das Kind kaum nach unten bewegte.

Clara ahnte, dass sie Maikes Leib massiv würde halten und drücken müssen, aber noch wollte sie der geplagten Frau nicht so zusetzen. Sie bat Svenja, ihr eine Schüssel mit heißem Wasser und zwei kissengroße Tücher zu bringen. Sie tränkte die Tücher, wrang sie aus und legte sie Maike, so heiß sie es ertrug, auf den Leib. Als er erhitzt war, rieb sie ihn mit einem Öl aus Zimt-, Nelken- und Eisenkrautessenz ein. Diese Behandlung hatte

Frauen schon oft zu kräftigen Wehen verholfen. Doch bei Maike wartete Clara vergebens darauf. Zwar kamen alle paar Minuten Wehen, aber sie waren kaum stärker als vor der Behandlung und immer noch zu schwach, um das Kind auszutreiben. Mit ihrem Hörrohr horchte Clara immer wieder nach den Herztönen des Kindes. Sie waren gleichmäßig und kräftig zu vernehmen. Also war keine Eile geboten. Jedenfalls noch nicht.

«Da hilft nichts als Geduld», sagte Clara und hoffte immer noch, dass ihnen allen dreien das qualvolle Drücken erspart bleiben würde. *Wenn wenigstens die Wehen einmal ganz aufhörten, um dann später mit der nötigen Wucht wieder einzusetzen*, dachte sie. Denn so unnütz die jetzigen Wehen waren, raubten sie Maike doch die Kraft, die sie so dringend brauchen würde, wenn sie pressen und das Ihrige zur Austreibung des Kindes beitragen musste. Doch alles Hoffen war umsonst. Und als Clara begann, Druck auf Maikes Leib auszuüben, um das Kind mit den Wehen in die Tiefe zu zwingen, bewegte sich auch nicht viel.

Stunde um Stunde währte die Quälerei. Immer wieder ließ Clara kochend heißes Wasser von Svenja bringen, um Maikes Leib zu behandeln und sie dazu noch mit Heublumendämpfen zu stimulieren. Dann wieder erfrischte sie die Gebärende mit kaltem Lavendelwasser. Sie tat, was sie konnte, um die immer schwächer werdende Frau zu stärken. Doch viel konnte sie nicht ausrichten. *Es ist eine dieser Geburten*, dachte sie, *die von zwei Hebammen begleitet werden sollten*. Zum einen, weil sie selbst mit der fortschreitenden Nacht immer mehr ermattete, und weil bisweilen mehr als zwei Hände gebraucht wurden. Während Clara Maikes Leib drückte, wäre es hilfreich gewesen, jemand anders hätte ihr die Beine angewinkelt oder ihren Oberkörper gestützt. Clara hatte versucht, Svenja dafür einzuspannen, aber so patent und willig sie in jeder anderen Hinsicht war, so wenig konnte sie sich überwinden, den Körper der Herrin anzufassen.

Erst als die Morgensonne durch die Vorhänge der Schlafkammer schien, gelang es Clara, Maike zu überreden, sich auf den Gebärstuhl zu setzen. Sie fühle sich so schwach, dass sie liegen müsse, hatte sie vorher eingewandt, und dann fürchtete sie, das Kind könne sich stoßen oder unvermittelt auf den Fußboden stürzen.

«Das Stürzen werde ich zu verhindern wissen», sagte Clara. «Und was deine Schwäche angeht, meine Liebe, so ist der Stuhl gerade dazu angetan, dir Kraft zu geben. Dein aufrechter Oberkörper, von der Lehne gestützt, kann viel mehr Druck ausüben. Und wenn du fest Arme und Hände abstützt, kannst du aus dieser Richtung ordentlich Gegendruck erzeugen und stabilisierst dich insgesamt.»

Den Ausschlag für Maikes Sinneswandel aber gaben erst die schwächer werdenden Herztöne des Kindes. «Du brauchst diese zusätzliche Kraft jetzt, Maike», sagte Clara, als sie das Hörrohr zum letzten Mal absetzte. «Das Kind ist vollkommen erschöpft, und ich weiß nicht, wie ihm geschieht, wenn es jetzt nicht endlich geboren wird.»

Wie dumm von mir, nicht viel eher darauf zu bestehen, dachte sie schon bald. Denn wie durch Zauberhand kehrte Maikes alte Kraft zurück, Clara brauchte nicht mehr zu drücken, und selbst die Wehen wurden wieder stark.

Schon eine knappe Stunde darauf hielt Maike den ersehnten Erben im Arm und konnte es gar nicht erwarten, ihn ihrem Mann zu zeigen.

Trotz Svenjas tätiger Hilfe hatte Clara auch dann noch viel zu tun, und die Nachgeburt ließ so lange auf sich warten, dass Clara schon fürchtete, sie müsse Maike noch einmal mit mächtiger Drückerei auf den Leib rücken oder gar an der Nabelschnur ziehen. Doch kurz bevor sie es tun wollte, konnte Maike auch die Nachgeburt aussto-ßen.

Das Neugeborene sah trotz der überstandenen Strapazen recht wohl aus. Dass es vollkommen kahlköpfig war, freute Clara insgeheim. *Dann wird niemand in dir einen zweiten Johan sehen*, dachte sie und strich dem Jungen sanft über das Köpfchen. Ansonsten hatte er eine frische Farbe, glatte Haut und feste Finger- und Zehennägel. Er zappelte mit Armen und Beinen und schrie aus vollem Halse. Trotzdem hatte Clara nicht vergessen, was der Kleine soeben durchgemacht hatte. Als er nach einigen gierigen Zügen von der einschießenden Vormilch einschlief, kaum hatte Clara ihn an Maikes Brust gelegt, beschloss sie, ihn während des Schlafens von Zeit zu Zeit abzuhören und so lange im Hause zu bleiben, bis er wieder aufwachte, um ihn auch dann noch eine Weile zu beobachten.

Dass aus dem Spaziergang um die Wälle und Bastionen nichts geworden war, wusste Clara längst, als sie am frühen Nachmittag nach Haus zurückkehrte. Nachdem die Sonne frühmorgens etwa eine Stunde lang geschienen hatte, hatte sich der Himmel wieder bedeckt, und wann immer Clara während des Schlafes von Mutter und Kind aus dem Fenster geschaut hatte, war ein beständiger Nieselregen niedergegangen.

Auch als sie müde über die Hafenbrücke ging, nieselte es ohne Unterlass. Clara zog die Kapuze ihres Wetterumhangs vom Kopf und reckte das Gesicht in die Höhe. Sie liebte diesen feinen Regen, und sie fand, dass es nichts Erfrischenderes für die Haut gab. Nach der durchwachten, anstrengenden Nacht war er genau das, was sie jetzt brauchte. Sie ging langsam, um möglichst lange etwas davon zu haben, und zog sogar in Erwägung, gleich noch bei Knud Larsen vorbeizugehen, um ihm zu sagen, sie habe es sich keineswegs anders überlegt, aber dieses Mal habe es bei der Geburt keines Chirurgen bedurft. Doch diesen Gedanken verwarf sie gleich wieder. Sie konnte auch morgen oder in den nächsten Tagen mit Larsen reden. So dringend war es wirklich nicht. Den Gebärstuhl hätte sie ohnehin nicht mit zu ihm schleppen wollen, sondern ihn zuerst zu Hause abgestellt. Und sie wusste genau, dass sie sich, dort einmal angekommen, nicht aufraffen würde, um noch einen Gang zu machen, und wenn es noch so schön nieselte. Trotzdem wollte sie es Larsen sagen. Und auch, wie beruhigend der Gedanke war, ihn zur Seite zu haben, falls sie ihn bräuchte.

Im Haus war alles still. Auf dem Küchentisch fand sie eine Notiz von Willem, in der er ihr mitteilte, er bringe Louis auf dem Weg ins Gießhaus zu Amalie, die schön grüßen lasse und Louis gern so lange betreuen wolle, wie es eben nötig sei. Sie solle sich getrost erst einmal ausruhen.

Ausruhen, dachte sie, nur mäßig belustigt. Schon während ihrer Ausbildung hatte ihre Ziehmutter ihr beigebracht, nicht nur die geburtshilflichen Instrumente, sondern alles gründlich zu reinigen, was bei einer Geburt benutzt worden war, auch Arzneifläschchen und das Hörrohr – einfach alles. Überdies galt es, sich umzuziehen und die Kleidung von der anderen Schmutzwäsche zu separieren, damit nichts mit den Spuren von Wochenfluss, Blut oder dergleichen in Berührung kam.

Clara machte sich an die Arbeit, und als sie mittendrin war, fragte sie sich plötzlich, wie es wohl wäre, wenn sie Louis dabei um sich hätte. Wie sollte sie ihn von sich und ihrem Tun fernhalten? In letzter Zeit wollte er bei so gut wie allem, was sie tat, «mithelfen» und imitierte ihre Handreichungen. Er würde nicht verstehen können, warum sie ihn ausschloss. Sonst durfte er ja auch mit Lappen und Schwämmen an Dingen herumwischen, spülen und Wäsche einweichen. *Ich muss künftig dran denken, ihn lange genug betreuen zu lassen*, dachte sie, *um auch diese Verrichtungen in Ruhe zu Ende zu bringen.* An den Schlaf, den sie anschließend brauchte, dachte sie zunächst gar nicht. Dabei brauchte sie ihn so dringend, dass sie nach getaner Arbeit nur ganz kurz darüber nachdachte, ob sie Louis nicht gleich von Amalie abholen sollte. Doch ihre Glieder fühlten sich so bleischwer an, dass sie dachte, für alle sei es besser, wenn sie sich erst ein, zwei Stündchen Schlaf gönnte.

In Wahrheit aber schlief Clara fast bis zum nächsten Morgen durch. Zwischendurch wurde sie nur einmal davon wach, dass Willem Louis zu Bett brachte.

«Ach, lege den kleinen Schatz doch zu mir», murmelte sie. Willem kam ihrem Wunsch nach, und Clara freute sich, als Willem sich noch zu ihnen ans Bett setzte. Doch als sie ihrem Sohn übers Haar streichen wollte, war ihr der Arm so schwer, dass sie ihn gleich wieder sinken ließ. Sie schmiegte sich an den Kleinen, lächelte Willem zu und schlief weiter.

Mit dem «Bau der Schule», wie es nun hieß, konnte wegen der anhaltenden Missstimmung in der Bevölkerung erst begonnen werden, als der König Mitte der Woche verlauten ließ, dass er nicht beabsichtige, Pfändungen vorzunehmen, vornehmlich nicht bei Frauenspersonen. Das besänftigte die Niederländer, und die anderen Nationen waren guten Mutes, dass die Niederländer nun endlich eine hoffentlich ausreichende Summe als ihren Anteil am Rathausbau festlegen würden. Als der Bautrupp nächsten Tags zum wiederholten Male auf dem Marktplatz anrückte, um die Baugrube auszuheben, ließen die Bürger die Arbeiter gewähren. Allein ließen sie sie jedoch nicht. Ganz im Gegenteil sammelte sich viel Volk um den Bauplatz, und jeder Spatenstich wurde kommentiert.

Auch Clara war mit Louis zum Markt geeilt, als sie die Kunde vernahm, die sich wie ein Lauffeuer in der ganzen Stadt ausbreitete. Sollte es Tumulte geben, dachte sie, könnte sie sich in Olsens Haus flüchten, der sich zudem noch über Louis' Besuch freuen würde. Doch alles war friedlich, und Olsen und Aebletoft befanden sich sogar selbst unter den Schaulustigen vor der Absperrung. Als sie die beiden erspähte, stellte sie sich zu ihnen.

Immer, wenn eine Schaufel Erde zur Seite geworfen wurde, stieß Louis ganz begeistert einen Laut aus, der wie «rrra» klang. Olsen und Aebletoft amüsierten sich darüber, und dann sagte Aebletoft plötzlich: «Recht hat der kleine Mann! Was er meint, ist gewiss ‹Hurra›, und genauso sollte der Beginn des Rathausbaus gefeiert werden.»

Olsen stieß dem jungen Kollegen verschwörerisch in

die Seite und raunte ihm zu: «Nicht der Rathausbau, verehrter Kollege. Es handelt sich lediglich um den Schulbau. Alles andere könnte erneut Ärger auslösen.»

«Ich glaube nicht, dass sich die Glückstädter so täuschen lassen», raunte Aebletoft zurück. «Alle wissen doch, dass hier das Rathaus entstehen soll.»

Olsen wiegte bedächtig den Kopf und konzedierte: «Im Grunde schon. Aber die abgesteckte Baugrube dort befindet sich deutlich hinter dem Areal, auf dem das eigentliche Rathaus stehen soll. Es sind wirklich nur die Schulräume, deren Bau jetzt beginnt. Und wenn es hart auf hart kommt, was der Herrgott verhüten möge, könnte nach ihrer Errichtung Schluss sein, ohne dass auch nur ein Spatenstich für das Rathaus getan wird.»

«Meinen Sie wirklich?», fragte Aebletoft skeptisch.

«Ich referiere nur den amtlichen Stand der Dinge», sagte Olsen. «Aber ich gestehe Ihnen ganz freimütig, dass es auch für mich der Beginn des Rathausbaus ist.»

«Wunderbar», sagte Aebletoft. «Dann lassen Sie uns das Ereignis angemessen würdigen und es Louis gleichtun.»

Beim nächsten Schaufelwurf stimmte er in Louis' «rrra» mit einem «Hurra!» ein. Clara schloss sich ihm an und desgleichen Olsen.

Ihre Rufe waren von ansteckender Fröhlichkeit, und obwohl noch niemand genau wusste, wie es mit dem Bau weitergehen würde, überwog doch der Optimismus, und so mehrten sich nach und nach die Stimmen, die jeden Schaufelwurf mit einem lauten «Hurra!» quittierten. Es scholl über den ganzen Marktplatz und lockte immer mehr Volk an, bis eine gewaltige Menge versammelt war und das Geschehen bejubelte.

Als Clara Willem beim Abendbrot davon berichtete, wollte sie sich vor Lachen schier ausschütten. «Stell dir nur vor», sagte sie. «Dein Sohn! Ohne ihn wäre es nicht dazu gekommen. Und ich bin davon überzeugt, dass diese Begeisterungsstürme etwas verändert haben. Ich habe gesehen, wie die Leute deutlich beschwingter den Platz verließen, als sie gekommen waren. Nicht dass die Querelen ums Rathaus nun beendet wären, aber ich denke doch, dass sich die Stimmung gedreht hat. Meinst du, dass deine Niederländer nun bald Geld geben?»

«Meine Niederländer, wie du sagst, sind immer noch dabei, pfiffige Pläne zu schmieden, wie sie zahlen können, ohne einen Schilling aus der Tasche zu holen.»

«Wie das?», fragte Clara.

«Ach, was weiß ich», sagte Willem mit einer wegwerfenden Geste, die verriet, was er vom Geiz seiner Landsleute hielt. «Es geht um alle möglichen Abgaben und Rechte, die mittelbar Geld wert sind und früher oder später erhoben, ausgesetzt oder erlassen würden. Wenn man alles zusammenrechnet und so tut, als sei es Geld, das auf den Tisch gelegt wird, soll sich daraus ein Großteil des niederländischen Anteils ergeben.»

«Dann ist also doch noch kein Ende beziehungsweise kein Anfang in Sicht», sagte Clara niedergeschlagen.

«Ach, wer weiß», erwiderte Willem. «Die Stimmung hat sich nicht erst heute gewandelt. Das ist seit einigen Tagen allenthalben zu spüren. Und falls mein Söhnchen ihr noch einen weiteren Dreh gegeben hat …» – Willem tätschelte Louis die Wange – «… sollte es mich nicht überraschen. Ich werde es gleich erfahren.»

«Was wirst du gleich erfahren?», fragte Clara.

«Ich habe dir doch erzählt, dass wir uns heute Abend

wieder versammeln, um über diese elende Finanzierung zu beraten», sagte Willem.

Clara konnte sich nicht daran erinnern, und Willem war sich plötzlich selbst nicht mehr sicher, ob er ihr von der Versammlung erzählt hatte.

«Macht es dir etwas aus?», fragte er. «Du hast doch heute Abend nicht zu tun, oder? Jedenfalls ist seit der faktisch aufgehobenen Pfändung Bewegung in die Sache gekommen, und man fühlt sich genötigt, endlich einen Gemeindebeschluss herbeizuführen.»

So verstreicht die nächste Gelegenheit, das überfällige Gespräch über die Unstimmigkeiten unseres Zusammenlebens zu führen, dachte Clara. Seit Samstagabend war Willem aufmerksamer und geduldiger, und es schien Clara, als bekäme er einen schärferen Blick dafür, wie Louis sie forderte und band. Auch hatte er seither nicht mehr gesagt, wie froh sie sich wegen der vermehrten Arbeit schätzen könne, sondern nur, wie stolz er auf sie war, dass sie nach so langer Zeit diese schwierige Geburt so gut gemeistert hatte. All das sagte sie aber nicht, sondern nur: «Und wenn ich heute Abend doch zu tun hätte?»

Willem senkte verärgert den Blick. Clara glaubte zu wissen, dass er sich über sich selbst ärgerte. Schließlich hatten sie vereinbart, einander alle aushäusigen Beschäftigungen, wenn irgend möglich, vorher mitzuteilen, um im Falle, dass beide zu tun hatten, rechtzeitig eine Bleibe für Louis zu finden.

«Amalie?», sagte er fragend.

«Gewiss, Amalie», sagte Clara. «Aber doch nicht, ohne sie vorher zu fragen!»

«Aber im Notfall …», sagte Willem vage.

«Gewiss, im Notfall», bestätigte Clara. «Wäre es denn ein Notfall?»

«Wenn du gerufen würdest, schon», sagte Willem und merkte selbst, dass alles Gerede nicht darüber hinwegtäuschen konnte, dass Clara seinetwegen nicht ohne weiteres arbeiten könnte, sollte es an diesem Abend denn nötig werden. «Außerdem könnte man mich ja aus der Versammlung holen», fügte er noch lahm hinzu.

«Schon gut», sagte Clara. «Sag mir künftig einfach eher Bescheid, ja?»

«Versprochen», sagte Willem und drückte Claras Hand.

Die Woche verging mit Besuchen bei Maike und ihrem Sohn, der auf den Namen Hendrik getauft werden sollte und sich ganz prächtig machte, sodass ein Besuch pro Tag in dem Haus auf dem Rethövel genügte, um Mutter und Kind zu versorgen. So hatte Clara nun wieder mehr Zeit für Elske. Ihr ursprünglicher Gedanke, mit Elskes Schwiegermutter zu reden, ließ sich viel einfacher verwirklichen, als sie gedacht hatte, denn eines Tages kam Elske zusammen mit ihrer Schwiegermutter um die Mittagszeit zu «Claras Haus».

Als Clara sich lange genug angehört hatte, wie unverantwortlich es von ihr sei, Elske «neumodische Flausen in den Kopf zu setzen», und die Frau nicht die geringsten Anstalten machte, einmal zuzuhören, wenn Elske oder sie etwas sagte, wies sie sie aus dem Haus. Diese Räume, sagte sie, seien schwangeren und stillenden Frauen vorbehalten. Falls sie, die Schwiegermutter, ein Gespräch mit der Hebamme ihrer Schwiegertochter wünsche, so werde sie mit ihr gern ein Datum dafür vereinbaren. Dass es dazu kaum kommen dürfte, war ihr klar, denn die Frau suchte kein Gespräch, sondern nur Gelegenheiten, um ihre Tiraden abzuspulen. Davor galt es Elske wenigstens in diesen Mittagsstunden zu schützen. Clara wusste, dass jede ruhige Stunde ein Gewinn für Elske war und dass es ihr guttat, den Rat, den sie suchte, erst einmal ungestört aufnehmen zu können. Dennoch war ihr klar, dass die Schwiegermutter spätestens nach der Geburt das Geschehen wieder an sich reißen würde, wahrscheinlich schon in Elskes Hochschwangerschaft, wenn sie erschöpft und unbeweglich sein würde. Der Frau musste Einhalt geboten werden. Und mehr und mehr gelangte Clara zu der Überzeugung, dass Elskes Mann derjenige war, der dafür zu sorgen hatte. Es war ungewöhnlich, aber nach diesem Auftritt seiner Mutter beschloss Clara, ihn in die Unterweisungsstunden einzubeziehen.

Auch Amalie hatte alle Hände voll zu tun. Sie war allerdings mit der Zeit so versiert im Anmischen und Dosieren von Kräutern und Arzneien geworden, dass sich der Säugling, den sie betreute, langsam erholte. Gemeinsam waren Clara und sie zu der Überzeugung gelangt, dass das Kind einfach zu wenig trank. Amalie hatte der Mutter dann milchbildende Tees zubereitet und nahm sich viel Zeit, um beim Stillen dabeizusitzen, denn die Mutter neigte zu Ungeduld und gab dem schwach saugenden Kind bisweilen nicht lange genug die Brust. Sobald der Kleine genug zu trinken bekam, besserte sich sein Zustand so deutlich, dass auch die Mutter sah, wie sehr sich die Mühe lohnte, und bald bedurfte es keiner Überredungskunst mehr, um ihr das Ihrige zum Gedeihen des Kindes abzuringen.

Willem war derweil weiter im Gießhaus beschäftigt,

und auch wenn er im Haus war, saß er meist in seiner Werkstatt über Pläne, Zeichnungen und Modelle gebeugt, an deren Verbesserung zu arbeiten seine derzeitige Aufgabe war. Clara wusste seit Jahren, dass eine Aufgabe ihm so lange nicht aus dem Kopf ging, bis er sie gelöst hatte. So war er auch in Arbeitspausen trotz aller Freundlichkeit gegen Clara und Louis in Gedanken ganz woanders, und Clara versuchte gar nicht erst, ihm das überfällige Gespräch aufzunötigen.

Seit jenem denkwürdigen Baubeginn mit Hurra-Geschrei stabilisierte sich das Wetter, und an den ersten Augusttagen wurde es richtig sommerlich. Da bot es sich an, den verpassten Spaziergang an diesem Sonntag nachzuholen. Zwar konnte Willem nicht mitkommen, weil er gleich nach dem Kirchgang im Gießhaus gebraucht wurde, aber dafür schloss sich Lene dem Unternehmen an, als sie davon hörte, und war fast beleidigt, dass sie nicht schon letzte Woche davon erfahren hatte. Schließlich war sie seit langem mehr als erpicht darauf, endlich Karens Liebsten kennenzulernen. Denn so zugeknöpft sie sich in diesem Punkte selber gab, so groß war ihre Neugier auf die Liebschaften anderer Leute. Da sie Karen kannte und schätzte, war ihr umso mehr daran gelegen, auch Aebletoft bei dieser Gelegenheit ein wenig kennenzulernen.

Obwohl Willems Abwesenheit allgemein bedauert wurde, stellte sich heraus, dass Aebletoft viel mehr von diesem Spaziergang hatte, als es in der Vorwoche der Fall gewesen wäre. Inzwischen hatte er nämlich – teils mit Olsen, teils mit Knud Larsen oder dem Stadtapotheker und in den letzten Tagen dann auch allein – so viel von der Stadt gesehen, dass er Türme, Dachreiter und Wetterfahnen wiedererkannte. In einem Abschnitt der Wälle blieb er stehen, deutete auf die Stadtsilhouette und wusste zu sagen, dass der Wibeke-Kruse-Turm der neben dem der Steinburg sein musste, auch wenn die Gebäude nicht nebeneinander, sondern sogar auf verschiedenen Seiten des Hafenbeckens lagen. Es schien ihm viel Vergnügen zu bereiten, alles zu benennen, was er wiedererkannte, vom schlanken Spitzturm des Kremper Tors am einen bis zum Kastell der Südermole am anderen Ende der Stadt.

Sie gingen langsam genug, dass Olsen mithalten konnte. Er war lange nicht hier draußen gewesen und genoss den frischen Wind, den imposanten Blick über das akkurate Zickzack der äußeren Wallinie und Bastionen genauso wie über die Flusslandschaften entlang Rhin und Elbe, die schützenden Deiche und die stolz aufragende Silhouette der Stadt. Mit ausladenden Gesten wies er Aebletoft auf dieses und jenes Gebäude hin.

Clara konnte nicht umhin, kurz die Augen zu schließen und zu denken: *Möge die ganze Pracht erhalten bleiben und nicht im Morast versinken!* Zusammen mit Lene ging sie ein Stück hinter den beiden Medici, weil Louis immer wieder danach verlangte, zwischen den beiden Frauen selbst ein paar Schritte zu gehen, und dann fielen sie naturgemäß hinter die Männer zurück.

Clara nutzte die Gelegenheit, um Lene zu fragen, ob ihr Vater ihr in Bezug auf Robert denn immer noch so zusetze. Als sie eine Gelegenheit gefunden hatte, mit dem Wirt unter vier Augen zu sprechen, hatte er sich erfreulich aufgeschlossen gezeigt und reumütig eingestanden, dass er den Eigensinn seiner Tochter nicht in Betracht gezogen habe. Seither war sich Clara ganz sicher, dass er aufgehört hatte, Lene zu bedrängen. Aber sie wollte es gerne aus ihrem Munde hören.

«Er ist wie ausgewechselt», antwortete Lene. «Endlich habe ich ungeteilte Freude an Robert, weil ich weiß, dass ich ihm nur um meiner selbst willen gut bin – und nicht, um meinem Vater einen Gefallen zu tun.»

Gern hätte Clara noch mehr über Lenes Liebschaft erfahren, aber in diesem Augenblick hörte sie Olsen zu Aebletoft sagen: «Sehen Sie selbst: Es würde Ihnen zur Ehre gereichen, der Medicus einer so schönen, neuen und kompletten Stadt zu sein.»

Clara spitzte die Ohren, denn Olsens Bemerkung war unschwer zu entnehmen, dass Olsen seinem Nachfolger *in spe* sein Begehren bereits vorgetragen und dass dieser nicht gleich freudig zugestimmt hatte.

Schnell pflückte sie im Vorbeigehen einige lange Grashalme, wedelte damit vor Louis' Gesicht herum, und als er danach grapschte, gab sie sie ihm, nahm ihn hoch und drückte ihn der verdutzten Lene in den Arm, um wieder mit den Medici aufzuschließen.

Clara bekam gerade noch mit, wie sich Aebletofts Stirn wieder glättete. Offenbar hatten ihn Olsens Worte aus der Hochstimmung gerissen, in die ihn dieser Spaziergang versetzt hatte, und nun sammelte er sich wieder. Clara fragte sich, wie ausführlich die Männer im Lauf der vergangenen Woche wohl schon darüber geredet hatten und ob sie womöglich etwas verpasst hatte. Doch dann sagte Aebletoft nach einigem Zögern: «Überlegt habe ich es mir schon. Und obwohl es gewiss eine große Ehre wäre, scheint mir der Schuh doch zu groß zu sein, den Sie mir hier anziehen wollen. Gerade weil es so eine schöne, neue und komplette Stadt ist, braucht sie schwerlich einen Medicus, der erst kürzlich examiniert wurde und noch nicht sehr viel Erfahrung gesammelt hat.»

«Aber ich bin ja auch noch da», erinnerte Olsen ihn. «Es wäre ja nicht so, dass Sie vollkommen auf sich allein gestellt wären.»

«Schon», konzedierte Aebletoft und blickte zweifelnd auf die Erhebungen der Stadt. «Aber wenn Sie nicht so gut zu Fuß sind wie in den letzten Tagen, stünde ich den Kranken doch allein gegenüber.»

«Tun Sie das in Kopenhagen denn nicht?», fragte Clara. Sie hatte den Eindruck, dass Aebletofts ablehnende Haltung ganz andere Gründe hatte als die, die er vortrug.

Offenbar hatte sie mit ihrer Frage genau daran gerührt, und Aebletoft wandte den Kopf und warf ihr einen ungehaltenen Blick zu. «Gewiss», sagte er. «Daher ja auch die Überlegung, den medizinischen Sachverstand verschiedener Medici in einem Spital zu bündeln.»

Clara und Olsen tauschten einen Blick, mit dem sie einander mitteilten, dass ihnen auch diese Bemerkung eine Ausflucht zu sein schien. Clara fragte sich, ob sie es wagen konnte, Aebletoft ganz unverblümt auf Karen anzusprechen und ihn zu fragen, ob er einfach nur nach Kopenhagen zurückwollte, um bei ihr zu sein. Hier in Anwesenheit von Olsen und Lene wollte sie es aber lieber nicht tun, sondern abwarten, bis sie mit dem jungen Mann allein sprechen konnte, und sie hoffte, die nächsten Tage böten dazu Gelegenheit.

«Ich wüsste keine bessere Offerte für einen jungen Arzt als diese», sagte Olsen. «Einen alteingesessenen

Kollegen zur Seite zu haben, dem die Bürger vertrauen und der seinem Nachfolger den Weg ebnet, überdies einen anständigen Chirurgen … Das ist mehr als üblich, eine geradezu optimale Grundlage. Viele würden sich darüber glücklich schätzen.»

Clara wünschte, Olsen würde aufhören, Aebletoft so in die Enge zu treiben. Alles, was er sagte, war richtig, und gewiss leuchtete Aebletoft das alles ein, falls er diese Überlegungen nicht längst selbst angestellt hatte. Doch wenn sich seine Bedenken aus ganz anderen Quellen speisten, nutzte alles Reden über die ärztlichen Aspekte dieser Angelegenheit nichts.

«Selbst Ihr verwegener Gedanke an ein Spital würde davon profitieren», fuhr Olsen unbeirrt fort. «Es würde vermutlich ohnehin noch Jahre dauern, bis sich dieser Plan in die Tat umsetzen ließe. Und wenn Sie dem Unternehmen dann als erfahrener Stadtmedicus beiträten statt als ein junger Arzt unter vielen, stünden Sie nicht nur sehr respektabel da, sondern könnten auch viel zum Gelingen des Ganzen beitragen.»

Auch das war genauso wenig von der Hand zu weisen wie alles andere, das Olsen vorbrachte, und Aebletoft versuchte es gar nicht erst. Dennoch schien kein Jota seiner Skepsis zu verfliegen.

«Und am besten wäre es, Sie brächten Ihre Karen gleich mit», sagte Olsen dann plötzlich. «Unsere Clara kann, seit sie den Kleinen hat, hier nicht länger allein die Geburtshilfe für eine ganze Stadt gewährleisten. Und eine bessere Hebamme als Karen können wir – nach allem, was ich höre – wohl nicht finden.»

Gerade umrundeten sie den rechtwinkligen Knick des Norderbollwerks, und als sie nun in westlicher Richtung weitergingen, blies ihnen unvermittelt eine Windböe entgegen, die ihnen einen Moment lang den Atem verschlug. Clara sah, wie Aebletoft nach Luft schnappte, und fragte sich, ob es nur wegen des Windes war.

Im selben Moment hörte sie Lene hinter sich laut aufschreien. Alle drehten sich zu ihr um und sahen mit Schrecken, wie Louis kopfüber den Hang hinabstürzte. Nicht nur sein halsbrecherischer Sturz versetzte alle in Angst und Schrecken, sondern auch, dass er genau auf einen großen Feldstein am Fuße des Hangs zukullerte.

Clara wagte gar nicht hinzusehen, und genau wie Lene stand sie wie gelähmt da und riss Mund und Augen auf. Olsen machte einen unsicheren Schritt auf die Böschung zu und setzte sogar seinen Gehstock darauf, wagte dann aber nicht, hinabzusteigen.

Nur Aebletoft setzte sich in Bewegung und rannte mit großen Schritten hinter Louis her. Doch erst als sein Fall an dem Stein endete, war er bei ihm. Er kniete sich hin und drehte das Kind, das im ersten Moment ganz stumm und steif dalag und dann ein ohrenbetäubendes Gebrüll anstimmte, vorsichtig auf den Rücken.

Entsetzt sahen nun alle, dass Louis' Kopf von Blut überströmt war. Sein rechtes Auge war gar nicht mehr zu sehen, und immer mehr Blut strömte nach, das direkt aus diesem Auge zu kommen schien.

Claras Magen krampfte sich zusammen, doch dann rannte auch sie los, um ihrem Jungen zu helfen.

Aebletoft zog ein Tuch aus der Rocktasche und tupfte ein wenig Blut vom Gesicht des Jungen. Beinahe hätte Clara aufgeschrien, als sie sah, dass Aebletoft das Tuch zusammenknüllte, um es dem Jungen ans Auge zu drücken. Doch er war schnell und presste das Knäuel nur einen Moment lang auf Louis' Auge. Als er es wieder abnahm, sahen beide, dass das Blut aus einer Wunde in Höhe der Augenbraue rann. Clara atmete auf. Wenigstens war nicht das Auge verletzt. Nicht auszudenken, die Sehkraft eines Auges in so jungen Jahren einzubüßen!

Aebletoft drückte das Tuch wieder fest auf die blutende Wunde und bewegte den Kopf wild hin und her, schnitt Grimassen und steckte die Zunge heraus. Dabei fixierte er den Jungen mit seinem Blick.

Clara konnte sich nicht erklären, was er damit bezweckte. Es sah aus, als wolle er böse Geister vertreiben oder als treibe er sonst welchen abergläubischen Schabernack. Aber das konnte sie sich gar nicht vorstellen. Trotzdem wollte sie alledem ein Ende bereiten. Mit einer Hand fasste sie ihr Kind, mit der anderen stieß sie Aebletoft in die Seite und sagte: «Schnell, Peder, die Wunde muss genäht werden. Wir müssen Louis zu Larsen bringen.»

Aebletoft nickte, ohne den Blick von dem Jungen abzuwenden.

Clara erwog schon, sich das Kind einfach zu nehmen, was allerdings bedeutet hätte, dass es des blutstillenden Tuches verlustig gegangen wäre. Doch dann stand Aebletoft mit dem Kind im Arm auf.

«Er ist ganz bei Sinnen», sagte er über die Schulter zu Clara. «Mach dir keine Sorgen. Es ist nur eine unbedeutende Wunde. Eine Ader ist getroffen, aber das haben wir gleich. Folgt mir, ich eile schon voraus zu Larsen.» Damit erklomm er die Böschung mit drei gewaltigen Schritten und rannte in westlicher Richtung davon.

«Die andere Richtung», schrie Clara. Bei dem Gedanken, er könne die halbe Stadt umrunden, ehe sich der nächste Zugang zu den Straßen auftat, wurde ihr ganz flau. «In Höhe des Kremper Tors befindet sich eine Öffnung zur Stadt.»

Aebletoft machte auf der Stelle kehrt, nickte Clara kurz zu und lief weiter, ohne Olsen und Lene eines Blickes zu würdigen.

Alles war so schnell gegangen, dass Clara sich erst jetzt wieder aufrichtete. Den Blick auf den davoneilenden Medicus geheftet, erklomm auch sie die Böschung. Oben angekommen, musste sie sich eingestehen, dass Aebletoft schon zu weit entfernt war, um ihn noch einholen zu können. Seine langen Beine, die beim Gehen so schlaksig und ungelenk wirkten, verhalfen ihm nun zu einer verblüffenden Schnelligkeit.

«Er sagt, es sei nur eine Platzwunde», sagte sie zu Olsen und Lene. «Er bringt ihn jetzt zu Larsen. Ich laufe schnell hinterher.»

«Clara, ich weiß gar nicht, wie es …», begann Lene unglücklich.

«Schon gut, Liebste», sagte Clara betont herzlich, aber knapp. «Du konntest ja nichts dafür. Ich weiß doch, wie wild er sein kann. Und dann die Windböe … Sei so gut und bleibe bei unserem Medicus. Wir sehen uns später.» Damit eilte auch sie davon. Sie hörte noch, wie Lene protestierte und auch zu dem Jungen eilen wollte, aber sie kümmerte sich nicht darum und lief einfach weiter.

Blind für alle und alles, was ihr unterwegs begegnete, rannte sie, so schnell sie konnte, auf das Haus in der Deichstraße zu und stieß unablässig Bittgebete aus, dass der Chirurg zugegen sein möge.

Zumindest diese Sorge war ihr genommen, als sie seinen Behandlungsraum betrat. Larsen war über den still daliegenden Jungen gebeugt. Aebletoft trat schnell auf sie zu und fasste sie an beiden Armen.

«Alles ist gut», sagte er leise. «Lassen Sie den Chirurgen nur seine Arbeit beenden, ehe Sie zu Ihrem Jungen gehen.»

Clara nickte stumm. Sie wusste selbst, wie sehr verängstigte und nur vermeintlich hilfreiche Angehörige stören konnten, während sie in Wahrheit nur Ruhe brauchte, um einer Schwangeren, einer Gebärenden oder einer Wöchnerin wirklich zu helfen. Zwar versuchte sie, Larsen über die Schulter zu schauen, aber Aebletoft führte sie zu einem Stuhl neben der Tür, und Clara setzte sich still hin.

Kaum zwei Minuten später richtete sich Larsen auf und drehte sich zu Clara um. Dabei warf er, was er in der Hand hatte, in eine Schüssel unter der Liege, ehe Clara identifizieren konnte, was es war.

Clara stand schnell auf und trat an die Liege. Ganz friedlich lag Louis da und schlief. Die Wunde war mit einem sauberen Tuch bedeckt, das Larsen mit langen Fäden links und rechts um den Kopf des Kindes gebunden hatte. Blut war keines mehr zu sehen. Unendlich erleichtert schloss Clara die Augen und murmelte ein Dankgebet.

«Nun braucht die Wunde bloß noch zu heilen», sagte Larsen. «Und das wird sie gewiss schnell tun.» Er ging an einen Schrank, holte ein Fläschchen gelösten Kampfers heraus und wollte es Clara geben. «Tupfen oder pinseln Sie es zwei Mal pro Tag auf die Wunde und legen Sie anschließend einen frischen Verband an.»

«Danke», sagte Clara. «Für alles. Kampfer habe ich selbst im Haus. Behalten Sie Ihren ruhig.»

«Er wird Kopfweh haben, wenn er aufwacht», sagte Larsen und stellte das Fläschchen wieder weg. «Halten Sie ihn möglichst ruhig. Wahrscheinlich wird er die nächsten ein, zwei Tage von ganz allein ruhiger sein als für gewöhnlich. Und sonst wissen Sie ja selbst am besten, was ihn beruhigt.»

Clara nickte. «Und warum schläft er? Oder sind ihm die Sinne geschwunden?»

«Schwer zu sagen», erwiderte Larsen. «Plötzlich klappten seine Augen zu.»

«Aber Sie hören und sehen ja selbst, wie ruhig er atmet», sagte Aebletoft. «Ich denke, wir sollten ihn schlafen lassen. Es ist das Beste, was er jetzt tun kann.»

Vermutlich hatte Aebletoft recht, aber Louis in diesem Zustand zu sehen war Clara dennoch unheimlich. Sie nahm seine Hände und streichelte sie sanft. «Kann er hier noch ein wenig liegen bleiben?», fragte sie.

«Solange niemand anders meine Liege braucht ...», sagte Larsen, bückte sich nach einer Decke, die unter der Liege auf einem Hocker lag, und breitete sie über dem Kind aus.

«Und Ihre Bezahlung?», sagte Clara. «Was schulde ich Ihnen?»

Larsen zuckte verlegen mit der Schulter.

«Nein, nein», sagte Clara. «Dass wir gelegentlich zusammenarbeiten werden, hat nichts damit zu tun. Ich möchte Sie für Ihre Arbeit entlohnen, wie jede andere Mutter es auch tun würde.»

«Es war nur eine kleine Wunde, und der Medicus hat gute Vorarbeit geleistet», sagte Larsen mit Blick auf Aebletoft.

«Trotzdem», insistierte Clara.

«Ihr Mann könnte mir zwei Messer schärfen und glätten», sagte Larsen. «Er macht es besser als der Scherenschleifer, und ich bräuchte nicht zu warten, bis dieser das nächste Mal in die Stadt kommt.»

Auf etwas anderes wollte sich Larsen nicht einlassen, und schließlich musste sich Clara damit zufriedengeben. Dann zog Larsen sich in seine Wohnstube zurück und sagte, Clara und Aebletoft könnten dableiben, bis das Kind aufwachte.

So saßen sie noch beisammen, als Olsen und Lene kamen. Es war Lene deutlich anzumerken, dass sie unterwegs mit dem langsamen Olsen an ihrer Seite tausend Tode gestorben war und längst bei dem verunglückten Jungen hätte sein wollen. Immer noch war sie voller Reue, und wieder musste ihr Clara das Schuldgefühl ausreden.

Darüber wurde Louis wach. Verwundert schaute er sich um und hielt sich die Hand auf den Verband. Sanft schob Clara seine Hand zur Seite. Dann nahm sie den Kleinen behutsam hoch, küsste ihn auf die Wangen und redete beruhigend auf ihn ein. Erleichtert sah sie, dass ihm diese Haltung keine Schmerzen zu bereiten schien. Noch immer blickte er sich staunend um, aber er war viel zu schläfrig, um die ungewohnte Umgebung gleich erkunden zu wollen. Er rieb sich die Augen, und Clara wollte ihm schon wieder die Hand wegziehen, aber dann sagte sie sich, dass er sich gewiss nicht selbst Schmerzen zufügen würde und dass es ein gutes Zeichen war, wenn er sich so dicht unter der Wunde berühren konnte. Aufatmend blickte sie in die Gesichter der anderen, lächelte zaghaft und drückte die unverletzte Seite von Louis' Kopf an ihre Brust. Dem Kleinen schien es zu gefallen.

Er kuschelte sich bequem zurecht und schickte sich an, in den Armen seiner Mutter weiterzuschlafen.

Nun brauchten sie nicht länger hierzubleiben, und als Clara sich zum Gehen wandte, fragte Lene, ob sie nicht mitkommen dürfe. Sie wolle Louis noch ein wenig beobachten und sehen, ob er wirklich wieder wohlauf sei. Damit schien sie auszusprechen, was auch Olsen und Aebletoft dachten, und so brachen alle zusammen auf, um sich zu Willems Haus zu begeben.

«Was haben Sie mit dem Jungen gemacht, als Sie all die absonderlichen Grimassen schnitten?», wandte sich Olsen an Aebletoft, kaum hatten sie das Haus des Chirurgen verlassen.

Dasselbe hatte Clara ihn auch schon gefragt, als Louis noch schlief. Jetzt war sie gespannt, ob Olsen Aebletofts Antwort gleich nutzen würde, um das Gespräch an der Stelle fortzusetzen, wo es auf dem Norderbollwerk so jäh geendet hatte.

«Ich wollte sehen, ob sein Blick meinen Bewegungen folgen und seine Empfindungen meinen Drohgebärden angemessen sein würden. Alles war so, wie es sein sollte, und da wusste ich, dass er nur eine blutende Wunde an einer nicht vital wichtigen Stelle davongetragen hatte.»

Olsen zeigte sich genauso beeindruckt, wie Clara es gewesen war, und er bekannte freimütig, dass ihm derlei Praktiken gänzlich unbekannt seien. Dann stellte er dem jungen Kollegen noch etliche Fragen nach den Einzelheiten seines Vorgehens.

Clara konnte ihrem Gespräch nicht folgen, weil Lene ihr in allen Einzelheiten schilderte, wie es zu dem Sturz gekommen war, und nicht müde wurde, sich der Unachtsamkeit zu bezichtigen. Clara konnte gut verstehen, wie ihr zumute war, und sie war sich ganz sicher, dass sie im umgekehrten Fall genauso empfunden hätte. Folglich ließ sie die Freundin sich ihren Schrecken von der Seele reden und versicherte ihr wieder und wieder, dass sie ihr nicht gram sei. Sie horchte erst wieder auf das Gespräch der Männer, als sie Aebletoft sagen hörte: «Sie haben recht. Ein jüngerer Medicus mit einem zeitgemäßeren Wissen stünde der Stadt wohl gut an.»

Das hatte auch Lene gehört, die sofort sagte: «Aber Sie dürfen nicht ohne Karen kommen.»

Aebletoft lachte und sagte: «Das würde ich auch nicht wollen.»

«Aber Karen ist an Kopenhagen gebunden», sagte Clara.

«Und wir brauchen eine zweite Hebamme», sagte Olsen grimmig. «Ich werde mich an den König wenden.» Und nach kurzer Überlegung fügte er hinzu: «Oder besser noch an den Rat der Stadt Kopenhagen.»

Sechs

Glückstadt, 22. August 1642

Das schöne Sommerwetter hielt nun endlich länger an, und meist halfen Clara und Amalie einander bei der Ernte ihrer Heilkräuter. Schon seit Jahren hielten sie es so. Es war angenehm und nützlich, die Pflanzen gemeinsam nach Reifegrad und Eignung zu beurteilen, Bestandslisten zu vergleichen und die Vorräte nach Bedarf zu verteilen. Beide Frauen benötigten für ihre Arbeit Kräuter aus beiden Gärten, und wenn sie die neue Ernte gleich unter sich aufteilten, blieb alles länger frisch, als wenn die Aufbewahrungsbehälter zu einem späteren Zeitpunkt wieder geöffnet werden mussten. Zudem konnte Clara Amalie das Bücken abnehmen, während Amalie andere Arbeiten erledigte oder sich mit Louis beschäftigte. Der Kleine genoss es, mit den beiden so viel im Freien zu sein. Seine Wunde heilte schnell und gut, und nur manchmal wurde er unsanft an sie erinnert, wenn er gar zu übermütig herumtollte. Besonders im Königlichen Garten neigte er dazu, wo er viel mehr Platz hatte als in dem kleinen Garten hinter «Claras Haus».

Nicht immer kam Amalie mit in den Königlichen Garten, wenn Clara dort zu tun hatte. Aber das war auch nicht nötig, weil der Königliche Gärtner ohnehin jede Gelegenheit nutzte, um Clara zur Hand zu gehen, während er seinen eigenen Gehilfen in rüdem Ton befahl, dieses und jenes nun gefälligst allein so auszuführen, wie er es ihnen gezeigt habe. Besonders viel bekamen seine Gehilfen zu tun, nachdem Clara einen Brief von ihrer alten Freundin Johanna aus Hamburg erhalten hatte, in dem sie von der neuesten Extravaganz der Hansestädter berichtete. Mehr und mehr gehe man dazu über, schrieb sie, Blumen als Schmuck zu benutzen und als Zeichen von Wohlstand zu sehen.

«Das war doch schon immer so», sagte Twietemeier, als Clara ihm davon erzählte. «Wer es sich leisten kann, trägt sie auf Kleidern, Röcken und Wämsen, gestickt, geklöppelt oder gleich in die Tuche mit eingewebt. Oder sie zieren Tapeten, Möbel, Tischdecken, Kissen, Vorhänge und …»

«Sie verstehen nicht», unterbrach Clara ihn. «Richtige Blumen.» Sie umfasste die oberste Blüte einer hochaufgeschossenen Stockrose und hielt sie dem Gärtner hin. «So wie diese hier. Sie pflücken sie ab und stecken sie sich schmückend an die Kleider.»

«Aber dann verwelken sie ja gleich», sagte Twietemeier abfällig, um den Widersinn von Claras Worten zu entlarven.

«Das zeigt umso deutlicher, dass man es sich leisten kann», widersprach Clara ihm. «Gerade weil es so nutzlos und dennoch schön ist.»

Obwohl dem Gärtner zunächst die Worte fehlten, konnte Clara ihm deutlich ansehen, was er davon hielt, und Clara musste lachen. «Nun machen Sie nicht so ein Gesicht», sagte sie. «Manches hier dient doch dem gleichen Zweck.» Mit einer ausholenden Geste zeigte sie über den schier unüberschaubaren Garten, der um diese Jahreszeit ein einziges Blütenmeer war. «Und hier kann sich nur ein König so etwas leisten. In Hamburg hingegen fangen die Kaufleute an, Blumensamen aus den fernen Ländern mitzubringen, mit denen sie Handel treiben. Und dann versuchen sie, eigene Gärten anzulegen. Aber dabei scheint noch nicht viel herausgekommen zu sein.»

Twietemeier brach in schallendes Gelächter aus. «Wie soll auch wohl ein chinesischer, ein indischer, ein amerikanischer Garten in Hamburg gedeihen?»

Clara wusste nicht, wie er sich diese Gärten vorstellte, und fragte nur: «Und Ihre Samen, die stammen wohl alle aus Dänemark, Holstein, Schweden und Oldenburg, was?»

«Selbstverständlich nicht», sagte Twietemeier und zählte stolz auf, aus welch fernen Ländern einige seiner Pflanzen stammten. Als er Claras amüsierten Blick sah und merkte, dass er sich gerade selbst widersprochen hatte, fügte er rechtfertigend hinzu: «Aber es sind doch nur vereinzelte Pflanzen zwischen den ... nun ja ... mehr oder weniger heimischen. Niemals käme es mir in den Sinn, in diesen Breiten einen indischen Garten anzulegen, obwohl der Handel mit Indien floriert.»

«Aber das tun die Hamburger auch nicht», sagte Clara. «Sie versuchen nichts viel anderes als Sie hier, nur dass es dort die Bürger tun.»

«Pfeffersäcke», presste Twietemeier durch die zusammengebissenen Zähne.

Clara besänftigte ihn, indem sie ihm versicherte, die ganze Angelegenheit sei bis dato nicht viel mehr als ein Wunschtraum. Er brauche sich keine Sorgen zu machen, dass es in Hamburg auch nur ein Zehntel, ja ein Hundertstel eines Gartens wie seinen gäbe. «Übrigens schreibt meine Freundin, dass der erste Samenhändler, der in Hamburg sein Geschäft betreibt, ohnehin nicht von der bürgerlichen Kundschaft leben könnte, sondern hauptsächlich den holsteinischen Herzog beliefert, also nicht C 4, sondern den Herrn des anderen Teils von Holstein, den Gottorfer.» Damit hatte sie Twietemeier besänftigen und ihm versichern wollen, dass der Adel sein Vorrecht auf Gärten wie diesen noch keineswegs eingebüßt habe. Aber noch während sie sprach, fragte sie sich, was sie da eigentlich sagte. Warum sollten die Bürger die ganz wörtlich zu nehmenden Früchte ihrer Arbeit nicht auch in schönen Gärten ernten? Wer betrieb und finanzierte denn den größten Teil der Handelsflotten – der Adel oder die Bürger? Doch dann merkte sie, dass Twietemeier ohnehin nicht besänftigt war.

«Ausgerechnet den Gottorfer?», schnappte er, und Clara sah, wie ein prächtiger holsteinischer Garten vor Twietemeiers Augen Gestalt annahm. «Sie wissen, dass der König und er sich nicht grün sind, Frieden hin oder her», grummelte er.

«Ja, ich weiß», sagte Clara und hoffte, den guten Mann nun doch noch besänftigen zu können. «Und haben Sie schon einmal etwas von einem chinesisch-indisch-amerikanischen Garten im Holsteinischen gehört?» Sie schaute Twietemeier belustigt an. Als der den Kopf schüttelte, sagte sie: «Na, bitte!» Und um ihn endgültig milder zu stimmen, beeilte sie sich, sein Augenmerk auf ihre Kräuter zu lenken. Auf die Schnelle fiel ihr allerdings keine wirkliche Frage ein, und so bat sie ihn um Rat, ob sie mit der Ernte von Pflanzen, bei denen die Heilwirkung in den Wurzeln saß, nicht lieber bis nach dem nächsten Regen warten sollte, wenn das Erdreich lockerer sein würde. Sie wusste zwar selbst, dass sie dabei Fäulnis riskierte, aber Twietemeier ging auf die Frage ein, und so hatte sie ihren Zweck erfüllt.

Am Abend dieses Tages kam es endlich zu dem Gespräch, das Clara und Willem schon so lange vor sich herschoben. Sie saßen im Garten, und nach neun war es noch so warm, wie es um sechs gewesen war, als Clara einen großen Krug kalten Dünnbiers aus dem Wirtshaus geholt hatte. Louis schlief unruhig, und Willem hatte Türen und Fenster geöffnet, damit sich das Haus später hoffentlich etwas abkühlte.

«Es war kaum etwas los im Wirtshaus», sagte Clara. «Die Leute waren alle noch draußen. Höchstens Laufkundschaft wie ich huschte rein und raus. Aber in der Nische zwischen Küche und Schanktresen – weißt du, wer da saß, und zwar Kopf an Kopf?»

«Lene und Robert?», fragte Willem.

Clara blieb vor Enttäuschung der Mund offen stehen. «Woher weißt du das?»

Willem lachte leise. «Tu ich ja gar nicht. Hab's nur geraten.»

«Aber woher weißt du überhaupt ...», begann Clara.

«Dass sie sich gut sind?», fragte Willem und schaute Clara schalkhaft an. «Männergeheimnisse», sagte er dann.

«Das glaub ich nicht.» Clara schlug mit der flachen Hand auf den Gartentisch.

«Doch», hielt Willem dagegen und grinste. «Lene wird eine Stunde gebraucht haben, um es dir anzuvertrauen. Robert hingegen sprach mich nur kurz auf der Straße an und fragte, ob ich ihm helfen könne, wenn er seine Destille im Wirtshaus einrichtet.»

Clara wusste gar nicht, was sie zuerst sagen oder fragen sollte. Dann sagte und fragte sie alles auf einmal. «Ist es denn schon so weit? Und was hat er noch gesagt, oder war das schon alles? Weiß Lenes Vater es schon? Oder hat die Destille gar nichts mit Lene zu tun? Prescht ihr Vater nun doch wieder vor? Aber nein, dann hätten die beiden vorhin nicht so vertraut beisammengesessen. Kennst du dich denn überhaupt mit Destillen aus?» Wieder schlug sie die Hand auf den Tisch. «Warum weiß ich von alledem nichts? Wann hat er dich gefragt? Nun antworte schon!»

«Wann denn?» Willems Ton war anklagend, aber seine Augen lachten. «Und in welcher Reihenfolge? Wobei ich einige deiner Fragen, offen gestanden, bereits wieder vergessen habe.»

Clara wollte schon auffahren und sich verbitten, dass er sich über sie lustig machte, doch dann war ihr, als hörte sie den Nachhall ihrer eigenen Worte, und im nächsten Augenblick schaute sie Willem genauso belustigt an wie er sie. Sie beugte den Kopf vor und berührte zärtlich seine Stirn.

Einen Moment lang waren sie still, und Clara merkte, wie weit ihre Gedanken von Lene und Robert entfernt waren. Stattdessen fragte sie sich, wie lange sie mit Willem nicht so müßig und einträchtig beisammengesessen hatte. Vielleicht war es das, was ihr so fehlte. Früher hatten sie viel mehr Zeit miteinander verbracht, sogar zusammengearbeitet, und sie hatte stets das Gefühl gehabt, Willem nahe zu sein, auch wenn sie einander einmal tagelang nicht sahen. Jetzt, da sie nicht einmal mehr «Claras Haus» bewohnte, waren sie stets zusammen und doch meist mit ganz unterschiedlichen Dingen beschäftigt.

Clara seufzte. Sie durfte und wollte Willem jetzt nicht mit Betrachtungen über den Unterschied von leiblicher und empfundener Nähe kommen. Dafür gab es viel zu viel, was lange ungesagt geblieben war und erst gesagt werden musste.

Noch ehe Clara Worte fand, sagte Willem: «Es ist schön, so mit dir zusammenzusitzen. Aber ich könnte es mehr genießen, wenn ich nicht gerade zum wohl hundertsten Male wieder den Eindruck hätte, dass du in Gedanken ganz woanders bist.»

«Nein, nein, Willem», sagte Clara schnell und strich ihm über die Wange. «Ich bin ganz bei dir, Liebster, ganz bei uns.»

Willem zog den Kopf zurück und blickte Clara fragend an. «Und was macht dich dabei so nachdenklich?»

Zum ersten Mal seit langem – einmal abgesehen von dem Abend, an dem ein Donnerschlag und Maikes einsetzende Geburt ihr gerade angefangenes Gespräch so jäh beendet hatte – wollte Willem wirklich etwas von ihr wissen und schien um ihr Befinden besorgt, um ihr Befinden jenseits von Hunger und Durst, Arbeit und Haushalt, Louis oder was einen sonst den lieben langen Tag beschäftigte. Clara wurde ganz warm dabei, und einen Moment lang schienen ihr alle Sorgen und Fragen der Vergangenheit unwichtig zu sein. Sie nahm sich vor, keinen Streit vom Zaun zu brechen. Fürs Erste genügte es ihr, mit Willem überhaupt wieder ins Gespräch zu kommen.

«Vielleicht war ich ungerecht oder ungeduldig», sagte Willem. «Ich hoffe, du hast in letzter Zeit bemerkt, dass ich einige Dinge begriffen habe. Jetzt, da du wieder arbeitest – und längst nicht so viel wie früher –, sehe ich, dass es nicht so geht, wie ich es mir immer vorgestellt habe. Und ich sehe auch, dass ich nicht mehr so oft wie früher zu Hause arbeite, sondern viel häufiger aushäusig. Als mir das klarwurde – das war übrigens bei der Stuivengeburt –, dachte ich zuerst, wir stellen ein Mädchen ein, so wie die Lilholms oder die Stuivens. Eines, das bei uns wohnt, uns den Haushalt führt und Louis ganz versorgt. Leisten könnten wir es uns. Das wäre etwas ganz anderes als Sanna mit ihren paar Stunden. Aber dann dachte ich, dass du das wohl nicht möchtest. Und ehe ich jetzt noch mehr denke, frage ich dich einfach.»

«Nein», sagte Clara ernst. «Das möchte ich wirklich nicht.» Dann holte sie tief Luft und fügte hinzu: «Sieh mal: Eine wie Sanna würde Louis zwar gut behandeln, aber wie viel könnte sie ihm beibringen? Auch wenn sie Louis genauso herzlich zugetan wäre wie Sanna, würde sie doch nur einen Schützling in ihm sehen statt eines Wesens, das – mag es auch noch so klein sein – doch schon ein ganzer Mensch ist, mit Eigenheiten, Vorlieben und Abneigungen. Verstehst du? Es geht mir darum, dass Louis mehr als ein kleines Persönchen gesehen wird und weniger als ein unfertiger Mensch, den es zu kommandieren gelte.»

Willem hörte ihr ruhig, aber mit gerunzelter Stirn zu, und Clara wusste sehr wohl, dass sie hier Dinge aussprach, die ihm … nun, nicht rundheraus fremd waren, über die er jedoch bislang nicht nachgedacht hatte. Um ihm begreiflich zu machen, worum es ihr ging, und weil er ganz offensichtlich bereit war, ihre Überlegungen in sich aufzunehmen, brachte sie all die anderen Fragen an, die ihr schon lange durch den Kopf gingen, über Natürlichkeit und Reglement und das verwirrende Nebeneinander von altem und neuem Denken. Dabei schilderte sie ihm ihr Gespräch mit Twietemeier und wie sie dabei selbst einen Moment lang die Fahne des Königs hochgehalten und die Exklusivität seines Gartens verteidigt hatte, statt vor Twietemeier und auch vor sich selbst einfach unumwunden zuzugeben, dass sie das Heranwachsen der bürgerlichen Gärten in Hamburg gar nicht abwarten konnte.

«Und dass wir schon allein deshalb ein stolzes Rathaus bauen müssen, um Bürgerstädten wie Hamburg den Rang abzulaufen, hast du wohl auch nicht erwähnt, was?», fragte Willem augenzwinkernd.

«Mach dich nicht lustig über mich», sagte Clara. «Ich weiß gar nicht, ob Twietemeier und die anderen Mitglieder der Schlossgemeinde überhaupt ein Rathaus wollen. Manchmal kommt es mir so vor, als lebten wir in zwei verschiedenen Städten – König, Schlossgemeinde und Militär auf der einen, Bürger auf der anderen Seite, ganz zu schweigen von denen, die nicht mal das Bürgerrecht besitzen oder mit ihren Geschäften scheitern und nirgends recht dazugehören.»

«Ich mache mich nicht über dich lustig», sagte Willem. «Ich wollte dich lediglich daran erinnern, dass du eine glühende Verfechterin unseres Rathauses bist und dass ich um deine Bürgergesinnung nicht fürchte.»

«Und doch ist es der König, der den Rathausbau … nun, nicht unumwunden befiehlt, aber letzten Endes doch den Bürgern abverlangt», sagte Clara.

Willem sah Clara fragend an. «Komm, Clara! Jetzt sage nicht, du willst das Rathaus um des Königs willen!»

Das wollte Clara keineswegs. «Mach dir keine Sorgen um meine Begeisterung fürs Rathaus», sagte sie. «Aber nun lass doch bitte einmal das Rathaus. Darum geht es mir im Augenblick ohnehin nicht. Es ist höchstens ein Exempel für alles, was mir so ungereimt erscheint.»

Willem nahm Claras Hände und drückte sie. «Aber haben wir uns über all diese Dinge nicht im Grunde schon hundert Mal unterhalten?», fragte er nachdenklich. «Immer wieder stoßen wir auf den Gegensatz zwischen Alt und Neu, überall. Unsere Zeit ist davon geprägt, Clara. Und in unserem einzelnen kleinen Leben können wir diesen Gegensatz nicht auflösen.»

Dem musste Clara zustimmen, aber zufrieden machte es sie nicht. Sie senkte den Kopf und sagte: «Wenigstens sprechen sollten wir darüber. Ich bin mir in letzter Zeit manchmal so alleingelassen vorgekommen.»

«Aber das bist du nicht, Clara. Das bist du ganz und gar nicht!»

«Nicht?» Hoffnungsvoll hob sie den Kopf und blickte Willem so zweifelnd an, dass er sich vorbeugte und sie an sich drückte.

Die Umarmung tat Clara gut. Zwar glaubte sie, längst noch nicht alles gesagt zu haben, was sie bewegte, aber Willems Vergewisserung ließ ihr alles viel leichter erscheinen. Dennoch gab es noch eines, was sie ansprechen musste. Als sie sich nach einer Weile aus der Umarmung löste, bat sie ihn, ihr klipp und klar zu sagen, was er davon hielt, Karen als zweite Hebamme nach Glückstadt zu holen. In ihrem eigenen Brief an Karen habe sie zwar nicht Karen persönlich, sondern irgendeine Kopenhagener Hebamme angefordert, aber Olsen habe inzwischen an den Kopenhagener Magistrat geschrieben, dass man am liebsten Karen hätte, schon allein wegen Aebletoft. Der Ehrlichkeit halber fügte Clara noch hinzu, Karen habe zwar noch nicht geantwortet, aber das deute nach ihrem Dafürhalten darauf hin, dass sie damit beschäftigt sei, die Weichen für dieses Unterfangen zu stellen. Denn ein einfaches Nein wäre gewiss schon früher eingetroffen.

Es stellte sich heraus, dass Willem in der Tat Probleme damit hatte, sich Karen als Claras Verstärkung vorzustellen. Dass Aebletoft Olsens Geschäfte übernehmen wollte, fand Willem wunderbar. Dass dieser dadurch nicht von seiner Gefährtin getrennt werden sollte, war ihm ebenfalls ein Anliegen. Selbst dass Glückstadt eine zweite Hebamme brauchte, war ihm inzwischen klar. Aber dass es ausgerechnet die hochqualifizierte Karen sein sollte, behagte ihm gar nicht. Er fürchtete nämlich Claras Herabstufung zur zweiten Hebamme der Stadt.

«Aber, Willem», sagte Clara, «gerade mit einer so guten Freundin wird es doch kein Gerangel um Aufträge geben! Und dass sie zunächst einmal abkömmlicher ist als ich, ist nun mal so. Bei Grethe war es ja genauso. Du kannst doch nicht für eine mangelhafte Kollegin plädieren, nur damit ich trotz eingeschränkter Einsatzfähigkeit meinen Rang wahre!»

Das musste Willem schließlich zugeben. Dennoch blieb er dabei, dass ihm unwohl bei dem Gedanken sei, dass ausgerechnet die fähigste Hebamme weit und breit Claras «Stellvertreterin» werden sollte, wie er es ausdrückte.

«Aber sie wird nicht meine Stellvertreterin, Willem», wandte Clara ein. «Sie wird die zweite Hebamme der Stadt, oder besser gesagt: eine von zweien.»

Es blieb jedoch dabei, dass Willem der Gedanke an zwei gleichrangige Hebammen misshagte. Grethe hatte er immer als Claras Stellvertreterin gesehen und heimlich damit gehadert, wie sehr Clara ihr das Feld überließ. Seit ihrer Abreise hatte er zwar begriffen, dass Clara die Geburtshilfe für die Stadt nicht allein gewährleisten konnte, aber eine ebenbürtige Kollegin zu holen und ihr gar noch den größeren Teil der Arbeit zu überlassen widerstrebte ihm ganz und gar.

«Ich habe dich als Wirbelwind kennengelernt», sagte er. «Als zupackende, resolute Frau, die sich über Widerstände hinwegsetzt und die am schönsten ist, wenn ihre Wangen vor Eifer glühen. Dann bist du in deinem Element, Clara, dann bist du Clara pur und unwiderstehlich.»

Falls es ein Kompliment oder gar eine Liebeserklärung sein sollte, so verfehlte sie ihre Wirkung. Mit großen Augen sah Clara ihren Mann an und war den Tränen nahe. «Dann magst du mich seit Louis' Geburt also nicht mehr so sehr?»

Nun war es Willem, der große Augen machte. Dann zog er die Stirn kraus und schüttelte den Kopf. «Muss ich das jetzt verstehen?», fragte er. «Wie kannst du so etwas sagen? Ich will dir doch nur helfen, wieder so zu leben, wie es für dich am besten ist.»

«Aber alles zusammen geht nicht», insistierte Clara und fragte sich zum wiederholten Male, wie sie Willem klarmachen konnte, dass sie sich seit Louis' Geburt keineswegs auf dem Rückzug befand und seither doch Abstriche machen musste, ohne auch nur eine Sekunde am Tag weniger beschäftigt oder weniger «in ihrem Element» zu sein, wie er sagte. Sie versuchte es, aber es sollte ihr nicht recht gelingen. Er schien ein Bild von ihr zu haben, das sich durch Louis' Geburt nicht oder kaum verändert hatte, während sich das Leben für Clara seither stark verändert hatte. Immerhin glaubte sie aber zu verstehen, dass er dieses Bild aufrechterhielt, um ihr damit zu nützen und zu helfen, und nicht etwa, um sie zu bemäkeln. Das wiederum fand Clara geradezu rührend.

«Und wenn Karen nun doch kommt?», fragte sie.

«Dann freut es mich, die liebe Freundin wiederzusehen, und für Peder freut es mich auch. Den Rest sehen wir dann. Aber glaube bloß nicht, ich ließe es zu, dass du dich auf die faule Haut legst!»

Letzteres war scherzhaft gemeint, hieb aber in die Kerbe, die Clara so gern geebnet hätte. «Das will ich doch gar nicht», sagte sie und seufzte.

Zu guter Letzt missdeutete Willem selbst noch dieses Seufzen und sagte: «Ich bin auch müde. Lass uns zu Bett gehen.»

Clara nickte und sagte sich, dass es vermessen wäre, einen vollkommenen Gleichklang herstellen zu wollen. Umso mehr freute es sie, als Willem kurz darauf, als er sie im Bett in seinen Armen hielt, fragte, ob es sie bisweilen immer noch bedrücke, dass sie nicht wusste, wer ihre Eltern waren.

Zuletzt hatten sie darüber gesprochen, als Louis etwa drei Monate alt war. Damals hatte Clara zu Willem gesagt, sie fürchte böses Blut in Louis' Adern, falls der betrügerische Kaufmann Roselius, der die Stadt dereinst so schwer schädigen wollte, ihr Vater war, wie sie eine Zeit lang vermutet hatte. Und dass es sie nicht froher machte, wenn er es nicht war, solange sie nicht wüsste, wer ihre Eltern waren. Willem hatte dagegengehalten, dass längst nicht alle Söhne von Schurken selbst zu Schurken würden, und deren Enkel schon gar nicht. Deshalb fürchtete er nicht um Louis, wohl aber konnte er gut verstehen, dass Clara die Ungewissheit um ihre Herkunft zu schaffen machte.

«Bisweilen», murmelte Clara schläfrig. «Aber dann versuche ich immer, diese Gedanken schnell wieder zu verscheuchen. Sie führen ja zu nichts.» Dann gab sie Willem einen Gute-Nacht-Kuss und sagte: «Aber schön, dass du fragst.»

«Versteh einer die Weiber», murmelte Willem scherzhaft und legte sich bequem zurecht. «Ich glaube, ich sollte Robert warnen.»

«Hilfst du ihm denn nun mit der Destille?»

«Selbstverständlich. Solange er mich in erstklassigem Whisky auszahlt.»

«Untersteh dich und fang das Whiskysaufen an!», sagte Clara in scharfem Ton.

Willem lachte leise und sagte dann: «Das wollte ich hören. Und du denke bitte noch einmal darüber nach, ob wir uns nicht doch ein Mädchen nehmen sollten.»

Obwohl es Maike und dem kleinen Hendrik gutging und Svenja beide zuverlässig versorgte, stellte Clara ihre Besuche bei ihnen nicht ein. Zum einen war sie gern mit Maike beisammen, und dann war es auch eine Freude zu sehen, wie das Haus immer schöner ausgestattet wurde, nun da Maike wieder beweglicher war. Was Clara hingegen Sorgen machte, war eine gewisse Bangheit, die Maike partout nicht ablegen wollte. Dass ihr um den Kleinen bang war, konnte Clara angesichts ihrer bitteren Erfahrung gut verstehen. Doch dass sie sich immer noch wegen der nächtlichen Patrouillen ihres Mannes an der Baustelle sorgte, fand Clara übertrieben. Genauso wie die Tatsache, dass Stuiven diese Patrouillen immer noch für nötig hielt. Die Baugrube war mit einem Zaun und Laternen gut gesichert, und Clara konnte sich beim besten Willen nicht vorstellen, dass jemand hineinstürzen oder gar versuchen könnte, Schäden anzurichten.

Gewiss, immer noch herrschten Animositäten in der Stadt, sowohl gegenüber dem fremden Baumeister als auch gegenüber dem Bau an sich. Auch über die Finanzierung wurde immer noch gestritten. Aber all das konnte Stuiven durch seine nächtlichen Gänge nicht ändern, er zog damit allenfalls noch mehr Unwillen auf sich. Zumindest diesen Anteil von Maikes Sorge konnte Clara verstehen. Und dass ihr Mann, wie sie sagte, nichts als düstere Andeutungen machte, wenn sie ihn bat, des Nachts zu Haus zu bleiben, steigerte ihre Besorgnis verständlicherweise noch.

Mit der Zeit tat Maike ihr so leid, dass sie ihr anbot, Willem zu fragen, ob er einmal mit ihrem Mann reden wolle, und Maike nahm das Angebot hoffnungsfroh an.

Aus geburtshilflicher Sicht sorgte sich Clara jedoch mehr um Elske. Die Frucht in ihrem Leib wuchs so heran, wie Clara es erwartet hatte und wie es auch Elskes ursprünglicher Vermutung entsprach, das Kind könne wohl Anfang September kommen. Dennoch begann Elske nun davon zu sprechen, dass sie sich womöglich geirrt habe und dass die Geburt erst viel später zu erwarten sei. Immer wieder machte sie Andeutungen dieser Art, und Clara begriff schnell, dass nackte Angst dahintersteckte. Um sie zu beruhigen, untersuchte Clara sie tastend, doch als sie ihr sagen wollte, alles sei bestens und die Geburt nicht mehr lange hin, biss sie im letzten Moment die Lippen zusammen und verzichtete auf die Ankündigung einer baldigen Geburt. Dass mit ihrem Ungeborenen alles in Ordnung war, sagte sie jedoch und fügte hinzu, es liege günstig und sei weder zu groß noch zu klein, alles deute also auf eine Geburt hin, von der sie nichts zu fürchten habe. Doch dieser Befund schien Elske keineswegs zu beruhigen, und Clara schloss daraus, dass die Drangsalierungen ihrer Schwiegermutter trotz all ihrer Bemühungen nicht nachgelassen hatten und dass Elske nicht gelernt hatte, sich ihrer zu erwehren. Elskes Versuch, den Geburtstermin in Gedanken auf Sankt Nimmerlein zu verschieben und zu leugnen, dass er bald anstand, deutete Clara als einen Hinweis darauf, dass Elske – genau wie sie – fürchtete, dass ihre Schwiegermutter nach der Geburt erst recht das Heft in die Hand nehmen würde.

Daher fand Clara es an der Zeit, mit Elskes Mann zu sprechen. Sie überlegte kurz, ob sie Elske bitten sollte, ihn bei ihrem nächsten Besuch in «Claras Haus» mitzubringen, und entschied sich dagegen. Zum einen wusste sie nicht, wie hart sie gegenüber dem Mann auftreten musste, bis er die Nöte seiner Frau ernst nahm. Und zum anderen fürchtete sie, dass Elske in Gegenwart ihres Mannes alles abwiegeln und nicht wagen würde, seine Mutter in ein schlechtes Licht zu rücken. Mit beiden zusammen, dachte Clara, konnte sie immer noch sprechen. Doch zunächst einmal wollte sie dem Mann allein auf den Zahn fühlen und ohne eine verschüchterte Elske in ihrer Mitte herausfinden, ob er bereit war, Elske zu helfen und seine Mutter mit einigen unangenehmen Forderungen und Verboten zu konfrontieren.

Dass er Zimmermann und derzeit am Fundamentieren der Rathausbaustelle beteiligt war, wusste sie, seit sie Elske einmal an der Baugrube stehen gesehen und diese stolz auf ihren Mann gezeigt hatte. Das traf sich gut, fand Clara. Denn auf dem Marktplatz konnte sie ihn ansprechen, ohne dass es wie geplant aussah. Ihn in seinem Haus aufzusuchen verbot sich wegen seiner Mutter, und wenn sie ihn zu sich oder irgendwo anders hinbestellte, konnte seine Mutter davon Wind bekommen und das Gespräch vereiteln. Nein, Clara hielt es für das Beste, ihn einfach auf dem Marktplatz anzusprechen, wenn die Männer gegen sieben Uhr abends die Baustelle verließen. Je nachdem, wie die Arbeiten voranschritten, war das mal früher, mal später der Fall, und wenn sich Schwierigkeiten ergaben und etwas unbedingt gerichtet werden musste, ehe man die Baustelle in gutem Zustand verlassen konnte, kam es bisweilen auch vor, dass die Männer bis Sonnenuntergang arbeiteten. Clara hoffte, das würde an diesem Tag nicht der Fall sein, denn sie hatte Louis dabei. *Wer weiß*, hatte sie gedacht, *womöglich hat Elske ihn schon mit ihrer Angst angesteckt. Wenn er eine gesunde junge Mutter und ein gesundes Kleinkind sieht, beruhigt es ihn vielleicht eher als Elske.* Denn bei Elske hatte sie es auch schon mit Louis versucht, doch außer dass sie die Schwangere damit zu Tränen rührte, war dieser nicht leichter ums Herz geworden.

Louis schaute gern in die Baugrube und verfolgte das Hinablassen der Baumstämme, das Hin und Her der Schubkarren, das Hämmern und Sägen. Wenn es beim Einrammen der Stämme laut wurde, hielt er sich zwar die Ohren zu, aber das minderte sein Vergnügen nicht. Das Rammen hatte erst am Vortag begonnen, und Clara sah es mit Freude. Na, bitte, dachte sie, es wird doch gerammt. Stuiven muss hinreichend klargemacht haben, wie wichtig es ist.

Als sie eine Gruppe Männer die Leiter erklimmen sah, die aus der Grube führte, und Elskes Mann unter ihnen ausmachte, nahm sie Louis auf den Arm, trat etwas zurück und schaute in die andere Richtung, um nicht wie jemand auszusehen, der schon auf die Männer wartete. Sie war noch dabei, sich für die fällige Ansprache zu sammeln, als sie selbst angesprochen wurde.

«Sie sind doch Clara, Elskes Hebamme, nicht wahr? Ich bin Torben Daniels, ihr Mann.»

Überrascht wandte sich Clara dem jungen Mann zu, der sich grüßend an die Stirn tippte. Für einen Zimmermann war er von überraschend schmächtiger Statur, aber seine wachen grauen Augen und sein gewinnendes Lächeln machten ihn Clara gleich sympathisch. Noch ehe sie etwas sagen konnte, fuhr er fort: «Elske ist so froh, Sie zu haben. Sie hat nämlich große Angst vor der Geburt, müssen Sie wissen.»

«Ja, ja», sagte Clara und musste beinahe lachen. «Das weiß ich wohl. Deswegen konsultiert sie mich ja schon seit geraumer Zeit.»

Torben nickte ernst und sagte leise: «Meine Mutter haben Sie ja auch schon kennengelernt. Haben Sie bemerkt, dass sie Elske das Leben schwermacht?»

Wäre es nicht um eine ernste Angelegenheit gegangen, hätte Clara nun endgültig laut lachen mögen. Nicht weil Torben von allein alles ansprach, woran sie sich mühsam herantasten wollte, sondern weil es aus seinem Munde so klang, als teilte er Clara lauter Geheimnisse mit. Clara beschloss, seinen Mitteilungsdrang weiter zu nutzen.

«Hätte ich das denn bemerken sollen?», fragte sie.

«Ja», erwiderte Torben wie selbstverständlich. «Es ist

wirklich arg und wird immer ärger. Elske hatte es nie leicht mit ihr, aber seit sie guter Hoffnung ist, behandelt meine Mutter sie wie ein Kind und glaubt, ihr alles und jedes erklären und vorschreiben zu müssen. Dabei wird sie immer zänkischer. Leider kann ich Elske derzeit nicht vor ihr schützen. Die Baustelle macht mehr Arbeit als vorgesehen, weil wir mehr Stämme in den Boden rammen sollen, als es bei unserem ursprünglichen Auftrag vorgesehen war – und alles in derselben Zeit.»

Clara nickte verständnisvoll und fragte: «Und wie soll es nun weitergehen?»

«Ich habe mir vorgenommen, ein ernstes Wort mit meiner Mutter zu sprechen, und bereits meinem Bruder geschrieben und ihn gefragt, ob er sie zu sich nehmen würde. Er hat kürzlich eine Hoferbin geheiratet, und auf dem Anwesen wäre im Altenteil Platz für unsere Mutter. Ich denke, nahe unserer alten Heimat würde sie sich ohnehin wohler fühlen und nicht gar so granteln. Jedenfalls werde ich sie vor die Wahl stellen: Entweder sie lässt Elske und mich gewähren, oder ich schicke sie zu meinem Bruder.»

Das alles war so viel mehr, als Clara zu hoffen gewagt hatte, dass sie zunächst gar nicht wusste, was sie sagen sollte. Voller Bewunderung schaute sie Torben an, ehe sie sagte: «Was Elskes Bedrängnis angeht, so ist mir das alles nicht neu. Und ich hatte mir schon gedacht, dass nur Sie ihr da heraushelfen könnten. Deswegen kann ich Sie in allem, was Sie sagen und vorhaben, nur bestärken. Und sprechen Sie recht bald mit Ihrer Mutter, möglichst heute noch.»

Der junge Mann senkte den Blick und scharrte unbehaglich mit den Füßen. «Ja, ja», murmelte er.

Gewiss ist es nicht leicht für ihn, dachte Clara, *aber es muss sein.* Es konnte nicht schaden, seinen Mut zu beflügeln. Deswegen sagte sie: «Es ist nicht mehr lange hin bis zu Elskes Niederkunft – auch wenn sie es neuerdings nicht mehr wahrhaben will.»

«Ja, meinen Sie?», sagte Torben etwas unschlüssig. Doch dann gab er sich einen Ruck und versprach: «Dann spreche ich heute mit ihr.»

Clara lächelte ihn ermutigend an. «Tun Sie das.» Dann fragte sie noch, ob Elske denn Hilfe habe, wenn die Schwiegermutter aus dem Haus sei. Das war bei Neubürgern wie den Daniels oft ein Problem, obwohl der Nachbarschaftsgeist in den meisten Quartieren der Stadt schon recht ausgeprägt war, zumindest innerhalb der Nationen.

Torben sagte, sie hätten sehr nette Nachbarn, mit denen Elske und er sich wahrscheinlich viel besser stünden, wenn seine Mutter sich nicht immer eifersüchtig dazwischengestellt hätte. Clara legte ihm nahe, alles daranzusetzen, das nachbarschaftliche Verhältnis zu stärken, und nahm sich vor, in den nächsten Tagen selbst mit den Leuten zu sprechen.

Inzwischen war es fast halb acht und Louis auf Claras Arm eingeschlafen. Torben tätschelte dem Kleinen so vorsichtig die Wange, ehe er sich verabschiedete, als könne er etwas an ihm kaputt machen, und Clara sah, dass sein Blick ganz mild wurde.

Aufatmend sah sie ihm nach und drückte Louis an sich. Diese Begegnung war sehr viel ergiebiger gewesen, als sie erwartet hatte. Sie kannte das Gefühl, das sich einstellte, wenn ihr etwas Berufliches besonders gut geglückt war. Aber noch nie hatte sie dabei Louis im Arm gehabt. Ihr war, als sei es beglückender als sonst.

Sie konnte ja nicht ahnen, dass Torbens Mutter schon am nächsten Morgen in aller Frühe wie eine Furie bei Clara und Willem ins Haus gestürmt kommen würde.

«Ich lasse mich nicht vertreiben», schrie sie. Sie schwang ein Stück Papier über dem Kopf, und ihre dürre Gestalt zitterte von Kopf bis Fuß. «Das ist ein Unrecht, ist das. Hier steht es schwarz auf weiß.»

Damit hielt sie Clara, die erschrocken aus der Küche in die Diele eilte, das Papier hin.

«Ich weiß genau, dass Sie dahinterstecken. Seit Wochen arbeiten Sie gegen mich, und ich hätte längst etwas gegen Sie unternehmen sollen. Aber das ist jetzt zu viel. Ich geh zum Magistrat und werde Sie verklagen. Unbescholtene Bürger aus der Stadt werfen!»

Clara stand noch wie angewurzelt da und blickte auf die zeternde Frau und das Papier, das sie schwang, ohne etwas entziffern zu können, weil die Frau wild damit herumfuchtelte. Zwischendurch blickte sie immer wieder in die Küche, wo Louis wie erstarrt auf seinem Stühlchen saß und sich ein Stück Brot vor den Mund hielt. Dann ging sie auf die Frau zu, um zu verhindern, dass sie weiter ins Haus eindrang, Louis sah und … Gott weiß was mit ihm anstellte. Beruhigend versuchte sie auf die Frau einzureden, aber die war so außer sich, dass sie nicht auf Clara hörte und immer weiter vor sich hin schimpfte.

«Was ist hier denn los?», kam Willems erlösende Stimme aus dem hinteren Teil der Diele. Er sprach so tief und grimmig, dass Clara, ohne sich umzuschauen, wusste, dass er die Lage erfasst hatte. Schon im nächsten Augenblick war er an ihrer Seite und ging an ihr vorbei, geradewegs auf die tobende Frau zu.

Einen Moment lang verschlug Willems Auftreten Elskes Schwiegermutter die Sprache, doch sie fasste sich schnell, streckte ihm das Papier entgegen und wollte gerade wieder anfangen, loszuzetern, als er ihre Hände packte und ihr das Papier entwand. Ohne es auch nur eines Blickes zu würdigen, reichte er es mit einer Hand nach hinten über die Schulter Clara zu. Mit der anderen hielt er die Handgelenke der Frau fest.

Es war nicht das erste Mal, dass Clara über seine Statur und Größe froh war. Mit einem Blick erfasste sie den Gehalt des Schreibens. Es war die Zuerkennung der Bürgerrechte für Torben Daniels und Familie, inklusive aller damit verbundenen Privilegien des Wohn- und Gewerberechts, der Religionsfreiheit und bedingten Steuerfreiheit. Sie brauchte das Dokument nicht im Einzelnen zu lesen. Alle in diesen Stand erhobenen Bürger der Stadt besaßen ein solches Dokument.

«Das Bürgerrecht», sagte sie so leise, dass nur Willem es hören konnte, und fügte noch leiser hinzu: «Elskes Schwiegermutter.» Sie hoffte, diese knappen Worte würden genügen, um Willem ins Bild zu setzen. Zwar hatte sie Willem schon vor Wochen von dem zänkischen Weib erzählt und ihm am Vorabend auch von der Begegnung mit Torben berichtet, aber sie wusste, dass Willem soeben konzentriert an einer wichtigen Sache in seiner Werkstatt gearbeitet hatte, und sie war sich keineswegs sicher, ob ihm ihre Belange in diesem Augenblick präsent waren.

Die Frau wiederholte derweil alles, was sie schon gesagt hatte, in beliebiger Reihenfolge und versuchte sich Willems Griff zu entwinden, während Louis in der Küche zu weinen begann.

Willem fasste die Frau um die Schultern – Clara sah,

wie eisern sein Griff sein musste – und führte sie ein paar Schritte Richtung Haustür zu der großen Truhe, die dort stand, und drückte sie hinab, bis sie saß.

Die veränderte Körperhaltung und Willems unüberwindliche Kraft brachten sie tatsächlich zum Schweigen. Weinerlich verzog sie das hagere Gesicht, und als sie den Mund öffnete, um erneut zu klagen, hockte sich Willem vor sie, fasste sie an den Armen und sagte: «Ich kenne die Bürgerrechte, beste Frau, besitze sie schon länger als Ihr Sohn. Habe auch schon Leute hängen sehen, die den wichtigsten Teil darin nicht wahrhaben wollen: ihre Pflicht zur Wahrung des städtischen Friedens. Wenn Sie nicht möchten, dass ich zum Magistrat gehe und *Sie* verklage, dann gehen Sie jetzt heim und tun alles in Ihrer Macht Stehende, um auch dort Frieden zu halten. Sollte Sie das zu schwer ankommen, kann ich Ihnen gern einen Schlichter der Gemeinde mitschicken, der für die Einhaltung dieses Friedens sorgen wird.»

Die Frau wurde blass, zog verächtlich die Mundwinkel herab, und einen Moment lang sah es so aus, als wolle sie Willem anspucken. Doch der erhob sich leichtfüßig, trat einen Schritt beiseite, streckte die Arme zur Haustür und sagte: «Dort, beste Frau, dort haben gute Zimmerleute wie Ihr Sohn das Loch gelassen. Und nun raus aus meinem Haus!»

Zitternd erhob sich die Frau, starrte hasserfüllt abwechselnd auf Willem und Clara, und während sie sich beeilte, aus dem Haus zu kommen, rief Willem ihr nach: «Noch ein Angriff auf die Hebamme von Glückstadt, und Sie haben die ganze Stadt gegen sich!»

Noch ehe Elskes Schwiegermutter aus dem Haus war, eilte Clara in die Küche, um Louis aus dem Kinderstuhl und auf den Arm zu nehmen. Als sie mit dem schluchzenden Kind wieder in die Diele trat, kam Willem auf die beiden zu, legte einen Arm um Claras Schultern und streichelte Louis über den Kopf. Eine Weile standen sie still da, bis sich das Kind beruhigt hatte. Dann sagte Clara: «Warst du nicht ein wenig zu hart zu ihr?»

«Zu hart?», sagte Willem viel zu laut, und als Louis das Gesicht verzog und beinahe wieder zu weinen anfing, fuhr er mit gedämpfter Stimme fort: «Egal, was für eine gebeutelte Seele sie sein mag: In mein Haus dringt keiner ein, bedroht meine Frau und ängstigt meinen Sohn.»

Clara sagte nichts und fragte sich: *So einfach ist das?* Dann atmete sie tief durch und dachte: *Willem hat recht. So einfach ist das. Und zwar ungeachtet aller Umstände.* Dann drückte sie Willem Louis in den Arm und sagte: «Mein Gott, ich darf Elske jetzt nicht mit ihr allein lassen. Ich muss hinterher.»

«Nicht allein!», sagte Willem in einem Ton, der keinen Widerspruch duldete. «Ich muss in Kürze ins Gießhaus, und im Übrigen ist es wohl besser, ihr glättet die Wogen unter euch Frauen.» Damit gab er Louis Clara zurück.

«Geh zu Amalie, und nur wenn sie mitkommen kann, gehst du zu Elske. Versprichst du mir das?»

Es fiel Clara schwer, denn sie fürchtete sehr, was Elskes Schwiegermutter in ihrer Rage wohl mit der Schwangeren anstellen mochte. Aber Willem bestand darauf, und so versprach sie es ihm, zumal sie Louis nicht schon wieder in einen Tumult stürzen wollte. Dringender als sonst meist hätte sie jetzt Sanna gebraucht, aber die sollte heute erst am Nachmittag kommen, und sie wohnte in so beengten Verhältnissen, dass sie Louis nicht zu ihr bringen konnte. Clara erwog, die Nachbarn zu bitten, Louis für ein, zwei Stunden zu nehmen. Doch nach dem, was der Kleine soeben erlebt hatte, fand sie es nicht richtig, ihn in fremde Hände zu geben.

«Vergiss nicht, den Bürgerbrief mitzunehmen, und sorge dafür, dass er nicht wieder in ihre Hände gerät», sagte Willem und fuhr erbost fort: «Wie viel dieser Frau etwas so Kostbares wert ist, siehst du daran, dass sie den Brief einfach hier liegengelassen hat.»

Mit gemischten Gefühlen sah Clara, dass diese Begebenheit auch Willem vor Augen geführt hatte, wie dringlich eine zweite Hebamme gebraucht wurde. Nicht dass sie durch eine Kollegin vor Übergriffen dieser Art gefeit wäre, aber dass sie, solange sie auf sich allein gestellt war, nur Willem hatte, um sie zu schützen oder schwierige Leute in ihre Schranken zu weisen, hatte dieser so unmittelbar am eigenen Leibe erfahren, dass er sich nicht mehr dagegen sperrte, Karen in die Stadt zu holen – so sie sich denn ihrer Kopenhagener Pflichten entbinden konnte – oder eine andere fähige Hebamme. Willem war klar, dass auch Amalie kein Schutzschild für Clara war, denn dass ihre Mission im Hause Daniels glimpflich abgelaufen war, hatte nicht an der Anwesenheit der schüchternen Amalie gelegen, sondern daran, dass Torben um die frühe Morgenstunde noch zugegen war und seiner Mutter beschied, mit dem nächsten Schiff Richtung Heimat werde sie zurücksegeln.

Begeistert war Willem nicht eben davon, dass alles letztlich auf Karen hinauszulaufen schien. Doch da sich auf Claras und Olsens Briefe und Appelle keine andere Hebamme meldete, die gewillt war, nach Glückstadt zu kommen, war es bald so gut wie beschlossene Sache, zumindest aufseiten der Glückstädter.

Aebletoft zögerte seine Abreise derweil immer weiter hinaus, um Karens Antwort und die des Rates der Hauptstadt abzuwarten. In der Zwischenzeit ließ er sich von Olsen in alles einweisen, was dieser zur Übergabe seiner Amtsgeschäfte für bedeutsam hielt. Clara vertraute er an, er zweifle nicht im Geringsten daran, dass Karen nach Glückstadt kommen werde, und er zerstreute Claras Besorgnis über das fortgesetzte Ausbleiben von Karens Antwort.

Trotzdem waren alle mehr als erleichtert, als diese Antwort in der vierten Augustwoche endlich eintraf. Sie war an Olsen und Aebletoft adressiert, und nachdem die beiden Medici sie gelesen hatten, eilte Aebletoft damit sogleich zu Clara.

«Endlich», sagte er, als Clara ihn am frühen Nachmittag durch den sonnigen Garten zu der im Halbschatten gelegenen kleinen Sitzecke führte. Und noch ehe sie sich gesetzt hatten, war ihr klar, wie Karens Antwort lautete, denn Aebletoft wirkte wie erlöst. Seine klugen blauen Augen leuchteten heller als sonst, und er bewegte sich so beschwingt, dass seine langen schwarzen Haare um seinen Kopf und auf seinen Schultern wippten. Sosehr Clara sich darüber freute, wunderte sie sich doch, dass sie von Karen immer noch nichts gehört hatte.

«Sehr gern will Karen kommen», sagte Aebletoft. «Aber das wissen Sie ja wohl bereits. Ist es nicht wunderbar? Ich glaube, zu dritt oder zu viert, mit Larsen im Bunde … Ach, was sage ich? Olsen mit all seiner Erfahrung und Expertise ist ja auch nicht zu vergessen, ebenso wenig wie Amalie mit ihrem Arzneiwissen …»

Vor lauter Begeisterung verhaspelte er sich und schien gar nicht zu wissen, wie er weitermachen sollte.

«Was schreibt sie denn genau?», fragte Clara. «Ich habe nämlich noch keinen Brief von ihr erhalten.»

«Nicht?», staunte Aebletoft. Dann reichte er Clara den Brief, den er immer noch wie ein Kleinod, von dem er sich nicht trennen mochte, in den Händen hielt.

Clara fand Karens Mitteilungen keineswegs so jubilant wie Aebletoft. Dass sie nicht umgehend zurückgeschrieben hatte, erklärte sie damit, dass sie gleich zum Rat der Stadt gegangen war, um sich mit ihm zu beraten. So gering die Summe war, die sie für ihre städtischen Aufgaben bezog, so war er doch zu einem gewissen Grade ihr Dienstherr, und nie hätte sie gewagt, eigenmächtige Entscheidungen zu treffen. Der Rat hätte sich zu diesem Zeitpunkt bereits mit dem Brief von Olsen befasst.

Aber was ihn mehr zu beschäftigen schien als die Sache selbst, schrieb sie, *war die Frage, ob der König darin ein Sagen habe. Niemand will leugnen, dass er es ist, der hinter der Anhebung des Hebammenstandes steckt, und dass wir alle noch nach Gutdünken vor uns hin dümpeln würden, wenn er nicht durch Clara für unsere Qualifizierung gesorgt hätte. Aber nun – und ich finde, da hat der Rat ganz recht – stehen wir auf eigenen Füßen, und es ist nicht das Geld des Königs, mit dem unsere Arbeit bezahlt wird. Dennoch hat es mir gar nicht behagt, wie wenig sie über mich und meine Arbeit und wie sehr sie über sich und ihre Rechte als Rat debattierten.*

Diese Bemerkungen hätten Claras eigenes Unbehagen nicht treffender ausdrücken können. Anders als in Kopenhagen, wo der König bei Hofe weilte, wenn er sich in der Hauptstadt aufhielt, war er in Glückstadt eine Größe – und das im wahrsten Wortsinn – im alltäglichen Stadtbild. Wie oft hatte sie mit ihm von Angesicht zu Angesicht gesprochen, Dinge beraten, Weichen gestellt? Und immer war er es gewesen, er und kein anderer, der ihr Fortkommen und damit das ihres ganzen Standes befördert hatte. Auch wenn es stimmte, dass die Hebammen nun auf eigenen Füßen standen und dass der König praktisch nichts mehr mit ihnen zu tun hatte, war es für Clara doch undenkbar, etwas gegen seinen Willen und ohne seine Billigung zu tun. Dass der Rat der Hauptstadt aus ihren Belangen nun sogar eine Frage der Selbstbehauptung gegen den König machte, widerstrebte ihr zutiefst.

Dabei ist eigentlich alles ganz einfach, schrieb Karen. *Du weißt ja selbst, wie sehr Inger mir zur rechten Hand geworden ist und wie viel sie in den letzten Jahren gelernt hat. Im Grunde wartet sie nur darauf, die Verantwortung zu übernehmen, und gewiss ist sie ihr gewachsen. Es spricht also gar nichts dagegen, Liebster, unser gemeinsames Leben in Glückstadt zu beginnen. Und wie gern ich komme, weißt Du – Deinetwegen, Claras wegen und weil ich die neue Stadt so bewundere wie Clara offenbar unser gutes altes Kopenhagen.*

Clara lächelte, als sie das las, und erinnerte sich an gemeinsame Streifzüge hier wie dort. Und es stimmte, dass sie beide das jeweils größere Loblied auf die ihnen fremde Stadt gesungen hatten. Doch dann verging ihr das Lächeln, als sie Karens letzten Satz las:

Ich habe überlegt, ob ich Dir erst schreiben oder Dich gleich überraschen soll. Zum September tritt nämlich der Admiral Woldsen seinen Dienst in Glückstadt an, und seine Frau ist guter Hoffnung. Eigentlich wollte Inger sie auf der Reise begleiten, aber nun tauschen wir unsere Aufgaben. Denk nur, Liebster, schon nächste Woche bin ich bei Dir, und dann können wir alles Weitere gemeinsam beraten. Wenn die Admiralin die

Reise gut übersteht, kann ich – können wir? – bald nach Kopenhagen zurückkehren und – sofern es denn so sein soll – alles Nötige für unsere Umsiedelung noch vor dem Winter veranlassen. Ich kann Dir gar nicht sagen, wie ich mich freue!

Als Clara von dem Brief aufblickte, sah sie, dass Aebletoft mit erwartungsvoll vorgebeugtem Oberkörper dasaß, und sie wünschte, dass sie sich so uneingeschränkt freuen könnte wie er. Nie hätte sie gedacht, dass sie sich eines Tages so vor dem König fürchten würde. Sie hatte ihm so viel zu verdanken, dass sie ihn weder vor den Kopf stoßen noch hinterrücks etwas gegen ihn unternehmen wollte. Doch nun hing sie in der Sache mit drin. Der Ruf nach Karen kam schließlich auch von ihr. Dass eine Machtfrage «der Rat oder der König» daraus entstehen würde, hatte sie weder beabsichtigt noch kommen sehen, nicht mal, als Olsen seinen Brief an den Rat der Hauptstadt angekündigt hatte. Dennoch freute sie sich auf Karen. Jetzt galt es, ihren Aufenthalt in der Stadt zu nutzen, um die Einwilligung des Königs zu erlangen. Clara wusste zwar nicht so recht, wie das zu bewerkstelligen sei, da er – so wie alle zu Recht sagten – nicht derjenige war, der in dieser Angelegenheit zu befragen war, aber dennoch war es ihr ein Anliegen, das bis dato währende Einverständnis mit ihm zu bewahren.

«Wie schön, liebster Aebletoft», sagte sie und merkte selbst, wie lahm es klang. «Der Brief ist nur wenige Tage schneller als Karen. Dann kommt sie wohl schon bald.»

Aebletoft war viel zu beseelt, um Claras Verhaltenheit zu bemerken. Und noch ehe er fertig war, seine Freude in Worte zu fassen, wurde ihr Gespräch von Lene unterbrochen. Was sie zu sagen hatte, war im Grunde auch für ihn als Neubürger *in spe* von Belang, aber in seinem Kopf war momentan nur Raum für Karen. So verabschiedete er sich, kaum dass Lene in den Garten gestürmt kam, und sagte, er wolle gleich weiter zu Larsen, um ihm die frohe Kunde zu übermitteln.

Lene sah ihm kopfschüttelnd nach, aber als Clara gerade ansetzen wollte, ihr zu erklären, was es mit seiner Hast auf sich habe, winkte diese ab.

«Ich zuerst», sagte sie. «Es ist so weit! Das Rathaus wird gebaut! Vor einer Stunde wurde beschlossen, wie es finanziert werden soll: Zweitausend Reichstaler bringen die Bürger auf. Dafür werden sie von jetzt an für die Einquartierung der Soldaten entschädigt. Auch brauchen sie den Offizieren kein Verpflegungsgeld mehr zu zahlen. Die Offiziere werden im Gegenzug aufgerufen, trotz Steuerfreiheit freiwillige Abgaben zu entrichten, genau wie die Beamteten. Und dann – aber ich bin unentschlossen, was ich davon halten soll, weil ich nicht weiß, ob es für Robert gut oder schlecht ist – dann soll für zwei Jahre eine Bier- und Branntweinsteuer erhoben werden. Meinst du, es ist gut oder schlecht für ihn?»

«Nun setze dich doch erst einmal», sagte Clara, und der Kopf schwirrte ihr. «Was sagst du? Es gibt einen Finanzierungsbeschluss? Von wem?»

«Na, von allen», sagte Lene und strich sich die Röcke glatt, nachdem sie sich gesetzt hatte. Dabei zog sie einen Brief aus der Tasche und reichte ihn Clara über den Gartentisch. «Ach ja, hätte ich fast vergessen. Der wurde mit etlichen anderen bei uns abgegeben. Ist von Karen.»

Clara nahm den Brief entgegen, ließ ihn aber auf dem Tisch liegen, denn sie wusste ja schon, was darin stand.

Trotzdem war es ihr eine Genugtuung, selbst einen zu erhalten.

«Was heißt, von allen? Und warum weiß Willem davon nichts?»

«Er weiß es gewiss», sagte Lene. «Du wirst sehen: Heute Abend erzählt er es dir. Aber ich bin schneller. Ist das nicht wunderbar?»

Clara musste lachen. «Dass du schneller bist?»

«Das auch.» Lene machte eine wegwerfende Handbewegung. «Nein, ich meine, dass das Rathaus nun endlich offiziell gebaut werden kann und das Geld da ist.»

Clara wusste um Lenes Begeisterungsfähigkeit und dass sie in Jubel ausbrechen konnte, bevor Dinge wirklich geregelt waren. Es war auch nicht aus ihr herauszubekommen, wer genau diesen Beschluss gefasst haben sollte und wie bindend er war. Für Lene stand er jedoch unumstößlich fest, zumal, wie sie sagte, «alle» davon sprächen, in der Schankstube, am Fleet, auf dem Marktplatz und wo immer Menschen zusammenträfen.

Aber über all das war mit ihr ohnehin nicht zu reden. Vielmehr sorgte sie sich darum, was die Branntweinsteuer wohl für Robert zu bedeuten habe.

«Auf zwei Jahre soll sie erhoben werden, sagst du?», fragte Clara nach. «Ich verstehe zwar nicht viel von Whisky, aber dass er lange gelagert werden muss, ehe er gut ist, so viel weiß ich. Das würde bedeuten, dass es mit der Steuer längst wieder vorbei ist, wenn Roberts Gebräu zum Ausschank bereit ist.»

Lene fuhr auf. «Wie kannst du es ein Gebräu nennen? Du solltest mal die Apparaturen sehen, die nach und nach für unsere Destille eintreffen! Damit macht man kein Gebräu, sondern hochwertige Spirituosen!»

Clara hatte alle Hände voll zu tun, um Lene zu versichern, dass sie es keineswegs abwertend gemeint habe. Aber erst als sie erwähnte, dass Willem Robert helfen wollte, war diese besänftigt.

«Dann wird alles gut.» Lene klatschte in die Hände und sprang auf. «Ich habe heute gar keine Zeit für einen Schwatz», sagte sie. «Ich wollte es dir nur schnell gesagt haben.»

Als sie gegangen war, hatte Clara das dringende Bedürfnis, sich zu vergegenwärtigen, was soeben alles an Neuigkeiten auf sie eingeströmt war. Da traf es sich gut, dass sie ohnehin nach ihren Pflanzen im Königlichen Garten hatte sehen wollen. Das spät einsetzende Sommerwetter hatte die Reifung einiger Kräuter zunächst verzögert, aber in den letzten Tagen war sie rapide vorangeschritten. Da Clara Wert darauf legte, alles im optimalen Reifestadium zu ernten, gab es nun fast täglich ein wenig zu tun. Heute allein in den Garten zu gehen war ihr sehr recht. Auch dass Louis heute den ganzen Tag mit Sanna bei den Lilholms war, da deren Mädchen einen Verwandtenbesuch machte und Sanna bei der Gelegenheit den kleinen Caspar mit versorgte, war eine glückliche Fügung. So würde sie bei der Gartenarbeit ungestört nachdenken können.

Nach allem, was heute geschehen ist, darf ich am Abend nicht vergessen, Willem zu fragen, was sein Gespräch mit Stuiven erbracht hat, dachte sie, als sie Gartenschere und Beutelchen für Blüten und Samen zusammengesammelt hatte und sich auf den Weg machte. *Wenn das Rathaus nun wirklich gebaut wird, hat das Tun des Baumeisters schließlich noch mehr Gewicht als bisher.*

Sieben

GLÜCKSTADT, 30. August 1642

Lange hatte Clara keine so unruhige Nacht verbracht. Es fing damit an, dass sie gegen Mitternacht aufstand, um das Fenster der Schlafkammer zu schließen. Es war eingehakt gewesen, um in den immer noch warmen Nächten Luft hereinzulassen, bis eine mächtige Windböe es aufriss. Als Clara sich hinausbeugte, um nach den ausschlagenden Fensterflügeln zu greifen, konnte sie den aufziehenden Regen förmlich riechen. Kaum hatte sie sich wieder hingelegt, begann er an die Scheiben zu prasseln, dass Clara fürchtete, sie könnten bersten. Von da an lag sie immer wieder wach, warf sich unruhig hin und her, und wenn sie endlich eingeschlafen war, träumte sie schlecht – von Elske, die sie von einem monströsen, unförmigen Etwas entband, von Körben voller Saatgut, durch die sich Dutzende von Maden fraßen, von einstürzenden Häusern und immer wieder von Louis, wie er aus seinem Hochstuhl, aus dem Fenster, die Treppe hinunter oder gar ins Hafenbecken fiel.

Als sie kurz vor halb sechs wieder einmal aufwachte, beschloss sie aufzustehen, denn sie wollte keinen weiteren Albtraum mehr durchleben. Es regnete immer noch heftig, aber nicht mehr prasselnd. Um Willem und Louis nicht zu wecken, nahm sie leise Kleider und Wäsche aus dem Schrank, ging damit nach unten und zog sich dort um. Sie war viel zu müde, um jetzt schon etwas zu essen oder zu trinken. Eine stille, leichte Arbeit zu verrichten, dachte sie, sei jetzt das Beste. Im Verschlag unter der Treppe stand ein Korb mit zerrissenen Kleidern und Tüchern, die schon länger darauf warteten, genäht zu werden. Clara holte ihn in die Gute Stube an den Sessel unterm Fenster, zündete eine Kerze an, nahm Nadel und Faden zur Hand und machte sich an die Arbeit. Darüber nickte sie ein, und als um kurz vor sieben jemand an die Haustür klopfte, schreckte sie hoch und ließ den frühen Besucher ein.

Wieder einmal war es Lene, die mit einer Neuigkeit kam. Clara sah ihr jedoch sofort an, dass es dieses Mal keine gute war.

«Stuiven ist tot», sagte Lene noch in der Diele. «In die Baugrube gestürzt.» Dann sagte sie nichts mehr und sah Clara nur fassungslos an.

«Wie bitte?» Clara konnte es genauso wenig fassen. «Er liegt tot in der Baugrube?»

Lene nickte heftig und sagte kein Wort.

«Woher weißt du das?»

«Unser Bursche hat am Marktbrunnen reines Wasser geholt, wie jeden Morgen. Gleich als es zu regnen aufhörte, ging er los. Die ersten Arbeiter kamen gerade zur Baustelle und machten ein großes Geschrei, als sie Stuiven da unten liegen sahen. Unser Bursche ist natürlich gleich hingelaufen und hat ihn mit eigenen Augen dort liegen sehen. Und dann kam er zurückgerannt, vor lauter Schreck ohne Wasser.»

«Und er ist tot? Woher will man das wissen? Womöglich hat er nur die Besinnung verloren oder sich sonst wie verletzt. Hat jemand Hilfe geholt?»

Lene nickte. «Die Männer sind gleich zu ihm runtergeklettert. Er atmet nicht mehr und ist ganz kalt und blau und durchnässt. Und eine schreckliche Wunde am Kopf hat er auch.»

Erst jetzt konnte Clara es glauben, schlug sich die Hand vor den Mund und merkte, dass sie sich setzen musste, weil ihr sonst die Beine weggesackt wären. «Komm», sagte sie, hakte Lene unter und ging mit ihr wie benommen die wenigen Schritte in die Küche, wo sie sich auf die Küchenbank fallen ließ. Eine Weile starrte sie blicklos vor sich hin, und auch Lene sagte nichts.

«Weiß Maike es schon?», fragte Clara dann.

Lene nickte. «Ein Arbeiter ist gleich zu ihr gelaufen.»

«Trotzdem muss ein Arzt nach ihm sehen», sagte Clara etwas zusammenhangslos. «Ich laufe schnell zu Olsen und Aebletoft.»

«Nicht nötig», sagte Lene. «Aebletoft ist gleich geholt worden.»

«Und was sagt er?»

Lene zuckte nur mit der Schulter. «Was soll er schon gesagt haben? Wahrscheinlich ein furchtbar langes medizinisches Wort, das aber in Wahrheit doch nur ‹tot› bedeutet.»

«Ich muss zu ihm», sagte Clara und stand auf. Dann zögerte sie. «Nein, ich muss zu Maike.» Sie war noch ganz unentschlossen, als Willem mit Louis auf dem Arm in die Küche kam.

«Was gibt es denn so Wichtiges, dass ihr das ganze Haus aufweckt?»

Das war schnell berichtet, und ebenso schnell entschied Willem, dass er zum Marktplatz und Clara zu

Maike gehen sollte. Lene bat er, Louis zu Amalie zu bringen.

«Es ist nicht für lange», sagte Clara. «Sanna kommt heute schon um acht. Dann kann Amalie den Kleinen zurückbringen.»

Maike saß – noch im Nachtgewand – wie versteinert im Empfangszimmer ihres Hauses, als Clara, nachdem man ihr Klopfen nicht beachtet hatte, hereinkam. Clara rückte einen der zierlichen Sessel vor ihren, setzte sich ihr gegenüber und nahm ihre Hände. Sie wusste nicht, was sie sagen sollte. Gab es überhaupt etwas zu sagen? Auch Maike sagte nichts und starrte einfach nur vor sich hin. Als Clara sich zu ihr setzte, blickte sie nur einmal kurz zu ihr auf. Sonst hätte Clara fast glauben können, sie sei gänzlich weggetreten.

Irgendwann – Clara wusste nicht, wie lange sie so dagesessen und einander bei den Händen gehalten hatten – sagte Maike tonlos: «Es war Mord. Ich habe es kommen sehen.»

Clara zuckte zusammen, als sie das Wort hörte, und ohne nachzudenken, redete sie dagegen. Doch sie merkte, dass Maike ihr gar nicht zuhörte, und so schwieg auch sie wieder.

Willem hatte ihr erzählt, dass Stuiven heftige Auseinandersetzungen mit dem Magistrat gehabt habe, nachdem er bemängelt hatte, wie schlecht die meisten Häuser in Glückstadt gegründet worden waren. Er hatte verlangt, sehr viel mehr Baumstämme als vorgesehen ins Fundament des Rathauses zu rammen. Sie glaubte nicht, dass Maike davon wusste, denn Willem hatte gesagt, Stuiven habe mit niemandem außer ihm darüber geredet, weil der Magistrat es so wollte. Dann hatte Willem noch gesagt, er zöge Clara nur ins Vertrauen, damit sie sich nicht wieder alleingelassen fühle. *Aber wenn Maike gar nichts davon weiß*, dachte Clara, *wieso spricht sie dann von Mord?*

«An die hundert Baustellen hat er beaufsichtigt, auch nachts», sagte Maike leise. «Er fällt in keine Baugrube, auch nicht bei Regen. Nein, Clara, es war Mord.»

Wieder zuckte Clara zusammen. «Wie kannst du das sagen, Maike? Ich verstehe, dass du es nicht fassen kannst, dass du aufgebracht bist, dass du nach einem Grund suchst, aber ...»

Wie schlafwandelnd stand Maike auf, noch während Clara redete, und ging, wie magisch gezogen, aus dem Zimmer. Clara folgte ihr. Sie gingen durch die geräumige Diele und dann in eins der hinteren Zimmer. Clara erkannte, dass es sich um Stuivens Studierstube handeln musste. Maike ging an den Schreibtisch, zog eine flache versteckte Schublade auf, holte einen Schlüssel heraus und trat an einen reich mit Intarsien verzierten Sekretär, in den zahlreiche verschließbare Fächer eingelassen waren. Sie probierte mehrere Schlösser aus, bis sie das richtige erwischte, öffnete es und holte einen Stapel Papiere daraus hervor. Ohne sie im Einzelnen zu beachten, legte sie sie auf den Schreibtisch und wischte mit einer Hand darüber, sodass sie sich ausbreiteten.

«Was ist das?», fragte Clara und trat hastig an den Schreibtisch.

Maike zuckte mit der Schulter und blickte immer noch nicht auf die Papiere. «Das, was ihm solche Angst machte», sagte sie.

Clara erkannte Konstruktionszeichnungen, die aber

keine Gebäudeaufrisse enthielten, und konnte sie nicht deuten. Die Beschriftung an den Papierrändern und zwischen den Zeichnungen stammten alle von derselben fahrigen Hand, die wohl Stuivens war. Ein Papier hingegen enthielt nicht nur keine Zeichnung, sondern stammte eindeutig nicht von Stuiven. Clara schob einige andere Blätter beiseite, um es zur Gänze sehen zu können. Bereits die ersten Worte ließen keinen Zweifel daran, dass es sich um einen Drohbrief handelte.

Wenn Ihnen Ihr Leben lieb ist, hören Sie auf, Staub aufzuwirbeln! Oder verlassen Sie die Stadt!

Eine Unterschrift fehlte. *Natürlich*, dachte Clara. *Wie dumm, überhaupt danach zu suchen!*

«Kennst du eines dieser Papiere?», fragte sie Maike.

Die schüttelte nur stumm den Kopf. Dann sagte sie: «Aber Marten hätte sie nicht so sorgsam weggeschlossen, wenn sie nicht wichtig wären. Er neigte nicht zur Geheimniskrämerei. Ich hatte Angst um ihn, seit ich kürzlich beim Gute-Nacht-Sagen sah, wie er diese Papiere mit zitternden Fingern wegschloss, und seine Angst spürte.»

Clara überlegte blitzschnell. Es war unmöglich zu sagen, ob Marten seine eigenen Aufzeichnungen oder bloß den Drohbrief fürchtete. Selbst dass beides an ein und demselben sicheren Ort lagerte, brauchte nichts weiter zu besagen. Dennoch schien es ihr das Beste zu sein, Maike davon zu befreien. Wenn Martens Aufzeichnungen wirklich so wichtig waren, wie Maike glaubte, gehörten sie in kompetente Hände. *Ich muss sie Willem bringen*, dachte sie. *Er wird am besten wissen, was damit zu geschehen hat.*

«Ich nehme sie mit», sagte sie kurzentschlossen und begann schon beim Sprechen, sie zusammenzuraffen.

«Marten hat Willem vertraut. Er soll sie sich einmal anschauen.»

Maike zuckte wieder mit der Schulter, teilnahmslos wie schon die ganze Zeit über.

Alles war so schnell gegangen und so erschütternd, dass Clara, seit sie das Haus betreten hatte, ihr Schultertuch, das sie sich wegen der Morgenkühle nach dem heftigen Regen übergeworfen hatte, noch gar nicht abgelegt hatte. Als sie alle Papiere beisammenhatte, nahm sie sie in eine Hand, legte sie vor die Brust, zog mit der anderen das Tuch darüber, griff dann nach dem anderen Ende und legte auch das noch darüber.

«Sieht man etwas?», fragte sie.

Maike schaute sie verständnislos an. Im selben Moment begann der kleine Hendrik oben im Haus zu weinen, und es waren Schritte zu hören.

«Weiß Svenja es schon?», fragte Clara.

Maike nickte.

«Willst du mit zu mir kommen, damit du nicht allein bist?», fragte Clara und fügte schnell hinzu: «Oder ihr alle?»

Maike schüttelte den Kopf.

«Soll ich hierbleiben?»

Wieder schüttelte Maike den Kopf.

Himmel, dachte Clara. *Sie ist völlig von Sinnen. Was kann ich nur tun?*

Dann waren Schritte auf der Treppe zu hören, und gleich darauf rief Svenja aus der Diele: «Frau Stuiven? Wo sind Sie?»

So flink, wie Clara es nicht für möglich gehalten hätte, eilte Maike aus der Studierstube und rief: «Ist etwas mit Hendrik?»

Clara eilte ihr nach und sah, wie Svenja ihr das Kind übergab und sagte, der Kleine müsse gestillt werden. Maike trug ihn mit einem Schwall beruhigender Worte in eine kleine gemütliche Stube neben dem Empfangszimmer, setzte sich in einen bequemen Sessel, entblößte die Brust und legte das Kind an, das gierig den Mund öffnete. Clara blieb im Türrahmen stehen und sah, wie Maike auf das Kind schaute und ihre Schultern zu zittern begannen. Dann begann sie lautlos zu weinen. *Gut*, dachte Clara. *Immer raus damit! Mögen die Tränen fließen wie die Muttermilch.* Sie blieb noch kurz stehen, und als sie wusste, dass Maike längst alles um sich herum vergessen hatte, was nicht Hendrik oder ihren Schmerz über Martens Tod betraf, schloss sie leise die Tür.

Svenja stand ganz hilflos da, schaute Clara mit großen Augen an und fragte: «Was soll ich denn jetzt tun?»

Clara atmete tief durch und setzte mit Mühe ein ermutigendes Lächeln auf, ehe sie sagte: «Du bist der Frau eine große Stütze, Svenja. Mache einfach alles genauso weiter wie bisher. Es tut mir sehr leid, was diesem Hause widerfahren ist. Aber du brauchst nicht zu fürchten, dass du jetzt etwas Besonderes leisten müsstest. Sei einfach nur da und mache deine Arbeit so wie immer. Und wenn du Hilfe brauchst, sage mir bitte Bescheid!»

Svenja knickste vor Clara und fragte: «Ist das wirklich alles?»

«Ja, Svenja», sagte Clara. «Das ist alles. Und es ist viel. Du bist ein sehr gutes Hausmädchen.»

Svenja bekam vor Verlegenheit ganz rote Backen, und Clara fragte sich im Hinausgehen, woher sie, wenn es drauf ankam, eigentlich immer ihre Ruhe nahm. *Dabei brennen mir diese Papiere ein Loch in die Brust*, dachte sie. *Bloß raus hier und alles in Sicherheit gebracht!*

So kurz der Weg vom Rethövel über die Hafenbrücke zur städtischen Hafenseite auch war, kam Clara doch mit jedem Schritt mehr zu der Überzeugung, dass Maike nicht im Wahn geredet hatte, als sie von Mord sprach. Weder sie noch Marten neigten zur Hysterie. Gewiss, Marten war von Anfang an sehr fahrig gewesen. Aber womöglich hatte das gute Gründe. Bessere Gründe, als alle ahnten. Und seine Fahrigkeit war nicht von einer Art, die ihn bei einer seiner nächtlichen Inspektionen, einer von Hunderten, einfach in die Grube fallen ließ. *Dennoch*, überlegte sie, *der Regen war heftig, zumindest eine Zeit lang. Wann mag es wohl geschehen sein? Und warum hat Maike ihren Mann nicht vermisst und ihn suchen lassen?* Dann fiel ihr ein, dass die Stuivens seit Hendriks Geburt und gerade wegen der nächtlichen Inspektionen in getrennten Kammern schliefen. Überdies war Maike es gewohnt, dass Marten des Nachts aus dem Haus ging, und womöglich hatte er es mit dem Patrouillieren noch genauer genommen, als vor wenigen Tagen mit der Ausschachtung für den eigentlichen Rathausbau begonnen worden war. Gewiss ließ sich Maike davon längst nicht mehr den Nachtschlaf rauben. Gerade jetzt, wenige Wochen nach der Geburt, war sie gut beraten, das nächtliche Treiben ihres Gatten zu ignorieren und einfach zu schlafen. *Maike muss mit dieser Nachricht geweckt worden sein*, dachte Clara. *Kein Wunder, dass sie noch wie benommen war. Alles, was jetzt kommt, kann ihr niemand ersparen. Wenigstens weint sie endlich. Aber Mord? Himmel, wer könnte etwas so Gottloses getan haben?*

Clara hoffte inständig, dass Willem noch zu Hause

war. Aber das Haus war still und leer. Als sie Willems Werkstatt betrat, hörte sie Louis vergnügt quieken. Durch die Fenster zum Garten sah sie ihn splitternackt in einer Pfütze herumpatschen. Sanna kniete im Blumenbeet am Rande des Gartens und jätete Unkraut. Für einen Augenblick vergaß Clara den Schrecken, der Stuivens Tod mit sich brachte. Erst kürzlich hatte sie Sanna erklärt, dass sich weder große noch kleine Menschen im Regen auflösten und dass man jemanden, der Freude am Nass hatte, gewähren lassen solle, solange man ihn hinterher wärmte und trocknete. Louis war schon immer ganz aus dem Häuschen gewesen, wenn es regnete. Dass Sanna ihn jetzt gewähren ließ, war wunderbar, denn das Vergnügen, das Louis mit der Pfütze hatte, schien erheblich zu sein.

Als Clara sich von dem Anblick losriss, überlegte sie, wohin sie die Papiere legen sollte. Wenn es stimmte, was Maike sagte, und diese Papiere Stuivens Todesurteil waren, mussten sie sorgsam verwahrt werden. Sie wusste, dass Willem eine Schublade für «Heiliges» hatte, wie er blasphemisch sagte. Er neigte zu Unordnung, und sein übersprudelnder Erfindergeist produzierte Skizzen, Zeichnungen und Notizen aller Art, die er – sehr zu Claras Leidwesen – oft herumliegen ließ, wo sie entstanden. Aber die wichtigsten Dinge, mit denen er jeweils befasst war, legte er stets in eine bestimmte Schublade, die, im Gegensatz zu Stuivens, allerdings nicht mehr abzuschließen war, seit das Schloss hakte.

Glücklicherweise war genug Platz für Stuivens Papiere in der Schublade. Es war, als fiele Clara ein Stein vom Herzen, als sie sich ihrer entledigt hatte. Nun hoffte sie, dass Willem noch bei Aebletoft war, denn dann hätte sie beide, die sie jetzt unbedingt sprechen wollte, gleichzeitig zur Stelle.

Sie wollte schon losgehen, als ihr plötzlich die Beine versagten und sie sich setzen musste. Sie trat einen Schritt zurück an den Hocker vor Willems Werkbank und sackte mehr darauf, als dass sie sich setzte. Seit sie von Stuivens Tod erfahren hatte, war sie wie aufgezogen hierhin und dorthin gelaufen, getrieben von dem Gedanken, dass jetzt viel zu tun sei. Nun spürte sie, wie die Erleichterung über die in Sicherheit gebrachten Papiere einer bleiernen Schwere wich. War Stuiven wirklich tot – gar ermordet? Wie sollten die arme Maike und Hendrik nun zurechtkommen? Unwillig schüttelte Clara den Kopf. Jetzt, da die Todesnachricht sie niederzudrücken begann, merkte sie, dass sie sich gar nicht recht darauf einstellen konnte. Vielmehr schossen ihr alle möglichen Gedanken durch den Kopf. Was, wenn es wirklich Mord war? Wer konnte so etwas tun? Was bezweckte er? Und hatte er mit Stuivens Tod diesen Zweck schon erfüllt? Was würde als Nächstes geschehen? Und wer konnte ans Licht bringen, was sich überhaupt zugetragen hatte? Aber war Stuiven wirklich tot? Die Baugrube für das Rathaus war noch nicht sehr tief. Erst am Vortag hatte Clara sie – zusammen mit vielen anderen Bürgern – besichtigt. Konnte man sich darin zu Tode stürzen? Sie musste zu Aebletoft, und zwar schnell. Aber sie fühlte sich so flau, dass sie kurz erwog, vorher etwas zu essen. Doch den Gedanken verwarf sie gleich wieder. Keinen Bissen würde sie jetzt herunterbringen.

Dass etwas Unbotmäßiges geschehen war, spürte Clara nicht erst auf dem Marktplatz. Überall standen Menschen zusammen, in erregte Gespräche vertieft, und gestikulierten teils Richtung Marktplatz, teils Richtung Rethövel, und selbst wo Clara im Vorbeigehen keine Gesprächsfetzen aufschnappte, war ihr klar, worüber die Leute redeten. Auf dem Marktplatz selbst war die Baustelle weiträumig abgesperrt, und überall waren Wachmänner postiert, die die Leute von der Absperrung fernhielten, Grüppchen auflösten, die sich auf dem weiten Platz allerorten bildeten, und die Menschen aufforderten, weiterzugehen.

Willem kam gerade aus Olsens Haus, als Clara darauf zuging. Sie beschleunigte ihre Schritte und warf sich in seine Arme.

«O Willem», schluchzte sie auf. «Ist er wirklich tot?»

Willem nickte nur.

«Maike spricht von Mord», flüsterte Clara ihm ins Ohr.

«Geh nur hinauf», sagte Willem grimmig. «Bei beiden Medici wirst du auf offene Ohren stoßen.»

Clara löste sich von ihm und sah erschrocken zu ihm auf.

«Ich bin spät dran, Clara», sagte Willem. «Gerade heute Morgen steht ein wichtiger Fertigungsgang im Gießhaus an. Aber womöglich braucht Roen mich nur am Anfang. Ich werde wohl zeitig wieder zu Haus sein.»

Clara bat ihn inständig darum und sagte ihm, dass Maike ihr einige von Stuivens Aufzeichnungen zur Verwahrung gegeben hatte und dass er sie sich baldmöglichst ansehen sollte.

Willem nickte und sagte: «Es liegt nicht an mir, wann ich das Gießhaus verlassen kann. Aber ich will sehen, was ich tun kann.»

Aebletoft und Olsen saßen in der Guten Stube am Fenster und unterhielten sich leise und ernst, als Clara von Annie hineingeführt wurde. Die Haushälterin hatte sich nicht davon abbringen lassen, Clara bis in die Stube zu begleiten, weil sie etwas zu erfahren hoffte, wie sie Clara freimütig eingestand.

«Nix weiß man», klagte sie. «Niemand nicht. Auch nicht die Leute draußen auf dem Marktplatz. Ich versteh ja, dass die Herren mir nichts anvertrauen, aber wenn so etwas Grausliches geschieht, will man ja schließlich wissen, was nun genau ist. Deswegen sind Sie doch auch gekommen, oder?»

Clara sagte nicht ja und nicht nein und fragte Annie nur, ob es sie hinauszöge auf den Platz, um womöglich doch noch etwas in Erfahrung zu bringen.

«O ja, sehr sogar», erwiderte Annie und nickte heftig.

«Dann fragen wir Olsen, ob er Sie für den Morgen aus der Pflicht entlässt», sagte Clara, als sie an die Stubentür kamen.

«Können Sie das tun?», fragte Annie hoffnungsfroh.

«Aber ja», erwiderte Clara.

Es war das Erste, was sie tat, als sie die Stube betrat. Dabei zwinkerte sie Olsen verschwörerisch zu. Der entließ Annie mit einer zerstreuten Geste, und als Clara einen Stuhl an die kleine Sitzgruppe rückte und Platz nahm, sagte sie: «Sie platzt vor Neugier und hätte sonst womöglich an der Tür gelauscht, was Ihnen vermutlich nicht recht gewesen wäre.» *Schon gar nicht angesichts des Verdachts, den Maike ausgesprochen hat und den die Medici laut Willem nicht besonders absurd finden werden*, dachte sie. Doch obwohl Willem es schon bestätigt hatte, fragte sie die Medici zuerst, ob Stuiven zweifelsfrei tot sei.

Beide nickten stumm, und sie zeigten sich nicht annähernd so erschrocken, wie Clara vermutet hatte, als sie ihnen Maikes Verdacht mitteilte.

«Schon als ich zu ihm hinunterstieg», sagte Aebletoft, «sah ich die schlimme Kopfwunde. Ich nehme an, Sie verstehen, was das bedeutet. Sie befand sich auf der Seite, mit der Stuiven *nicht* aufgeprallt war. Es ist kaum vorstellbar, dass er zuerst unten aufgeprallt ist und dann noch einmal den Kopf wandte, bevor er starb – schon gar nicht so heftig, dass die andere Kopfseite eine ebenso große Verletzung aufweist.»

Schaudernd versuchte Clara, sich das alles vorzustellen. «Wer weiß etwas von der zweiten Wunde?», fragte sie dann mit zitternder Stimme.

«Der Zimmermannsobmann, der die Arbeiten in der Grube leitet und immer als Erster und Letzter dort ist. Aber ihm sagte das nicht viel. Wieder und wieder beteuerte er, dass es nicht seine Schuld war. Die Baustelle sei ordnungsgemäß gesichert gewesen. Was, soweit ich es sehen konnte, stimmt. Und dann ist gleich jemand vom Magistrat gekommen, Hinnerk Ehlers. Er wollte genauestens von mir wissen, was sich zugetragen hat. Als ich ihm von den Kopfverletzungen berichtete und ihm die unerklärliche Wunde zeigte, wiegelte er gleich ab. Ich könne mir gar kein Bild machen, sagte er. Es sei eine stürmische Nacht gewesen. Gewiss habe sich Stuiven in seinem Kontrollwahn, wie Ehlers es ausdrückte, einfach zu viel zugemutet und sei gestürzt. Und da es bis in die frühen Morgenstunden geregnet hat, seien ohnehin alle Spuren fortgespült worden. Da sei es müßig, im Nachhinein ermitteln zu wollen, was nun ganz genau und im Einzelnen geschehen sei.»

«Ein Diktum ohne Ermittlung! Das ist ja ungeheuerlich», sagte Clara wütend. «Ach was, schlimmer noch: ein Diktum mit Ermittlungsverbot!»

Olsen nickte, und Aebletoft sagte: «Aus dem Grunde widersetze ich mich Ehlers' Befehl, Stillschweigen zu bewahren. Er trug mir auf, mit niemandem über den Toten zu reden, bis ich vor den Magistrat geladen würde, was noch heute der Fall sein soll. Er wollte gleich eine Zusammenkunft einberufen.»

«Wir sind uns einig, dass wir mit Ihnen und Willem offen reden müssen», fügte Olsen hinzu. «Sie stehen *respective* standen den Stuivens am nächsten. Möglicherweise wissen Sie etwas, das Licht in das mysteriöse Geschehen bringen kann. Und selbst wenn nicht, sollten Sie die Wahrheit kennen. Abgesehen davon halte ich Ehlers' Haltung für vernünftig: Es hat keinen Sinn, die Stadt mit Spekulationen zu schrecken.»

Dann erzählte Clara den Medici von Stuivens Unterlagen, die darauf warteten, von Willem in Augenschein genommen zu werden, weil Maike sie für so bedeutsam hielt.

«Es muss etwas mit der Gründung zu tun haben», sagte sie nachdenklich. «Womöglich fand Stuiven nicht umsonst im Fundament des größten städtischen Gebäudes seinen Tod. Haben Sie auch schon davon gehört, dass er nicht nur die vorgesehene Gründung des Rathauses für mangelhaft hielt, sondern auch die aller flussnahen Gebäude?»

«So wie beim Schloss?», fragte Olsen. «Ich dachte, das Problem sei dort nur aufgetreten, weil es an einer der sumpfigsten Stellen der Stadt steht und zugleich der bis dato größte und schwerste Bau war.»

«Nein.» Vehement schüttelte Clara den Kopf. «Willem gegenüber hat Stuiven weitreichende Sorgen über alle möglichen Bauten zum Ausdruck gebracht, die er auch dem Magistrat vorgetragen hat. Aber so viel Willem auch weiß, vom Bauen versteht er nicht viel. Wenn doch nur Steenwinkel und Titken in der Stadt wären! Wo sind sie eigentlich? Wissen Sie das?»

Olsen berichtete, dass Ehlers gesagt habe, Steenwinkel und Titken weilten derzeit in den Niederlanden, würden aber in den nächsten Tagen in die Stadt zurückkehren. Man habe sie über den plötzlichen, gleich nach dem Finanzierungsbeschluss angefangenen Rathausbau informiert, und selbstverständlich hätten sie nicht die Absicht, die Bauaufsicht dem Neuling in ihrem Bunde allein zu überlassen. Aber bis zu ihrer Rückkehr sei die Baustelle – von dem Obmann der Zimmerleute einmal abgesehen – quasi herrenlos.

«Und was können wir nun tun?», fragte Clara.

«Kümmern Sie sich um Maike», sagte Olsen. «Aebletoft wird in Kürze mehr erfahren, obgleich ich bezweifle, dass der Rat das Schweige- und Stillhaltegebot aufhebt. Und dann muss sich Willem mit Stuivens Unterlagen befassen. Womöglich sind sie wirklich der Schlüssel zu allem.»

«Habe ich eigentlich schon erwähnt, dass sich auch ein Drohbrief darunter befand?», fragte Clara etwas abwesend.

«Ein Drohbrief?», wiederholten Olsen und Aebletoft wie aus einem Munde und sahen Clara ungläubig an.

«Ja. Er ist ganz kurz und lautet in etwa: ‹Wenn Ihnen Ihr Leben lieb ist, halten Sie den Mund!›»

«Mehr stand nicht drin?», fragte Aebletoft.

«Nein», erwiderte Clara.

«Eine Unterschrift fehlt wohl», vermutete Olsen.

«Sonst säße ich wohl nicht so ratlos hier», erwiderte Clara konsterniert.

Eine Weile schwiegen alle nachdenklich. Dann sagte Olsen: «Nun, normalerweise würde ich auf derlei nicht viel geben, aber da Stuiven nun wahrlich tot ist …»

«… und es nicht so aussieht, als sei er lediglich gestürzt», ergänzte Aebletoft.

Dennoch blieb die Aussage unvollendet, und wieder sahen die drei einander ratlos an.

«Können wir denn jetzt gar nichts tun?», fragte Clara schließlich.

«Nichts als Augen und Ohren offenzuhalten», sagte Olsen. «Wenn amtlicherseits nicht ermittelt wird, können wir kaum etwas ausrichten. Andernfalls können wir allerdings unsere Hilfe anbieten.»

«Aber wenn es wirklich Mord war, gibt es einen Mörder», sagte Aebletoft erregt, und seine klaren Augen glühten regelrecht. «Da kann man sich doch nicht zurücklehnen und abwarten!»

Olsen seufzte und lehnte sich demonstrativ in seinem Sessel zurück. «Was glauben Sie denn tun zu können?», fragte er und sah den jungen Kollegen herausfordernd an.

Dem wurde sichtlich unbehaglich zumute. Er schlug die langen, schlanken Beine übereinander, fuhr sich mit den Händen durchs Haar und überlegte einen Moment lang.

«Nun ja», sagte er schließlich. «Momentan kann man wohl wirklich nichts tun.»

Olsen schnellte erstaunlich agil mit dem Oberkörper

vor. «Und Sie schon gar nicht», sagte er. «Verderben Sie sich bloß nicht Ihren Neuanfang in dieser Stadt!»

«Wollen Sie unter diesen Umständen überhaupt bleiben?», fragte Clara.

Aebletoft streckte entschlossen das Kinn vor. «Jetzt erst recht», sagte er. «Immerhin wurde ich zur Untersuchung der Leiche geholt. Und ich bin es, der heute vor den Magistrat beordert wird. Und all das, obwohl ich mich hier noch nicht einmal niedergelassen habe. In dieser Position befände ich mich in Kopenhagen in fünf Jahren noch nicht. Nein, das gebe ich nicht wieder auf.»

So bedrückend der Anlass auch war, blickten Clara und Olsen einander doch erleichtert an. So überzeugt wie jetzt war Aebletoft von seiner Umsiedelung nach Glückstadt bislang nicht gewesen.

Dann ergriff Olsen wieder das Wort und sagte, da es nun ausgemachte Sache sei, dass es jetzt nichts weiter zu tun gebe, sollte Clara aus seinem Haus verschwinden, ehe Aebletoft zum Magistrat gerufen würde. «Sie haben sich schon so oft in die weniger bekömmlichen Angelegenheiten der Stadt eingemischt, Clara, dass es gerade jetzt womöglich nicht gut wäre, wenn ein Ratsmitglied – oder auch nur sein Bursche – Sie hier antrifft. Wahrscheinlich weiß ohnehin schon die halbe Stadt von Ihrem Besuch hier, aber es muss nicht unbedingt zu einer Begegnung in meinem Hause beziehungsweise Aebletofts einstweiligem Logis kommen.»

Eine Menge Gedanken jagten Clara durch den Kopf, alle gleichzeitig, wie es ihr schien. Aber die lauteste ihrer inneren Stimmen sagte ihr, dass Olsen recht hatte. «Das heißt aber nicht, dass ich mich aus allem heraushalte», sagte sie und stand auf.

«Darum möchte ich sehr bitten», erwiderte Olsen schmunzelnd.

«Und Willem?», fragte Clara plötzlich erschrocken. «Wenn die halbe Stadt weiß, dass ich jetzt hier bin, hat man doch auch ihn hier ein und aus gehen gesehen.»

Olsen machte eine müde Handbewegung. «Willem? Wo geht der nicht ein und aus? Aber wenn es Sie beruhigt, können wir behaupten, dass er mir gerade mein neues Hörrohr gebracht hat, das er mir übrigens vor zwei Tagen gab und mit dem ich sehr zufrieden bin. Ich habe eben ganz vergessen, es ihm zu sagen. Wenn Sie das bitte für mich erledigen wollen? Und was Sie betrifft …» Er überlegte kurz. «Sie waren hier, um Aebletoft Neuigkeiten von Karen zu bringen. Falls überhaupt jemand fragt. Gut möglich, dass der Rat eine großangelegte Investigation fordert und wir alle befragt werden. Für den Fall hat sich Aebletoft selbstverständlich an den Maulkorberlass gehalten, und Sie und ich und Willem wissen nichts von Stuivens Wunde an unrechter Stelle, genauso wenig wie von Stuivens Papieren.»

Während Clara stumm nickte, lebte Aebletoft regelrecht auf. Er blickte von Olsen zu ihr und zurück, und als Clara sich von den Medici verabschiedete, sagte er mit strahlenden Augen: «Das alles erinnert mich ein wenig an Regensen, wo wir der ärztlichen Kommission auf der Nase herumgetanzt sind – nicht aus Widerspruchsgeist, sondern um der Wahrheit und Rechtschaffenheit willen. Liegt es eigentlich an mir oder an Ihnen, Clara, dass wir uns stets wie Konspirateure gerieren?»

Claras Lippen umspielte ein schmales Lächeln bei der Erinnerung, doch noch ehe sie antworten konnte, sagte Olsen an Aebletoft gewandt: «Was glauben Sie, warum ich Sie hergeholt habe? Im Übrigen gewöhnen Sie sich besser gleich daran, dass Clara einen andauernd in eine solche Lage bringt. Aber das scheint Ihnen ja zu gefallen, genauso wie Ihrer Karen.» Damit lehnte er sich wieder zurück und schaute so gleichmütig vor sich hin, als habe er soeben sein Legat geregelt und alles sei in schönster Ordnung.

«Und wir können vorerst wirklich gar nichts tun?», sagte Clara und drehte sich noch einmal um, als sie an der Stubentür war, obwohl sie die Antwort bereits kannte, und blickte eindringlich auf den alten und den jungen Mann.

Der alte schmunzelte still vor sich hin, während Aebletoft bedauernd mit der Schulter zuckte.

Clara war schon zur Tür hinaus, als ihr noch ein Gedanke kam und sie den Kopf wieder zur Stubentür hineinstreckte. «Wo hat man Stuiven eigentlich hingeschafft?», fragte sie. «Nicht dass er, verunstaltet, wie er wohl sein muss, zu Maike gebracht wird!»

«Als ich die Baustelle verließ, war Ehlers noch mit dem Garnisonskommandanten am Debattieren», sagte Aebletoft. «Ich weiß auch nicht, wo der so schnell herkam. Jedenfalls schien es höchst strittig zu sein, in wessen Zuständigkeit die Angelegenheit fällt. Der Kommandant war jedenfalls der Ansicht, dass die Leiche in die Hauptwache hier am Marktplatz gehört, solange die Todesursache unklar ist.»

Umso wichtiger, dass wir ein Rathaus bekommen, dachte Clara, *mit einem Sitz für unsere eigene Gerichtsbarkeit*. So froh sie darüber war, dass man Maike den Anblick des Leichnams ersparte, so unwohl war ihr bei dem Gedanken, dass sich wieder einmal Garnisons- und Bürgerangelegenheiten auf eine Weise vermischten, bei der die alten Mächte – Garnison, Militär und König – die Oberhand behielten. Nicht, dass sie diesen Mächten grundsätzlich misstraute, aber schon oft genug hatte sie erlebt, dass es heute bisweilen um Dinge ging, die diesen Leuten fern und fremd waren und sie deutlich überforderten. Überdies fand sie es absurd, dass ausgerechnet eine Kalamität im Zusammenhang mit dem Rathausbau, dieser ureigensten Bürgersache, in die Hände der Garnison gelegt werden sollte. Andererseits standen auch die Baumeister der Stadt in königlichem Salär. Und Streitigkeiten oder Verbrechen, an denen nicht ausschließlich Zivilpersonen beteiligt waren, unterlagen nun einmal der Gerichtsbarkeit von Garnisonsgemeinde und Stadtgouvernement. Insofern hatte alles seine Ordnung – nur dass in diesem Falle die Repräsentanten der alten Ordnung das Kommando hatten, was nach Claras Dafürhalten in diesem Falle die falschen waren. Umso mehr hoffte sie auf eine aufgeschlossene Haltung des bürgerlichen Magistrats und dass Aebletoft ihn mit seiner Diagnose der zwei Wunden zu weiteren Ermittlungen bewegen könne.

Anschließend sah Clara noch einmal nach Maike. Sie saß in der Studierstube ihres Mannes, vor sich ein aufgeklapptes Medaillon, das Marten als jungen Mann zeigte, und einige persönliche Briefe, wie es schien. Aber sie las nicht darin, sondern starrte mit leerem Blick auf den Schreibtisch, ohne etwas im Besonderen zu fixieren. Auf Claras Ansprache hob sie den Kopf und sagte, es sei lieb von Clara, dass sie gekommen sei, aber sie wolle jetzt allein sein.

«Gibt es noch mehr Unterlagen von Bedeutung?», fragte Clara mit Blick auf die Briefe.

Maike schüttelte den Kopf. «Seine Briefe an mich», sagte sie knapp. «Ich habe sie nur runtergeholt, um sie in seinem Zimmer bei mir zu haben.»

Sie wirkte so abwesend, dass Clara nichts weiter sagte und sie nicht weiter störte. Doch dann hob Maike noch einmal den Kopf und fragte: «Kann ich zu ihm, ihn sehen?»

Clara schluckte und antwortete nicht gleich. Dann fragte sie zurück: «Möchtest du es denn?»

Auch Maike antwortete nicht gleich. Dann sagte sie vage: «Ich weiß nicht. Einerseits zieht es mich zu ihm, aber wenn ich bedenke, wie er womöglich zugerich…» Mitten im Wort brach sie ab, schlug sich die Hände vors Gesicht und begann, hemmungslos zu weinen.

Clara kniete sich neben sie, nahm sie in die Arme, streichelte ihr über Rücken und Schultern und wartete ab, bis sie sich wieder gefasst hatte. Dann sagte sie: «Er liegt in der Hauptwache am Marktplatz. Aber es sind noch allerlei Untersuchungen im Gange. Solange wird wohl noch niemand zu ihm gelassen. Am besten bleibst du hier und versuchst, dich ganz allmählich in dein Los zu fügen. Soll ich dir jemanden von der Reformierten Gemeinde vorbeischicken?»

Kaum merklich schüttelte Maike den Kopf. «Wenn ich schon nicht zu ihm kann, möchte ich allein bleiben. Fürs Erste wenigstens.»

«Gut.» Clara richtete sich wieder auf. Aber eines wollte sie doch noch wissen. «War eigentlich schon eine Amtsperson bei dir, um dir Martens Tod zu melden?»

«Ja. Aber da war ich gerade oben, die Briefe holen.

Svenja hat dem Mann gesagt, wir wüssten schon Bescheid, und da ist er wieder gegangen.» Maike blickte auf das Medaillon und murmelte: «Mehr als eine Todesnachricht braucht es wahrlich nicht.» Dann hob sie den Kopf, sah Clara geradewegs ins Gesicht und sagte: «Ich bin froh, dass Svenja den Mann abgefangen hat. Ich will nicht mit diesen Leuten reden. Wenn Marten nicht mit ihnen zurechtkam, werde ich es schon gar nicht können. Und wenn ich Marten nicht noch einmal sehen darf, will ich auch nicht wissen, was im Einzelnen geschehen ist. Ich will nur fort von hier, so bald als möglich. Wenn du mir dabei behilflich sein könntest, wäre ich dir sehr dankbar, Clara. Mehr will ich nicht. Und vergiss, dass ich von Mord sprach. Ich will keinen Staub aufwirbeln. Was geschehen ist, ist geschehen, und tot ist tot. Und jetzt lass mich bitte allein.»

Obwohl Clara keineswegs beabsichtigte, die Sache auf sich beruhen zu lassen und keine weiteren Nachforschungen anzustellen, sagte sie nichts. Offenbar war Maike von Trauer überwältigt und allem Weltlichen entrückt. Clara konnte das gut verstehen. Die Formulierung aus dem Drohbrief, *keinen Staub aufwirbeln*, hatte Maike gewiss nicht bewusst verwendet. Sie hatte keines der Papiere wirklich gelesen. Nein, Angst schien sie nicht zu haben. Die Arme wollte bloß ihre Ruhe haben und Frieden mit dem Furchtbaren schließen. Still ging sie aus dem Zimmer.

In Elskes Haus, das Clara pflichtschuldig als nächstes aufsuchte, obwohl ihr gar nicht der Sinn danach stand, herrschte eine ähnlich bedrückte Stimmung. Elske zeigte sich ruhiger und weniger verängstigt, obwohl Clara wieder davon sprach, dass die Niederkunft nun recht bald bevorstünde. Doch froh war sie nicht. Ihre Schwiegermutter spräche mit niemandem mehr, habe sich in ihre Stube zurückgezogen und nähme nur kleinste Mengen der Nahrung zu sich, die sie oder Torben ihr brachten.

«Sie wartet beleidigt auf das Schiff, das sie in die Heimat zurückbringt», sagte sie.

«Verstehe», sagte Clara. «Nun, das ist gewiss nicht angenehm, für keinen von euch. Aber doch wohl besser als vorher, meinst du nicht? Und stell dir bloß vor, wie sie zu Werke gehen und wie sie dir das Kind abspenstig machen würde, sobald es geboren ist.»

«Ich weiß», sagte Elske. «So ist es wirklich besser. Trotzdem tut sie mir leid.»

«Das ehrt dich, Elske», sagte Clara. «Aber wenn sie unbedingt hierbleiben wollte, hätte sie es euch wohl unmissverständlich wissen lassen. Wann erwartet ihr das Schiff denn?»

«In den nächsten Tagen, je nach Wind und Wetter.»

In den nächsten Tagen würde auch das Kind kommen. Das sagte Clara jedoch nicht. Wie nah die Geburt nach ihrem Dafürhalten bevorstand, wusste Elske nicht. Und da es höchst ungewiss und Elskes Gleichmut leicht zu erschüttern war, hielt sie es für besser, nicht noch deutlicher zu werden. Die Erfahrung hatte sie gelehrt, dass manche Dinge erstaunlich gut zu bewältigen waren, wenn man sich ihnen im Moment des Geschehens stellte, während banges Warten nur zermürbte.

Dennoch war sie es nun, die sich in bangem Warten üben musste – Warten auf Willem, Warten auf eine Sichtung von Stuivens Unterlagen, Warten auf den Ausgang der

Magistratszusammenkunft, Warten auf Karen und Warten auf Elskes Geburt. Dass die Schwiegermutter bis dahin in ihrem Schmollwinkel verharren und Elske zufriedenlassen würde, war für Clara noch keineswegs ausgemacht. All das erfüllte sie mit innerer Unruhe, und als reife Frau hasste sie es noch genauso wie als junges Mädchen, wenn sie nichts tun konnte und einfach nur abwarten musste.

Sanna war nach dem Mittagessen nach Haus gegangen und Louis nach dem Getobe im Garten, einem warmen Bad und dem Essen so müde, dass Clara ihn zu einem – wie sie vermutete, ausgedehnten – Mittagsschlaf zu Bett legte. Sie vermochte nicht zu ermessen, wann Willem heimkommen würde. «Zeitig» konnte alles zwischen Mittag und nicht gar so spät am Abend bedeuten. Clara überlegte, was sie tun sollte, während Louis schlief.

Widerwillig ging sie in die Gute Stube, wo die Näharbeit noch unverrichtet lag, aber kaum hatte sie sich gesetzt, wurde ihr klar, dass sie jetzt nicht die Muße aufbringen konnte, derer es bedurfte, um feinsäuberlich Stich um Stich zu setzen. Immer wieder dachte sie an Stuivens Papiere und konnte es nicht abwarten, bis Willem sich ihrer endlich annahm.

Vielleicht kann ich selbst etwas erkennen, dachte sie, raffte das Nähzeug zusammen, legte es auf den Sessel und ging durch die Diele in Willems Werkstatt. Dort hatte Willem schon vor Jahren eine Leiste angebracht, in die er mehrere Zeichnungen nebeneinander klemmen konnte, wenn es galt, die schrittweisen Veränderungen eines Fertigungsprozesses in einer Gesamtschau zu betrachten oder Vergleiche zwischen unterschiedlichen Modellen ein und desselben Gegenstands anzustellen.

Clara holte Stuivens Papiere aus der Schublade und klemmte sie in die Leiste. Nur den Drohbrief hängte sie nicht mit auf, sondern legte ihn gleich in die Schublade zurück, allerdings nicht, ohne ihn noch einmal zu lesen. Er war so vage formuliert, dass Clara ihn nicht für besonders bedeutsam hielt. *Staub aufwirbeln*, was war damit gemeint? Womöglich wusste der Schreiber es selbst nicht so genau, denn sonst hätte er sich wahrscheinlich präziser ausgedrückt und Stuiven genauer wissen lassen, womit er aufhören solle. Auch das angehängte *Oder verlassen Sie die Stadt* empfand Clara als überaus vage. Schon allein das *oder*! Nein, aus diesem Brief sprach nach ihrem Dafürhalten nicht die Entschlossenheit eines Mörders. Dennoch war Stuiven tot, und insofern, fand Clara, sollte der Brief seinen Platz in der «heiligen» Schublade behalten.

Dann wanderte sie an den Zeichnungen entlang und betrachtete eine nach der anderen. Einige waren links oder rechts oben mit dem Kürzel «Rh» versehen, und Clara schloss daraus, dass damit das Rathaus gemeint war. Folglich waren diese Papiere wohl wirklich von Belang. Allerdings glaubte Clara nicht, dass sie geheim waren oder dass sie die Erste war, die sie nach Stuiven sah. Ob Willem sie kannte, wusste sie nicht. Aber Willem hatte ihr gesagt, dass Stuiven ziemlich viel Ärger mit dem Magistrat hatte, weil er dort Zeichnungen vorgelegt hatte, die Änderungen des ursprünglichen Bauplans verlangten, vor allem bezüglich der Gründung. Trotzdem wurde sie daraus nicht schlau, egal wie oft sie die Leiste abschritt.

Louis schlief schon seit einer Stunde, als Willem nach Haus kam. Clara trat schnell in die Diele, als sie die Haustür gehen hörte, bereit, die Werkstatttür zu schließen, um Stuivens Aufzeichnungen vor fremden Blicken zu schützen, falls es ein Fremder war, der da zur Tür hereingekommen war. Ebenso erleichtert wie ungeduldig ging sie Willem entgegen.

«Endlich», sagte sie. «Komm und schau dir Stuivens Aufzeichnungen an.» Sie nahm Willem bei der Hand und zog ihn mit sich in die Werkstatt.

«Ach!», sagte Willem sichtlich erregt, als er vorgebeugt die Leiste abschritt. «Er hat davon gesprochen, aber gezeigt hat er sie mir nicht.»

An einem Blatt blieb er stehen und stieß einen leisen Pfiff aus.

«Was hast du entdeckt?», fragte Clara aufgeregt und betrachtete das Blatt zum wohl dutzendsten Male, ohne ihm mehr zu entnehmen als vorher. Es enthielt zwei hingeworfene, skizzenhafte Zeichnungen und dazwischen eine ganze Kolonne von Berechnungen.

«Hier links siehst du, wie das Rathaus gegründet werden soll, und rechts, mit fast der doppelten Dichte von Stämmen, wie es nach Stuivens Berechnungen gegründet werden müsste. Die Berechnungen selbst siehst du hier in der Mitte.»

«Aber von Elskes Mann weiß ich, dass bereits viel besser gegründet wird als ursprünglich vorgesehen», sagte Clara.

«Ich weiß», sagte Willem. «Aber nicht so stark wie nötig. Jedenfalls war es das Letzte, was Stuiven zu mir sagte, als ich vor zwei Tagen mit ihm sprach. Er befürchtete sogar, dass Stämme, die unter den Schulflügel des Gebäudes gerammt werden sollten, nun für den Gesamtbau mitverwendet werden.»

Nachdenklich schüttelte Clara den Kopf. «Kann es

sein, dass Stuiven einem Wahn verfallen war? Es kann doch nicht sein, dass hier für teuer Geld ein auf Repräsentation angelegtes Haus errichtet wird, das in wenigen Jahren in sich zusammenfällt! Wer sollte so etwas wollen?»

«Wollen ist eine Sache, es in Kauf nehmen eine andere. Es ist einfach eine Frage des Geldes, Clara. Und du weißt selbst, was mit dem Schloss geschah, das ebenfalls auf Repräsentation angelegt war und doch nach wenigen Jahren in sich zusammenzufallen drohte.»

Während Willem redete, ging er langsam weiter und blieb vor einem anderen Blatt stehen. Es war dasjenige, das Clara bisher am wenigsten beachtet hatte, weil es nichts als Berechnungen enthielt.

«Siehst du das hier?», fragte Willem und zeigte auf einige Wörter am Rande des Blattes.

Apotheke?, stand dort, *Hafenzeile? Speicherhaus?*, und je ein Pfeil führte von diesen Wörtern zu Zahlen in der Mitte des Blattes.

«Stuiven scheint berechnet zu haben, wie viel Last diese Gebäude auf den Boden bringen und wie man sie hätte gründen müssen.»

«Aber man hat es nicht getan?»

«Stuiven war bemüht, es in Erfahrung zu bringen, aber er stieß auf eine Mauer des Schweigens. Und während es reichlich Pläne für die Stadtbebauung und -erweiterung als solche gibt, fehlen Pläne für die einzelnen Bauten. Jedenfalls hat man ihm keine vorgelegt.»

«Das heißt, wenn er nicht dem Wahn verfallen war und seine Befürchtungen stimmen, sind diese Aufzeichnungen reinstes Gift», sagte Clara. «Ob Stuiven wohl wirklich dafür sterben musste?»

«Das müssen wir in Erfahrung bringen», sagte Willem entschlossen und zog die Blätter aus der Leiste. «Ich werde alles in Ruhe nachrechnen und mich mit Steenwinkel und Titken beraten, wenn sie zurückkehren. Aber zuerst werde ich versuchen, Auskünfte vom Magistrat darüber zu bekommen, wie weit der Streit mit Stuiven eskaliert ist und in welchem Maße seine Berechnungen ernst genommen wurden.»

«Meinst du, man wird es dir sagen?»

«Bis jetzt habe ich noch alles herausbekommen, was ich herausbekommen wollte», erwiderte Willem düster.

«Aber begib dich bitte nicht in Gefahr, Liebster!»

Willem machte sich daran, die Unterlagen in derselben Schublade zu verstauen, die auch Clara benutzt hatte, und lachte bitter auf. «Keine Sorge», sagte er. «Lieber warte ich ab, bis unsere Hauswand im Morast versinkt und uns das Dach auf den Kopf fällt.»

«Wem fällt das Dach auf den Kopf?», fragte Lene, die umstandslos, wie immer, das Haus betreten hatte und schon im nächsten Moment in Willems Werkstatt gestürmt kam.

Willem beeilte sich, die Schublade zu schließen, und Lene fragte prompt: «Was versteckt ihr da vor mir? Seit wann haben wir Geheimnisse voreinander?» Dann machte sie eine wegwerfende Handbewegung und fuhr fort: «Ist ja auch egal. Habt ihr es schon gehört? Stuiven ist in die Baugrube gestürzt, weil er auf den nassen Planken am Rand ausgerutscht ist. Ist das nicht schrecklich? Es war aber auch ein furchtbarer Regen, und eine Zeit lang wehte der Wind so stark, dass ich nicht einmal ausschließen würde, dass es ihn einfach hineingeweht hat.

Ein Schwergewicht war er ja nicht gerade. Wie es der armen Maike wohl geht? Hast du ihr ein wenig beistehen können, Clara? Ob wir für sie sammeln oder eine Eingabe beim Magistrat machen sollten, dass sie als Witwe eines städtischen Amtmanns anerkannt wird und ein bescheidenes Auskommen erhält? Ich meine, sie waren ja erst kurz in der Stadt, aber …»

Willem drängte Lene sanft zur Seite und ging auf die Werkstatttür zu. «Ich überlasse euch euren Beratungen», sagte er. «Bis später, Clara. Du findest mich im Gießhaus, wenn du mich brauchst.»

«Wieso solltest du ihn brauchen?», fragte Lene die Freundin mit zusammengekniffenen Augen. «Was habt ihr nur? Ihr verheimlicht mir doch etwas!»

Willem winkte ihr nur zu und ging dann.

«Unsinn, Lene», sagte Clara und hoffte, dass es überzeugend klang. «Es ist bloß … Wir sind von Stuivens Tod ziemlich erschüttert.» Dann berichtete sie Lene, dass Maike die Stadt so bald als möglich verlassen wolle.

«Die Arme», sagte Lene mitfühlend. «Sie ist ja noch eine Fremde hier und sitzt mit einem vaterlosen Säugling da! Nur gut, dass sie Svenja hat. Will sie nach Friedrichstadt zurück?»

Clara sagte, Maike wolle in ihre Heimat zurückkehren, dass sie aber nicht gar so viel auf das gebe, was Maike heute sagte. «Sie braucht erst mal ein wenig Zeit, ehe sie wieder klar denken kann.»

«Nicht nur sie», sagte Lene und machte einen Schmollmund. «Am Wochenende wollten Robert und ich uns verloben, und selbstverständlich hätten wir Willem und dich zu einem kleinen Umtrunk eingeladen. Aber die Stadt ist so in Aufruhr wie nie zuvor bei einem

Todesfall. Da wäre es höchst unpassend und womöglich sogar ein schlechtes Omen. Deshalb warten wir, bis sich alles wieder beruhigt hat. Zu dumm, findest du nicht?»

Lene, wie sie leibt und lebt, dachte Clara und musste unwillkürlich schmunzeln. Aber wenn man unter «zu dumm» nicht nur ihre aufgeschobene Verlobung fasste, sondern auch Stuivens Tod, Maikes Schmerz, das vaterlose Kind sowie die Gefahr, in die sich Willem womöglich begab, mochte die Formulierung wohl durchgehen. Verwunderlich fand sie nur, dass Lene, die Verschwörungstheorien und Mysterien so liebte, an Stuivens Tod nichts Mysteriöses zu finden schien. Zu gern hätte sie gewusst, ob die «rutschige Planke» Lenes Phantasie entsprang, ob die Leute so redeten oder ob es sich dabei um eine amtliche Lesart handelte, die unters Volk gestreut wurde.

«Ja, wirklich», murmelte sie, nicht ganz bei der Sache.

«Du hörst mir ja gar nicht zu!», beschwerte sich Lene. «Aber ich verstehe schon. Es ist wirklich ein schlimmer Tag. Ich wollte dir jedenfalls schnell berichtet haben, dass Robert und ich uns nun einig sind. Freut dich das kein bisschen?»

«Doch, Lene, sehr sogar, und ich wünsche euch alles Glück der Welt. Aber du hast recht: Es ist ein schlimmer Tag.»

Acht

GLÜCKSTADT, 1. September 1642

Zwei Tage darauf wurde Clara frühmorgens – Sanna war gerade eingetroffen und Willem noch zu Haus, sodass Clara es getrost den beiden überlassen konnte, Louis zu betreuen – zu Elskes Geburt gerufen. In ihrem Haus spielte sich ein wahres Drama ab, und Clara fühlte sich an ihre schlimmsten Erlebnisse erinnert, bei denen Laienhebammen und andere Helferinnen drauf und dran waren, eine Geburt wie in vergangenen Jahrhunderten einzuleiten. Dabei war es Jahre her, dass jemand in ihrer Gegenwart gewagt hatte, aus der Geburtsstube eine überhitzte Räucherhöhle zu machen. Elskes Schwiegermutter hatte das Feuer gerade erst in einem metallenen Bottich entfacht, und da sie offenbar feuchtes Holz erwischt – oder es womöglich sogar extra genommen – hatte, qualmte es so arg, dass Clara die Augen tränten. Vor lauter Rauch und Qualm war kaum etwas in der Stube zu sehen. Elske schrie, und die Schwiegermutter redete in einem fort vor sich hin, während sie mit einem Tuch wedelte und die Flammen zum Auflodern brachte.

«Unter Schmerzen sollst du gebären …», hörte Clara sie deklamieren. «Hart muss man euch junge Dinger anpacken … Uns ist auch nichts geschenkt worden … Wenn das Kind erst da ist, wirst du schon sehen, wo Bartel den Most holt …»

Gewiss wäre es noch länger so weitergegangen, hätte Clara nicht, kurzentschlossen und ohne sich auf Debatten einzulassen, auf dem Absatz kehrtgemacht, einen Eimer Wasser aus der Regentonne hinterm Haus geschöpft und, in die Kammer zurückgekehrt, das Feuer gelöscht und das Fenster geöffnet. Es zischte, und Dampf stieg auf, und noch ehe sich der Dunst aus der Stube verzogen hatte, sagte Clara, an die wütend kreischende Frau gewandt: «Wenn Sie mir helfen wollen, halten Sie sich in Ihrer Stube bereit. Ich hole Sie, wenn ich Sie brauche. Bis dahin lassen Sie uns allein.»

Clara hatte so sehr von oben herab gesprochen, wie sie irgend konnte. Doch womöglich hätte sie gegen die hysterische Frau nichts ausrichten können, wäre nicht Torben ins Haus gekommen, der vom selben Mädchen verständigt worden war wie Clara. Er nahm seine Mutter bei der Schulter, die bei seinem Anblick gleich viel ruhiger wurde, und führte sie hinaus.

Erst jetzt hatte Clara Gelegenheit, sich der Schwangeren zuzuwenden. Elske hockte zusammengekauert und verängstigt in einer Ecke der Kammer und wimmerte vor sich hin. Clara ging auf sie zu und wollte sie zum Bett führen, doch Elske ließ sich nicht bewegen.

«Ich kann das Kind nicht in diesem Hause gebären», sagte sie mit zitternder Stimme. «Nicht, solange sie hier ist.»

Himmel, dachte Clara, *was mache ich denn nun? Ich kann doch weder der einen noch der anderen eine andere Bleibe herbeizaubern!*

«Ich möchte nicht wissen, was sie alles tut, wenn das Kind erst da ist», jammerte Elske weiter. «Nein, ich darf es nicht bekommen, solange sie hier ist.»

Torben kam in die Schlafstube zurück und sagte, seine Mutter sei nun wieder friedlich, er wisse nur leider nicht, für wie lange. In letzter Zeit sei die Befürchtung in ihm aufgekommen, seine Mutter sei dabei, den Verstand zu verlieren. Länger in Schach halten könne er sie nicht. Er müsse zur Baustelle zurück. Dann fragte er Clara, wie lange die Geburt denn wohl dauern würde. Vor Schreck über Torbens Vermutung, den Geisteszustand seiner Mutter betreffend, antwortete sie nicht gleich. Wenn es stimmte, konnte sich der Irrsinn jederzeit wieder Bahn brechen. Unter diesen Umständen sollte in dem Hause wirklich lieber keine Geburt stattfinden. Oder die Frau musste aus dem Haus geschafft werden. Doch wohin? Plötzlich sah sie vor ihrem geistigen Auge die lichtdurchflutete, nach Lavendel duftende Unterweisungsstube ihres früheren Hauses. Dort gab es eine gepolsterte Bank, und ihren Gebärstuhl konnte sie ohnehin überall mit hinnehmen. Sie fragte Elske, ob sie noch gehen könne, und Elske war davon überzeugt. Überhaupt machte sie gar nicht mehr den Eindruck, als stünde sie unmittelbar vor der Geburt oder habe gar schon Wehen gehabt. Offenbar war ihr vor Schreck alles vergangen.

«Dann schlage ich vor, dass wir in das Haus gehen, in dem wir uns schon oft getroffen haben», sagte Clara. «Aber erst muss ich dich hier untersuchen, um zu sehen, ob du den Gang noch schaffst.»

Die Aussicht, aus dem Haus und weg von der Schwiegermutter zu kommen, stimmte Elske so froh, dass sie sich nun widerstandslos zum Bett führen ließ.

Torben war von dem Vorschlag weniger angetan. «Heute soll das Schiff einlaufen, das schon nach kurzer Liegezeit mit meiner Mutter an Bord nach Gelderland weitersegeln soll. Ein Bursche hält mich über die Schiffsbewegungen auf dem Laufenden. Aber angesichts von Mutters Zustand muss ich hier ohnehin ab und an nach dem Rechten sehen, und wenn dann noch ein anderes Haus ins Spiel kommt … und dazu Mutters Abreise …» Er schien so überfordert zu sein, dass er nicht zu Ende redete.

Clara überlegte, ob sie Amalie um mittelbare Geburtshilfe bitten sollte, indem sie sie hierherbat, um auf Torbens Mutter aufzupassen und beruhigend auf sie einzuwirken. Sie wohnte, wie die Daniels, im neuen Teil der Stadt zwischen Hafen und Elbe. Als sie Torben ihre Überlegung mitteilte, zeigte er sich erleichtert und war gern bereit, Amalie die Nachricht zu überbringen.

«Und was mein früheres Haus angeht», sagte Clara, «so werde ich Ihnen von dort aus eine Nachricht schicken, so es denn nötig ist. Kümmern Sie sich nur um das Schiff. Sind denn die Sachen Ihrer Mutter schon gepackt?»

Das bestätigte Torben und sagte, beim Packen habe sie laut vor sich hin geflucht und immer wieder gesagt, wie sehr sie diese Stadt hasse.

«Dann hoffe ich, sie begibt sich an einen Ort, der ihr lieber ist, ohne hier noch mehr Unheil anzurichten», sagte Clara.

Sie beendete soeben eine gründliche Untersuchung Elskes, als Amalie mit einem ganzen Arsenal beruhigender Säfte, Essenzen und Öle eintraf. Die sonst so schüchterne Frau strahlte regelrecht und sagte, die verwirrte Frau zu betreuen, sei eine Aufgabe, die ihr wie auf den Leib geschneidert sei, und Clara möge mit der Schwangeren getrost abziehen.

Der kürzeste Weg zu «Claras Haus» hätte durch die Judenstraße und über den Marktplatz geführt, aber Clara wollte Letzteren meiden. Immer noch versammelte sich dort viel Volk und debattierte über den Tod des Baumeisters, und zudem war das Rammen der Baumstämme in vollem Gange und verursachte einen gehörigen Lärm. So führte sie Elske langsam Richtung Hafen und dann am Hafenbecken entlang Richtung Fleet. Von da aus waren es nur noch wenige Schritte bis in die kleine Straße, in der «Claras Haus» lag.

In der ruhigen Unterweisungsstube mit Blick auf den Garten hatten sich schwangere Frauen schon immer wohlgefühlt, und auch Elske hatte nur gute Erinnerungen daran. Sie zog es vor, auf der Bank zu sitzen, statt zu liegen, und Clara stopfte ihr ein dickes Kissen hinter den Rücken. Erst dann erzählte Elske, sie habe schon etliche starke Wehen gehabt, als es ihr endlich gelungen war, die Abwesenheit ihrer Schwiegermutter zu nutzen, die zum Holzsammeln aus dem Haus gegangen war, und ein Mädchen nach Clara und Torben zu schicken. Die Schwiegermutter habe ihr nämlich verboten, nach der Hebamme zu schicken, und sich vorbehalten, es allenfalls im letzten Moment zuzulassen.

Clara lief es kalt den Rücken herunter, als sie das hörte, und sie wusste gar nicht, welcher Teil dieser Schilderung ihr am meisten zu Herzen ging. Schließlich sagte sie: «Starke Wehen, sagst du? Davon habe ich bei meiner Untersuchung gar nichts gespürt. Dein Muttermund ist so gut wie geschlossen.»

«Als sie zurückkam und dieses schreckliche Feuer machte, habe ich gemerkt, wie sich alles in mir zusammenzog», sagte Elske.

Clara wusste nicht recht, was sie davon halten sollte, aber möglich war es. *Umso besser, dass wir jetzt hier sind*, dachte sie.

Doch Elskes Schreck schien tief zu sitzen. Als erneut Wehen einsetzten, merkte Clara, wie Elske sich dagegen wehrte. Zwischen den Wehen begann sie, nach dem Schiff zu fragen und ob Clara nicht in Erfahrung bringen könne, ob es schon im Hafen eingetroffen sei.

Spätestens da begriff Clara, dass Elske ihr Kind nicht gebären würde, ehe gewiss war, dass Torbens Mutter die Stadt verlassen hatte. Sie schickte einen Nachbarsjungen zu Torben an die Baustelle, um den Namen des Schiffes zu erfragen, und trug dem Jungen auf, am Hafen Posten zu beziehen und sogleich Bescheid zu geben, wenn das Schiff einträfe, möglichst mit Angaben, wann es wieder auslaufen sollte. Als der Junge zurückkehrte, sagte er, das Schiff solle gegen Mittag kommen, und für circa um sechs Uhr abends sei die Abfahrt vorgesehen.

Obwohl Clara Elske alles angedeihen ließ, was sie ermutigen und entspannen konnte, kämpfte diese gegen die Wehen an, bis der Nachbarsjunge um halb sieben meldete, das Schiff nach Gelderland sei soeben ausgelaufen.

Kurz darauf kam auch Torben, berichtete vom erstaunlich friedfertigen Abschied seiner Mutter und lobte Amalies Arbeit. Dass die Geburt noch nicht weiter vorangeschritten war, machte ihm allerdings Sorgen. Aber Elske lächelte ihn selig an und sagte, nun werde alles gut, er möge beruhigt nach Hause gehen.

Kaum hatte er «Claras Haus» verlassen, gab Elske sich zum ersten Mal einer Wehe hin. Die Ängste, von denen sie Clara wochenlang berichtet hatte, flackerten von

Zeit zu Zeit auf, aber wenn Clara ihr dann sagte, sie solle jetzt alle Kraft und Gedanken auf ihr Kindchen richten, das sich so spürbar mühte, von ihr geboren zu werden, beruhigte sie sich wieder und ließ sich willig und klaglos von Clara durch die Wehen und von Geburtsphase zu Geburtsphase führen. Trotzdem dauerte es bis in die frühen Morgenstunden, ehe Clara sie von einer Tochter entband. Erst als sie das Mädchen in den Armen hielt, bekam Elske eine Art hysterischen Anfall, lachte und weinte zugleich, und als sie sich wieder beruhigte, gestand sie Clara, was ihre eigentliche Angst gewesen war.

Torbens Mutter, so erfuhr Clara erst jetzt zu ihrem größten Schrecken, hatte immer gesagt, Elske solle bloß kein Mädchen gebären, und sie war so weit gegangen, düstere Andeutungen darüber zu machen, dass ein Mädchen – «schneller, als es geboren wurde» – wieder aus dem gemeinsamen Haushalt verschwinden werde.

Clara fasste sich entsetzt an die Wangen und fragte Elske, warum sie ihr das nicht früher erzählt habe.

«Ich wollte es nicht beschreien, verstehen Sie? Es kam mir immer so vor, als würde es wahr, sobald ich es ausspreche.»

«Ach, Kindchen!», seufzte Clara und strich der gepeinigten jungen Frau übers Haar. Erst jetzt konnte sie nachfühlen, was sie durchgemacht haben musste, und sie war heilfroh, dass sich alles zum Guten gewendet und dass sie offenbar das Richtige getan hatte.

Nur mit einem haderte sie: Wieder einmal hatte sie es versäumt, den Chirurgen von der beginnenden Geburt zu unterrichten. Dabei war es nach Elskes wochenlanger Verkrampftheit durchaus zu erwarten gewesen, dass Öle, feuchtwarme Waschungen und Massagen einen Dammriss am Ende nicht hatten verhindern können. Dass Larsen zu der fast noch nachtschlafenden Zeit, als sie den Nachbarsjungen nach ihm schickte, dann wirklich gleich kommen konnte und den Riss schnell und sauber nähte, war eine glückliche Fügung. Clara wusste wohl, dass es auch anders hätte kommen können, etwa wenn der Riss größer, ein Laufbursche nicht gleich zu bekommen oder Larsen nicht zur Stelle gewesen wäre. Die ungewöhnlichen Umstände zu Beginn der Geburt, über die sie vergessen hatte, den Chirurgen vorzuwarnen, ließ sie nicht als Entschuldigung für ihr Versäumnis gelten. *Gerade wenn die Umstände schwierig sind,* sagte sie sich, *muss eine Hebamme alles bedenken und sich gegen weitere Widrigkeiten rüsten.*

Noch am selben Tag sollte «Claras Haus» zum zweiten Mal als ein Ort ins Gespräch kommen, der einer Frau aus der Not half. Die Stadt zeigte sich hart und unnachgiebig gegen Maike. Da Stuiven noch im August gestorben war, wollte man kein Salär für den September mehr zahlen, und an eine Versorgung der Witwe, sagte man, sei nach so kurzem Aufenthalt in der Stadt schon gar nicht zu denken. Nun war Maike zwar nicht mittellos, und sie hätte das Entgelt für das große Haus am Rethövel im September durchaus aufbringen können, aber das Stadtgouvernement bestand darauf, dass es schnellstens zu räumen sei, da es nun städtischen Zwecken diente, die nach dem Tod des Baumeisters nicht mehr erfüllt wurden. Zwar konnte und wollte man Maike nicht der Stadt verweisen, aber ausziehen sollte sie umgehend.

In heller Aufregung kam Maike am Nachmittag zu Clara herüber und erzählte ihr davon. Clara war gerade von dem Kanapee in der Guten Stube aufgestanden, wo sie einige Stunden geschlafen hatte. Obwohl ihr ein kompletter Nachtschlaf fehlte, war sie nicht zu Bett gegangen, denn sie wollte – anders als nach Maikes Niederkunft – im selben Wach- / Schlaftakt bleiben wie der Rest der Familie. Sanna hatte sich bereit erklärt, heute bis zum Abend zu bleiben und sich um Louis zu kümmern, und befand sich, den Geräuschen nach zu urteilen, gerade mit ihm in der Küche. Aber bis dahin musste Clara noch nach Elske und dem Neugeborenen sehen sowie letzte Spuren der Geburt in ihrem früheren Haus beseitigen. Als sie Elske und das Kind gegen Mittag mit einer Kutsche nach Haus begleitet hatte, konnte sie sich nicht aufraffen, in das Geburtshaus zurückzukehren, um dort alles wieder herzurichten. Doch statt sich um all das kümmern zu können, saß nun Maike mit der Schreckensnachricht vor ihr.

«Ich will ja gar nicht bleiben», sagte Maike verzweifelt. «Aber ich muss meine Rückkehr vorbereiten, und Hendrik ist doch noch so klein und Marten noch nicht mal begraben. Wo soll ich denn hin?»

Kaum hatte Maike diese Frage gestellt, schwebte Clara schon die Antwort vor Augen, und sie bot Maike an, vorübergehend in ihr altes Haus zu ziehen.

Sie hatte vorgehabt, erst Elske zu besuchen und dann zum Aufräumen in ihr altes Haus zu gehen, doch nun änderte sie die Reihenfolge und forderte Maike auf, gleich mit ihr zu kommen und es sich anzusehen.

«Aber vorher gehen wir im Gouverneurspalais vorbei und versuchen, wenigstens für den September ein Bleiberecht an Ort und Stelle zu erwirken», sagte sie.

Dort angekommen, beschied ihnen Lilholm, freundlich und aufgeschlossen wie immer, es tue ihm selbst sehr leid um die arme Frau. Er habe bereits für ihr verlängertes Wohnrecht plädiert, aber nichts erreichen können. Und da er nicht weisungsbefugt sei, könne er an dem Beschluss nichts ändern.

«Wie gut, dass es noch die andere Möglichkeit gibt», sagte Clara, als sie das Gouverneurspalais verließen und zu ihrem früheren Haus weitergingen.

«Aber ich kann dir doch nicht einfach dein Haus wegnehmen», sagte Maike bescheiden.

«Von Wegnehmen kann gar keine Rede sein», erwiderte Clara. «Ich biete es dir aus freien Stücken an.» Dann erklärte sie ihr, dass das Haus seit Grethes Abreise leer stand und dass sie ohnehin schon darüber nachgedacht habe, wie es sinnvoll zu nutzen sei. In der Zwischenzeit habe sie erwogen, es der neuen Hebamme anzubieten, die bald in die Stadt komme. Doch die würde schon bald mit dem neuen Medicus zusammenwohnen wollen, und für beide sei das Haus zu klein, vor allem, weil beide darin Lager- und Arbeitsräume brauchten. Aber für Maike und Hendrik sei es ideal, und selbst Svenja könne in einer der beiden Kammern im Obergeschoss mit einziehen. Je länger Clara redete, desto besser gefiel ihr der Plan, nicht zuletzt wegen Amalie, die sich wegen des Gartens häufig dort aufhielt und Maikes Einsamkeit lindern konnte.

Dem Haus war nicht anzusehen, dass es unbewohnt war. Grethe hatte es fast komplett eingerichtet übernommen und ebenso wieder verlassen. Jetzt standen sogar ein Krug Most und die beiden Becher auf dem Küchentisch, aus denen Clara und Elske getrunken hatten, bevor sie das Haus verlassen hatten.

«Siehst du», sagte Clara. «Du könntest eigentlich gleich hierbleiben. Es ist fast so, als warte das Haus auf dich.»

Maike hatte den gleichen Eindruck und konnte gar nicht fassen, dass es hier einen Ort gab, an dem sie so willkommen war. Vor Erleichterung musste sie weinen, und sie nahm Claras Angebot dankbar an. Bei ihrer Rückkehr ins Haus am Rethövel, sagte sie, wolle sie sich mit Svenja besprechen und sie bitten, alles Nötige für den Umzug zu veranlassen.

Clara merkte, dass es ihr, die sich seit Martens Tod völlig verloren fühlte, viel bedeutete, sich mit den Stadtoberen nicht länger streiten zu müssen und hier unbehelligt zu wohnen, bis sie die Stadt verlassen konnte. *Es ist das Mindeste, was ich für die Arme tun kann*, dachte Clara.

Der Tod des Baumeisters blieb ein Mysterium. Maike sprach nie wieder von Mord, und nichts deutete darauf hin, dass irgendjemand einen Mord auch nur in Erwägung zog, geschweige denn gezielt nach Hinweisen dafür suchte.

Der Magistrat hatte Aebletoft beschieden, er möge denken, was er wolle, solange er es nicht ausspreche und die Bürger verschrecke. Mit seinem nächtlichen «Umherspringen» in einem Gelände, das schon bei Tage nicht ungefährlich sei, dazu noch in einer so regnerischen und zeitweise so stürmischen Nacht, habe Stuiven der Stadt einen Bärendienst erwiesen, und man wolle nicht doppelt gestraft werden, indem Aebletoft unhaltbare Anschuldigungen oder auch nur Verdächtigungen erhöbe. Man gab ihm sogar recht unmissverständlich zu verstehen, dass kein neuer Stadtmedicus gebraucht würde, der sich noch vor seiner Amtsübernahme gegen den Rat der Stadt stellte.

Als Aebletoft Clara und Willem noch am Abend des Unglückstags davon berichtete, sagte er, die Haltung des Rates könne er nur zu gut verstehen. Schließlich wollte die Obrigkeit – hier wie überall – verhindern, dass Gerede über dunkle Machenschaften ein schlechtes Licht auf die Stadt und ihre Bürger würfe. Nur dass eben die zweite Wunde darauf hindeutete, dass Stuiven an den Kopf geschlagen worden und erst dann in die Grube gestürzt sei. Auch sei ausgeschlossen, dass er sich die zweite Wunde durch einen Aufprall im Fallen zugezogen habe, denn da war nichts zwischen Grubenrand und der Stelle am Boden, auf der die Leiche lag, woran Stuiven sich hätte stoßen können. Deshalb ließ er sich von den Ratsleuten nicht schrecken und beharrte darauf, dass Larsen den Leichnam untersuche. Als Chirurg habe er mehr Erfahrung mit äußeren Verletzungen, sagte Aebletoft, und seine Expertise sei wohl vonnöten. Dass der Rat dem zustimmte, nahmen alle mit Erleichterung auf, denn es bedeutete zumindest, dass die Ratsherren nichts vertuschen wollten.

Inzwischen hatte Larsen den Leichnam in Augenschein genommen und etwas gefunden, das Aebletofts Vermutung bestätigte: Auf der Kopfseite mit der unerklärlichen Wunde steckte eine Glasscherbe in Stuivens Kopf, die auf einer Seite ganz rußig war. Mehrere winzige Glassplitter fanden sich in seinen Haaren. Pflichtgemäß hatte er dem Magistrat von seinem Fund berichtet und gesagt, er könne sich das Geschehen nicht anders erklären, als dass jemand Stuiven von hinten eine Laterne an den Kopf geschlagen hätte. Erst nach diesem Schlag –

und vermutlich wegen dieses Schlags – müsse Stuiven in die Baugrube gestürzt sein.

Auch von Larsen verlangte der Magistrat, mit niemandem darüber zu reden und keine vorschnellen Verdächtigungen in die Welt zu setzen. Das Glas könne von Stuivens eigener Laterne gestammt haben. Er könne im Fallen so mit den Armen gerudert haben, dass er sich die Verletzung selbst zugefügt habe. Oder es könne andere Erklärungen dafür geben. Man werde der Sache nachgehen.

Larsen hatte seine Untersuchung am Tag nach Stuivens Tod vorgenommen. Als er Aebletoft davon berichtete, verabredeten sie, Clara und Willem am nächsten Abend aufzusuchen und sich mit ihnen zu beraten, wie sie weiter vorgehen sollten. Dieses Gespräch hatte dann ohne Clara stattgefunden, weil diese zu dem Zeitpunkt mit Elskes Niederkunft beschäftigt war.

Erst als Clara am Tag nach der Geburt vom ersten Wochenbettbesuch bei Elske zurückgekehrt war, alle zu Abend gegessen hatten, Louis schlafen gelegt worden war und die Eheleute noch ein wenig in der Küche zusammensaßen, konnte Willem sie von alledem unterrichten. Auch davon, dass sie sich alle einig waren, Stuivens Tod als Mord zu betrachten. Was die Ratsleute vorgebracht hatten, waren nach ihrem Dafürhalten absurde Vorstellungen, die lediglich dazu dienten, den Mordverdacht zu zerstreuen. Sie fanden es nur zu verständlich, dass man Gerede in der Stadt vermeiden wollte. Aber sie hatten nicht den Eindruck, dass die Ankündigung, man werde der Sache nachgehen, ernst gemeint war.

Clara sah das alles ganz genauso. «Und wer, glaubt ihr, hat das getan? Und was wollt ihr nun tun?», fragte sie.

Willem berichtete, dass er sich die Baustelle in der Zwischenzeit genau angesehen und mit Stuivens Zeichnungen verglichen habe. «Stuiven hat seine Vorstellungen zwar nur vage skizziert», sagte er. «Aber aus seinen Unterlagen geht hervor, dass zwar mehr Bäume in den Boden gerammt werden, als ursprünglich vorgesehen, aber immer noch nicht genug. Allerdings kann ich nicht beurteilen, ob seine Berechnungen stimmen.»

«Aber wieso weichen seine Berechnungen von den ursprünglichen so stark ab?», fragte Clara. «Auch da waren doch Fachleute erster Güte am Werke.»

«Die aber wussten, dass eine bestimmte Bausumme nicht überschritten werden durfte», erinnerte Willem sie. «Oder sie sind gegenüber den Problemen, die unser Boden verursacht, tatsächlich blind.»

«Nach dem, was mit dem Schloss passierte, können sie es nicht sein», widersprach Clara.

«Vielleicht schätzen sie den Boden des Marktplatzes anders ein als den an der Flussmündung.»

«Und vielleicht haben sie damit sogar recht», sagte Clara. «Vielleicht hat Stuiven sich geirrt.»

«Weshalb sollte er dann jetzt tot sein?» Willem schüttelte den Kopf. «Nein, nein, Clara, ich habe beim Magistrat vorgesprochen und im Namen der bürgerlichen Geldgeber des Rathausbaus um Auskunft darüber gebeten, ob wir uns wegen des Todesfalls Sorgen machen müssten, zum einen, weil der Bau derzeit nicht recht überwacht wird, und zum anderen, weil sein Tod ein Hinweis darauf sein könnte, dass mit dem Bau irgendetwas nicht stimmt. Das alles sind berechtigte Sorgen. Aber was ich dann zu hören bekam, war, alles sei in schönster Ordnung. Das stimmt aber nicht, denn ich weiß, dass Stuiven sich viele Feinde gemacht hat, als er wieder und wieder eine bessere Gründung verlangte. Doch wegen notorischer Besserwisserei bringt man niemanden um. Nein, Stuiven muss jemandem gefährlich geworden sein.»

Clara lief ein Schauder über den Rücken. «Wer könnte das sein?»

Willem zuckte mit der Schulter. «Wenn ich das nur wüsste.»

Eine Weile blickten beide düster vor sich hin. Dann kam Clara ein Gedanke, und sie fragte, warum eigentlich alles nur mit dem Magistrat besprochen würde. «Das Stadtgouvernement steckt doch auch hinter dem Bau», sagte sie. «Wir könnten einmal mit Lilholm sprechen.»

Doch Willem winkte ab und sagte, außer dass das Stadtgouvernement als Sprachrohr des Königs den Bau angeregt habe, sei von ihm nichts weiter zu erwarten. «Außerdem geht es hier ums Handwerk, Clara. Wer hat denn Verbindung zu den Handwerksämtern und den Sachverstand, der hier gefragt ist? Nein, nein, es ist schon ganz richtig, alles mit dem Rathaus Verbundene beim Magistrat anzuhängen. Willst du etwa warten, bis das Gebäude steht, ehe es zur reinen Bürgersache wird?»

«Nein, du hast ja recht. Aber warum hat sich das Stadtgouvernement dann des Leichnams bemächtigt?», fragte Clara und gähnte.

«Weil es irgendwie mit dem Bau zu tun hat, und mit ungeklärten Todesfällen schon gar. Aber Stuivens Tod ist eine Sache und das Fortkommen unseres Rathauses eine andere. Jedenfalls werde ich nicht mit Lilholm reden und ihm sagen, dass wir womöglich grobe Fehler machen und unser eigenes Rathaus mit unseren eigenen Leuten nicht anständig zuwege bringen.»

Clara nickte müde. Im Grunde sah sie die Dinge so wie Willem. Ihr schien nur, dass nicht alle Möglichkeiten ausgeschöpft wurden, die sich boten. Aber sie hatte sich an den letzten Tagen mit zu viel anderem beschäftigt und steckte in der Sache nicht recht drin. *Morgen*, dachte sie, *morgen kümmere ich mich darum. Und wahrscheinlich handelt Willem ohnehin ganz recht.* Und plötzlich merkte sie, dass sie drauf und dran war, im Sitzen einzuschlafen. Sie wollte schon aufstehen, um zu Bett zu gehen, als Willem sagte: «Jedenfalls werde ich mich morgen oder übermorgen mit Steenwinkel oder Titken oder beiden zusammensetzen, wenn sie zurück sind, und diese leidige Gründungsfrage mit ihnen besprechen. Vielleicht bringen wir nie heraus, was mit Stuiven geschehen ist und warum, aber sein Tod sollte uns wenigstens so wachgerüttelt haben, dass wir einen groben Fehler bei unserem Rathausbau vermeiden.»

«Tu das», sagte Clara und gähnte erneut. «Vielleicht bin ich eine schlechte Bürgerin, aber ich muss jetzt schlafen. Kommst du mit?»

Gleichzeitig mit ihr stand Willem vom Tisch auf und sagte: «Nach dem kalten Bett der letzten Nacht will ich keine Sekunde von einem warmen versäumen.»

Die erwarteten Baumeister, mit denen sich Willem beraten wollte, ließen auf sich warten. Ungünstige Winde, Stürme und Flauten verzögerten die Ankunft etlicher Schiffe aus westlicher Richtung. Ob auch die fortgesetzte Abwesenheit der beiden Baumeister der Wetterlage geschuldet war, wusste man allerdings nicht.

Karen hingegen traf etwa zur erwarteten Zeit in Glückstadt ein.

Das imposante Flaggschiff der Admiralität erregte Aufsehen im Hafen. Auch als die Segel des Dreimasters eingeholt waren, zog es noch allerhand Volk an. Es machte an der stadtabgewandten Seite des Hafenbeckens vor dem Hauptquartier der Admiralität auf dem Rethövel fest. Dort sammelten sich Schaulustige, die die Offiziere in ihren schmucken Uniformen von nahem sehen wollten und hofften, beim Entladen des Schiffes eventuell sogar einen Blick auf neue Waffen und anderes militärisches Gerät zu erhaschen. Aber auch auf der städtischen Seite des Hafenbeckens sammelten sich die Leute und bewunderten das Schiff, das von hier aus zur Gänze zu sehen war.

Das «Oh» und «Ah» vor der Haustür hörte Clara, als sie sich gerade in dem kleinen Lagerraum vorne im Haus befand, wo sie Arzneien zusammenstellte, die sie Elske beim nächsten Wochenbettbesuch verabreichen wollte, um ihren Milchfluss anzuregen und ihre Brüste geschmeidig zu halten. Sie blickte aus dem Fenster und wusste gleich, um welches Schiff es sich handelte, nicht nur, weil es dieser Tage erwartet wurde, sondern auch, weil es schon öfter hier im Hafen gelegen hatte. Im Gegensatz zu ihren schaulustigen Mitbürgern wusste sie von Willem, dass mit dem Entladen neuer Waffen nicht zu rechnen war. Vielmehr galt die Ankunft des Admirals einer Prüfung der neuen Waffen, die mit Willems Hilfe im Gießhaus gefertigt wurden. Und sie wusste, dass Karen auf diesem Schiff sein würde. Deshalb eilte auch sie aus dem Haus und über die Hafenbrücke auf das große Schiff zu.

Ehe sie Karen zu Gesicht bekam, musste sie jedoch lange warten, und sie fragte sich schon, ob die Admiralin womöglich doch nicht reisefähig gewesen und mitsamt ihrer Hebamme in der Hauptstadt geblieben war. Doch schließlich erschienen die beiden Frauen an Deck, und Clara sah, wie elend der Schwangeren war. Augenblicklich fühlte sie sich an die Überfahrt erinnert, die sie selbst vor zwei Jahren mitgemacht hatte, als sie mit Louis schwanger war. Auch damals war es stürmisch gewesen, und über weite Strecken der Reise hatte sie sich in einem erbärmlichen Zustand befunden. Unwillkürlich ging sie auf die ausgeworfene Treppenplanke zu, die das Schiff mit der Hafenmauer verband, um Karen zu helfen, denn sie sah, wie schwer sich die Admiralin auf sie stützte. Doch der Marinesoldat, der schon die ganze Zeit über den Zugang zum Schiff bewachte, stellte sich ihr in den Weg.

«Sie sehen doch, dass die Frauen Hilfe brauchen», sagte Clara und zeigte auf Karen und die Admiralin, die sich im Schneckentempo der Planke näherten.

Der Soldat warf einen kurzen Blick über die Schulter, stieß einen lauten Pfiff aus und brüllte dann einen Befehl, den Clara nicht verstehen konnte. Darauf schauten zwei Männer über die Reling. Der Soldat zeigte auf die Frauen und brüllte einen zweiten für Clara unverständlichen Befehl. Darauf sprangen die beiden Männer auf die Frauen zu, nahmen Karen beiseite und die Schwangere so zwischen sich, dass sie sie auf ihren zusammengelegten Armen von Bord tragen konnten.

«Wohin?», fragten sie den Soldaten, als sie an Land waren. Der zeigte auf das Gästehaus der Garnison neben dem Admiralitätsgebäude, und die Männer trugen die Schwangere in die Richtung.

Für Clara und Karen war nur Zeit für eine flüchtige Umarmung.

«Ich muss jetzt bei ihr bleiben», sagte Karen. «Ich komme zu dir, sobald ich kann. Sagst du Peder bitte, dass ich angekommen bin?»

«Soll ich nicht mit euch kommen?», fragte Clara.

Karen schüttelte den Kopf. «Ich habe schon gefragt. Zunächst hast du in dem Haus keinen Zutritt. Der Admiral meint, er kann etwas arrangieren, aber noch gilt für dich dasselbe Zutrittsverbot wie für alle Zivilpersonen.»

Enttäuscht blickte Clara die Freundin an, die nur noch rasch «Bis später» sagte und der Schwangeren nacheilte. Dann stand Clara allein da. Sie wusste nicht, was sie erwartet hatte, aber gewiss nicht das. So konnte sie also wieder nach Hause gehen und ihre unterbrochene Arbeit fortsetzen, als sei nichts gewesen. Nun, nicht ganz. Zuerst ging sie zu Olsens Haus, um Aebletoft zu verständigen und ihm zugleich genauso viel Geduld abzuverlangen, wie sie selbst aufbringen musste, ehe man Karen recht in Empfang nehmen konnte.

«Kommt doch um sieben zum Abendessen zu uns», sagte sie und fügte hinzu: «Falls Karen dann abkömmlich ist. Und bringt Olsen mit, zur Not mit einer Sänfte.»

Clara war noch dabei, den Abendbrottisch zu decken, während Willem sich anschickte, ein paar frische Würste zu überbrühen, die er anschließend braten wollte, als es an der Haustür klopfte. «Schon?», sagte Clara und blickte überrascht von ihrer Tätigkeit auf. Tatsächlich war es noch gut eine Viertelstunde vor sieben. Aber das machte nichts. Man kannte sich so gut, dass es nicht nötig war, ganz formell wie Gastgeber und Gäste zu agieren. Freudig lief sie zur Tür, um sich dort einem Boten gegenüberzusehen, der ihr einen Zettel hinhielt.

Clara, komm bitte schnell rüber ins Gästehaus, war offenbar in Eile darauf gekritzelt worden. *Schwierige Geburt. Bring Zange + alles, was du hast. Karen*

Ohne nachzudenken, stürzte Clara in den Lagerraum gleich neben der Haustür und rief Willem zu, er möge den Boten entlohnen. Sie hatte schon alles zusammengepackt, was sie mitnehmen wollte, als Willem dem Boten einige Münzen gab und Clara fragte, was um Himmels willen denn los sei. In knappen Worten erklärte sie es ihm, strich Louis über die Wange, der hinter seinem Vater hertappte, gab Willem einen flüchtigen Kuss und lief aus dem Haus.

Der Wachsoldat vor dem Gästehaus der Admiralität trat bereits zur Seite und öffnete die Tür, als Clara das Ende der Hafenbrücke erreichte und nur noch wenige Schritte zu gehen hatte. Offenbar hatte der Admiral inzwischen für die nötigen Orders gesorgt – aus Gründen, die nichts Gutes verhießen.

Clara atmete tief durch, ehe sie die Kammertür öffnete, auf die der Soldat zeigte. Was sie dann sah, beschwor eine schreckliche Erinnerung herauf. Schon einmal – es war Jahre her, in Hamburg – hatte sie sich einer Gebärenden gegenübergesehen, die so kraftlos war wie die Admiralin. Diese Frau war unter der Geburt verstorben. Allerdings hatte es bei ihr an einem schwachen Herzen gelegen. Clara schickte ein Stoßgebet gen Himmel, dass es bei der Admiralin nicht so sein möge. Dass Aebletoft zugegen war, wertete sie als schlechtes Zeichen, denn man hatte ihn gewiss nicht geholt, weil die Geburtshelferin seine Liebste war.

Bei Claras Eintreten wandten Karen und Aebletoft gleichzeitig den Kopf, und gleichzeitig sagten sie: «Gut, dass du da bist!»

Mehr sagten sie zunächst nicht, denn gleich darauf krampfte die Admiralin in einer Wehe zusammen. Sie saß mehr, als dass sie lag, mit mehreren Kissen im Rücken auf einem Bett, das ganz mit Tüchern abgedeckt war. Karen kniete vor ihr, Aebletoft hielt sie an den Schultern und redete beruhigend auf sie ein, während sie keuchte und würgte. Sie klang eher wie eine Erbrechende als eine Gebärende.

«Ihre Beine», sagte Karen über die Schulter zu Clara. «Halte sie auseinander!»

Clara stellte ihre Tasche ab, eilte auf die Gebärende zu und stellte sich hinter Karen. Es war unglaublich, mit welcher Kraft sie die Hände gegen die Knie der Frau drücken musste, die alle Bewegungen verkehrt herum zu machen und wie von Sinnen zu sein schien.

«Peder sorgt dafür, dass sie nicht die Besinnung verliert, und gibt ihr stärkende Arzneien», sagte Karen leise, als die Wehe vorbei war. «Und hier unten schaffe ich es nicht allein. Ich kann schon das Köpfchen spüren und versuche, es herauszudrehen, aber es geht nicht weiter. Die meiste Zeit komme ich nicht einmal recht heran, weil die Frau stets die Beine zusammendrückt. Hast du die Zange dabei?»

Wunschgemäß hatte Clara sie mitgebracht. Doch nun zögerte sie mit der Antwort, denn plötzlich kamen ihr arge Zweifel, ob es ihr gestattet war, sie hier zu gebrauchen. Die Erlaubnis, das Instrument überhaupt benutzen zu dürfen, war ihr vom Magistrat erteilt worden. Noch nie hatte sie darüber nachgedacht, ob diese Erlaubnis auch außerhalb der Zivilgemeinde galt. Jetzt, da sich diese Frage plötzlich stellte, kam sie zu dem Schluss, dass Magistratsentscheidungen keineswegs für die Garnisonsgemeinde galten. Wenn sie die Zange trotzdem benutzte, würde sich gewiss niemand dafür interessieren, falls die Geburt glückte. Aber was, wenn nicht? Sie wäre nicht die erste Hebamme, der man wegen zu großzügiger Auslegung ihrer Befugnisse die Lizenz aberkannte. *Und wenn es die einzige Möglichkeit ist, das Leben von Mutter und Kind zu retten*, fragte sie sich. Mit diesem Gedanken war die Sache für sie entschieden. Handeln musste sie jetzt, rechtfertigen konnte sie sich später.

«Ja», sagte sie leise. «Aber lass mich erst einmal tasten.»

Clara und Karen tauschten die Plätze.

«Es fehlt wirklich nicht mehr viel», sagte Clara und fühlte sich plötzlich an Maikes Geburt erinnert. Für heiße Tücher, Dämpfe und Öle war es hier zu spät. Blieb also wieder nur das verhasste Drücken auf den Leib, mit dem die Abwärtsbewegung des Kindes unterstützt werden konnte. Man wusste nie genau, was man dabei abklemmte und ob die Nabelschnur dabei intakt blieb. Abgesehen davon bereitete es Mutter und Kind Schmerzen. Dennoch war es weniger riskant als eine Zangengeburt. «Übernimm du wieder das Köpfchen», sagte Clara kurz entschlossen. «Ab der nächsten Wehe drücke ich mit.»

Karen nickte.

Insgesamt waren es dann vier gewaltige, schier endlos erscheinende Wehen, bei denen Clara mitdrückte.

«Gut so, nur weiter! Es geht voran!», sagte Karen jedes Mal so laut, dass es das Gekeuche, Gewürge und Geschrei der Admiralin übertönte. Und dann bekam sie das

Kind tatsächlich so zu fassen, dass sie es bei der nächsten Wehe herausdrehen konnte, ohne dass Clara weiter drücken musste.

Offenbar hatte die letzte Geburtsphase so viel Schwung in die ganze Angelegenheit gebracht, dass die Nachgeburt erstaunlich schnell folgte. Immer noch keuchte und würgte die Admiralin, aber leiser und leiser, bis sie schließlich nur noch kraftlos schnaubte. Aebletoft nahm die Kissen aus ihrem Rücken, daraufhin fiel sie schlaff zurück und schloss die Augen.

«Lass sie nicht wegsacken», sagte Karen bang.

Aebletoft machte etwas, das weder Clara noch Karen beobachteten, weil sie selbst beschäftigt waren. Aber sie hörten, wie der Atem der Frau tiefer wurde und sich nach und nach normalisierte.

Karen beschäftigte sich mit der Nabelschnur, wischte Blut und Wundwasser von der Frau und untersuchte sie auf Verletzungen. Clara nahm sich derweil des Kindes an. Es war deutlich zu sehen, dass es verfrüht geboren worden war. Dennoch hielt Clara es für möglich, dass es überleben würde. Für seine schmächtige Gestalt machte es einen erstaunlich kräftigen Eindruck, schrie und strampelte ausgiebig. Clara säuberte es und wickelte es in das dickste Tuch ein, das sie finden konnte.

«Wollen wir es der Mutter anlegen?», fragte sie Karen.

Karen warf einen zweifelnden Blick auf die Frau, die bei Sinnen, aber vollkommen ermattet war. Sie hielt die Augen geschlossen, machte keinerlei Anstalten, nach dem Kind zu sehen oder es zu sich zu nehmen. Ihr Atem verriet, dass sie eingeschlafen war.

«Ich glaube, das hätte nicht viel Sinn», sagte Karen dann.

«Es ist nur wegen des Milcheinschusses», sagte Clara. «Ein wenig Zeit haben wir noch, aber wenn sie jetzt viele Stunden schlafen sollte …»

«Ich weiß. Das Kind muss den Milchfluss in Gang bringen», erwiderte Karen, und mit Blick auf das kleine Kind fügte sie hinzu: «Und der Säugling braucht etwas, nicht wahr?»

Clara nickte.

«Lass uns ein, zwei Stunden warten und beide beobachten», sagte Karen. «Wenn sich dann nichts tut, müssen wir den Kleinen eben füttern. Hast du Säuglingsnahrung im Haus?»

Wieder nickte Clara.

«Dann hole sie doch schon», bat Karen. «Unter Umständen kommen wir an einen Punkt, wo Eile geboten ist.»

Selten gab es Geburten, bei denen zwei Geburtshelfer benötigt wurden, noch seltener welche, bei denen drei alle Hände voll zu tun hatten. Und obwohl die Anzahl der Geburtshelfer nicht unbedingt die Dramatik einer Geburt bemaß, war das gemeinsame Tun doch ausschlaggebend für das Maß der Beglückung, die sich einstellte, wenn am Ende alles gutgegangen war und man erlebt hatte, dass man sich aufeinander verlassen konnte. Wirklich sicher sein konnten sich Clara, Karen und Peder in diesem Fall erst in einigen Tagen, wenn das Kind stetig zuzunehmen begänne und auch sonst vital bliebe. Doch schon während der Nacht, als Peder sich verabschiedete und auch Clara bald heimgehen wollte, war den dreien, als hätten sie einen Bund geschlossen, und Clara und Peder blieben beim Du, das sie ganz umstandslos unter der

Geburt benutzt hatten. Später erzählte Peder ihr, dass er es schon einmal benutzt habe, als Louis den Wall hinabgestürzt war, aber Clara habe gar nicht darauf geachtet, und so sei er damals wieder zum Sie zurückgekehrt, obwohl er sich ihr schon damals sehr verbunden gefühlt habe.

Erst am nächsten Tag, als Clara sich davon überzeugen wollte, ob Mutter und Kind wohlauf waren, und ohne weiteres ins Gästehaus der Admiralität eingelassen wurde, kam ihr der Gedanke, dass Karen wohl keinen glücklicheren Auftakt für ihr Wirken in Glückstadt hätte finden können. Denn Mutter und Kind waren wohlauf, wenn auch schwach. Gebaren und Äußerungen von Dienstpersonal und Militärpersonen waren von Hochachtung gegenüber Karen geprägt, und man schien sich darüber im Klaren zu sein, dass sie einiges Ungewöhnliches veranlasst hatte, um der Admiralin und dem Stammhalter des Admirals das Leben zu retten. Auch Clara wurde respektvoll behandelt, aber Karen war hier eindeutig die Hauptperson. Clara sah all das mit Genugtuung, denn von der Admiralität gab es eine direkte Verbindung zum König. Sobald ihm zu Ohren kommen würde, was Karen hier – zusammen mit Clara – geleistet hatte, konnte er wohl kaum etwas gegen ihren Verbleib in der Stadt einzuwenden haben.

Es ergab sich auch jetzt keine Gelegenheit für Clara und Karen, ein persönliches Wort miteinander zu wechseln. Als Karen aus der Wöchnerinnenkammer gerufen wurde, um mit der Köchin zu besprechen, welche Kost der Admiralin nun zu verabreichen sei und ob es bei der Ankündigung bliebe, dem Kind sei vier Mal pro Tag ein ungeheuer komplizierter Trunk zu verabreichen, dessen

Bestandteile teils von der Stadthebamme, teils vom Königlichen Gärtner zu beziehen seien, zwinkerte Clara ihr zu und flüsterte: «Du machst das schon, und fürchte den Königlichen Gärtner nicht. Er heißt Twietemeier und frisst mir aus der Hand.»

Dann saß sie still da, bewachte den Schlaf von Mutter und Kind, und wieder kam das Glücksgefühl der letzten Nacht in ihr hoch. Als ihr Blick auf das notdürftige Lager fiel, das man Karen in der Kammer bereitet hatte, fiel ihr plötzlich ein, dass sie gar nicht wusste, wo Karen eigentlich wohnen sollte, solange sie nur auf Besuch hier weilte. Gewiss war sie in diesem Haus nur so lange geduldet, wie das Kind ständiger Überwachung bedurfte. Selbstverständlich konnten Willem und sie sie aufnehmen, aber die zweite Kammer im Obergeschoss, gegenüber ihrer eigenen Schlafkammer, war winzig. Dennoch würde es gehen. Olsens Gästekammer wurde von Peder bewohnt, und selbst wenn in seinem Haus noch Platz für Karen wäre, könnte sie wohl kaum mit ihrem Liebsten unter einem Dach wohnen. Ihr altes Haus stand nicht mehr zur Verfügung, seit Maike, Hendrik und Svenja es bewohnten. Und bei Amalie, die sonst immer und überall zu helfen bereit war, logierten zwei Soldaten. Gewiss konnte sie bei Lene im Wirtshaus eine schöne Kammer bekommen, aber dort war es unruhig. Dass sie über diese Logisfrage noch gar nicht nachgedacht und nichts für Karen vorbereitet hatte, konnte sich Clara nur damit erklären, dass sie in letzter Zeit so furchtbar viel zu tun bekommen hatte. Aber sie beruhigte sich mit dem Gedanken, dass Peder gewiss für Karens Unterkunft gesorgt hatte.

Neun

Glückstadt, 5. September 1642

Wie brisant Stuivens Unterlagen waren, erfuhren Clara und Willem erst nach und nach, wiewohl beide sie von Anfang an für bedeutsam gehalten hatten. Sie waren sich darüber einig, dass die fortgesetzte Abwesenheit der anderen Baumeister nicht zu einer wildwüchsigen und unzureichenden Fundierung des Rathauses führen durfte. So wollte Willem noch einmal beim Magistrat vorsprechen und Zeichnungen und Berechnungen aus eigener Feder vorlegen. Zwar handelte es sich dabei nur um Kopien von Stuivens Zeichnungen und Berechnungen, aber der Klarheit halber führte er die Zeichnungen sorgfältiger aus, und auch die Berechnungen versah er mit erläuternden Bemerkungen über die Berechnungsgrundlagen. Als er damit fertig war und einen letzten prüfenden Blick auf Originale und Kopien warf, rief er Clara hinzu, um ihr sein Werk voller Stolz zu präsentieren.

«Fabelhaft», sagte Clara. «Das müsste die letzten Zweifler überzeugen.»

«Ich wünschte nur, ich selbst wäre davon überzeugt, dass alles seine Richtigkeit hat», erwiderte Willem. «Ich konnte ja alles nur auf seine innere Stimmigkeit prüfen, ohne zu wissen, ob es stimmt, dass soundso viel Areal morastigen Bodens soundso viel Gewicht dauerhaft tragen kann. Und ich weiß nicht einmal, *wie* morastig der Boden des Marktplatzes ist.»

«Lieber zu viel als zu wenig», sagte Clara. «Und nun lege die Originale bitte schnell wieder in die Lade! Ich werde das Gefühl nicht los, dass sie Unheil bergen.»

«Das hätte ich ohnehin getan, Fräulein Zitteraal», sagte Willem amüsiert. «Denn ich gehe jetzt los, um mit den Ratsherren zu sprechen. Glaubst du, ich würde diese Dokumente einfach herumliegen lassen?»

Darauf antwortete Clara lieber nicht, beobachtete aber mit Erleichterung, wie Willem wirklich alles wieder verstaute.

«Kannst du das Schloss nicht reparieren?», fragte sie. «Oder sollen wir die Blätter lieber an einem sichereren Ort aufbewahren – irgendwo, wo sie niemand vermutet, etwa in der Küche oder so?»

«Wovor hast du Angst, Clara?», fragte Willem. «Wer vermutet sie denn überhaupt hier? Selbst als sie sich noch in Stuivens Besitz befanden, hat sich ja niemand dafür interessiert.»

Das musste Clara zugeben, aber sie wandte ein, dass Willem die Erkenntnisse des Baumeisters nun zum wiederholten Male publik machte und dass man deswegen und wegen ihrer eigenen Verbindung mit der Witwe des Baumeisters auf den Gedanken kommen könne, Willem sei im Besitz seiner Unterlagen.

«Und immerhin ist Stuiven nun tot», schloss sie, «ermordet, wie es scheint. Solange wir nicht wissen, warum, fürchte ich seine Unterlagen nun einmal.»

Willem fand das alles ein wenig weit hergeholt, aber um Clara zu beruhigen, versprach er ihr, sich so bald als möglich an die Reparatur des Schlosses zu machen.

Schon am nächsten Morgen sollten Claras Befürchtungen neue Nahrung erhalten. Denn da kam Maike zu Clara und berichtete ihr von einer merkwürdigen Begebenheit.

«War der Mann schon bei euch?», begann sie noch in der Diele, und Clara hatte nicht die geringste Ahnung, wovon sie sprach.

Dann sagte Maike, am Vorabend habe ein ihr unbekannter Mann an ihre Tür geklopft und verlangt, alle Unterlagen ausgehändigt zu bekommen, die ihr Gatte im Zusammenhang mit dem Rathausbau angefertigt habe. Sie sprach konfus, und Clara bat sie zunächst einmal in die Küche, wo sie Louis, der neuerdings ständig Hunger hatte, frisches Obst und Zwieback als zweites Frühstück aufgetischt hatte.

Wer der Mann denn gewesen sei, fragte Clara, als sie am Küchentisch Platz nahmen und Louis der Besucherin stolz einen Apfelschnitz hinhielt, um ihn, kaum wollte Maike ihn nehmen, sich selbst in den Mund zu stecken.

Maike lachte und sagte: «Das weiß ich nicht. Er hat nur gesagt, dass der Magistrat Martens Unterlagen für den Rathausbau braucht.» Aber ob der Mann selbst zum Magistrat gehörte, konnte sie nicht sagen. Zum einen kannte sie immer noch kaum jemanden in der Stadt, und der Mann hatte sich nicht klar ausgedrückt. Allerdings habe sie auch nicht groß nachgefragt, sagte Maike, denn Hendrik habe gerade zu weinen begonnen, und Svenja sei bei der Abendandacht gewesen.

«Wie sah er denn aus?», fragte Clara.

«Ach, weißt du», sagte Maike achselzuckend, «es wurde schon dunkel. Ich habe kaum etwas von ihm gesehen. Aber ich glaube, er war schwarz gekleidet, und er hatte einen breitkrempigen Hut auf, den er tief ins Gesicht gezogen hatte.» Dann fragte sie, ob es denn wichtig sei, wer der Mann gewesen sei.

Das wiederum wusste Clara nicht. «Hast du ihn denn an der Haustür abgefertigt?», fragte sie.

Das bestätigte Maike. «Es gab ja auch keinen Grund für ihn, hereinzukommen, denn ich habe ihm gleich gesagt, die fraglichen Unterlagen seien hier, bei dir und Willem. War er denn noch gar nicht hier?»

Erschrocken fuhr sich Clara mit den Händen an die Wangen und fragte sich, warum ihr Willem nichts davon erzählt hatte, dass der Magistrat Stuivens Unterlagen einforderte. Er hatte ihr am Vorabend doch sonst alles geschildert, was sich bei seinem erneuten Vorsprechen zugetragen hatte! Als er die Abschriften von Stuivens Papieren vorgelegt hatte, war er auf offenere Ohren gestoßen als bei seinen früheren Vorsprachen im Rat. Man hatte ihm gesagt, dass man die Berechnungen überprüfen wolle, und zu diesem Zweck Willems Kopien einbehalten. Wozu dann noch Stuivens Unterlagen anfordern? Aber es konnte natürlich sein, dass man erst, nachdem man sich den genauen Berechnungen gewidmet hatte, auf Fragen gestoßen war, deren Klärung man sich von Stuivens Unterlagen erhoffte. Aber warum war dann niemand gekommen, um sie zu holen?

«Wie ist dir, Clara?», fragte Maike besorgt. «Habe ich euch da in etwas hineingerissen? War es nicht recht von mir, den Mann zu euch zu schicken?»

Beruhigend legte Clara eine Hand auf Maikes Arm. Es hatte keinen Sinn, Maike zu ängstigen oder ihr lauter Fragen zu stellen, die diese noch weniger beantworten konnte als sie selbst. Dennoch musste sie sich überwinden, um zu sagen: «Sorge dich nicht, Maike. Es war zwar noch niemand hier, aber Willem ist wegen Martens Unterlagen ohnehin mit dem Magistrat im Gespräch.»

«Dann ist es ja gut», sagte Maike sichtlich erleichtert. Seit der Tod ihres Mannes vor wenigen Tagen offiziell zum Unfall erklärt worden und er christlich begraben worden war, hatte sie begonnen, ihren Frieden mit seinem Tod zu schließen. Clara gönnte es ihr von Herzen, und obwohl ihr dabei nicht ganz wohl war, wollte sie die arme Frau nicht mit dem Mordverdacht belasten. Solange es nicht so aussah, als käme man über Verdächtigungen hinaus, schon gar nicht, seit Marten unter der Erde war, schien es das Beste zu sein, Maike keine weiteren Sorgen zu bereiten als die, die sie ohnehin schon hatte.

«Und seinen Namen hat der Mann wirklich nicht genannt?», hakte Clara noch einmal nach. Und um Maike nicht merken zu lassen, wie beunruhigt sie war, fügte sie schnell noch hinzu: «Wenn man wüsste, wer es war, könnte Willem zu ihm gehen und alles mit ihm klären.»

Aber Maike schüttelte nur den Kopf und schien sich schuldig zu fühlen. «Ich hätte aufmerksamer sein und ihn danach fragen sollen», sagte sie.

«Ach was!», entgegnete Clara. «Willem ist ja mit dem Magistrat im Gespräch. Von dir kann jetzt niemand mehr etwas verlangen. Die Stadt hat dir übel genug mitgespielt.» Dann bedankte sie sich bei ihr für die Mitteilung.

Als Maike gegangen war, wurde Clara immer unruhiger und dachte: *Hätte Willem doch bloß schon das Schloss repariert!* Auf ihr Drängen hin hatte er zwar damit begonnen, aber er hatte die Reparatur nicht fertigstellen können, weil ein Teilchen darin zerbrochen war, das er erst neu besorgen oder notfalls selbst schmieden musste. Das wollte er baldmöglichst tun, aber bis es wirklich geschehen war, blieb die Schublade ungesichert.

Karen war nun seit gut einer Woche in der Stadt, und bis zum Vortag hatte sie bei der Admiralin und dem Neugeborenen bleiben müssen. So selbstverständlich, wie sie im Gästehaus aufgenommen wurde, solange sie dort rund um die Uhr gebraucht wurde, so selbstverständlich musste sie es verlassen, als einzelne Besuche ausreichten, um Mutter und Kind zu betreuen. Es war vorgesehen, dass sie in Lenes Wirtshaus wohnen sollte, und obwohl Lene durchblicken ließ, dass es nicht so einfach war, ihr all die Tage die schönste Kammer freizuhalten, hatte sie es doch getan.

In der Zwischenzeit aber tat Lene etwas noch Wichtigeres für Karens weiteren Verbleib. Denn als sie hörte, dass Leute gesucht wurden, die das Haus auf dem Rethövel reinigen, in den Zustand von vor dem Einzug der Stuivens zurückversetzen und am besten gleich winterfest machen sollten, da niemand sonst in nächster Zeit dort einziehen wollte, dachte sie sofort an Aebletoft und Karen. Es ärgerte sie maßlos, dass man Maike das Dach überm Kopf genommen hatte, obwohl es nicht anderweitig benötigt wurde. Und als sie dann noch hörte, dass es sogar Streit darüber gab, welche Vorhänge, Teppiche und dergleichen zum Besitz der Witwe zu zählen respektive städtisches Eigentum seien, beschloss sie endgültig, dass dort Leute einziehen müssten, die sich mit Maike über den Hausrat einigen würden. Daraufhin holte sie allerlei Erkundigungen ein, über die Höhe des Mietzinses, ob es erlaubt war, das Haus gewerblich zu nutzen, und ob das Haus für einen künftigen Zeitpunkt bereits anderen Leuten zugesagt war. Alles wurde zu ihrer Zufriedenheit beantwortet, noch bevor Karen ins Wirtshaus zog. Lene konnte es gar nicht abwarten, Karen von ihrem Plan zu erzählen, und sie tat es gleich, als sie Karen in ihre Kammer führte. Aebletoft als den wahrscheinlich künftigen Medicus der Stadt anzusprechen, hatte sie nicht gewagt, aber der viel zu selten gesehenen Freundin musste sie es sofort sagen. Sie hatte sich sogar schon den Hausschlüssel besorgt, indem sie den stellvertretenden Stadtgouverneur Lilholm um den Finger gewickelt und ihm gesagt hatte, womöglich könne sie das Haus vor einem Leerstand über Winter retten, wenn ihre Kopenhagener Logisgäste es am Nachmittag besichtigen dürften.

«Die Sache ist nur die», redete sie gleich weiter, ehe Karen noch recht begriffen hatte, was da auf sie zukam, «dass die Leute, die das Haus herrichten sollen, morgen oder übermorgen anfangen. Wenn ihr das Haus haben wollt, solltet ihr gleich Bescheid geben, damit gar nicht erst etwas ohne eure Zustimmung getan wird und die arme Frau, die vorher darin wohnte, zu ihrem Recht kommt.» Dann berichtete sie der völlig überrumpelten Karen alles, was sie von den Stuivens wusste.

Am Ende hatte Karen im Wirtshaus noch nicht einmal ihre Sachen ausgepackt, als sie zu Peder ging und ihm von dem Haus am Rethövel berichtete, das sie hier nur etwa halb so viel kosten würde wie ein vergleichbar großes in Kopenhagen. Dann ließen sich beide von Lene zu dem Haus führen und waren ganz beseelt davon, wie schön, groß, hell und komfortabel es war.

Lene ließ sie nach einer Weile allein, um Maike zu sagen, was sich in ihrem ehemaligen Haus tat und dass sie sich um drei Uhr dort einfinden sollte. Nach einer guten halben Stunde kehrte sie zurück, und gegen Mittag verließen die drei das Haus gemeinsam.

Vor der Hafenbrücke verabschiedeten sie sich voneinander. Karen wollte nach der Admiralin sehen, da sie ohnehin gerade in der Nachbarschaft weilte, und Lene musste ins Wirtshaus zurück, um dort das Mittagsgeschäft zu leiten. Vorher wollte sie aber noch schnell zu Clara gehen, um ihr zu sagen, sie solle sich, genau wie Karen, Maike und sie selbst, am Nachmittag um drei bei dem Haus einfinden.

«Dann tauschen wir schon mal alles aus und geben Maike ihre Sachen zurück, damit die Leute, die das Haus ab morgen oder übermorgen herrichten, alles so vorfinden, dass sich keine Fragen auftun und alles in unserem Sinne läuft», sagte sie. «Und Sie, verehrter Medicus, gehen derweil zum Palais des Stadtgouverneurs und melden sich als neuer Mieter des Hauses.»

Karen fragte, ob sie denn so ohne weiteres Hand anlegen dürften, aber Lene wedelte nur mit dem Hausschlüssel vor ihrer Nase und sagte: «Wozu hat Lilholm mir den wohl gegeben, was?»

So kam es, dass sich Clara, Lene, Karen und Maike am Nachmittag in dem Haus einfanden, alle in einem Zustand freudiger Erregung. Clara war es eine Genugtuung, dass Lenes Vorpreschen – wenn es auch nicht ganz rechtens war – Maike zu den Sachen verhalf, die sie nicht in das kleine Haus in der Nübelstraße hatte mitnehmen können. Auch dass sich Karen und Peder in Sichtweite zu Willems Haus, nur durch die Hafenbrücke davon getrennt, niederlassen würden, freute sie. Lene platzte fast vor Stolz über ihren Coup. Karen war überglücklich, weil sie so schnell ein Heim gefunden hatte, noch dazu eines, das ihre Erwartungen bei weitem übertraf. Und Maike war froh, dass sie nach ihrem erzwungenen und übereilten Umzug doch noch Gelegenheit bekam, ihre Habe an sich zu bringen. Überdies stimmte es sie versöhnlich, dass Freunde von Clara hier einziehen wollten. Denn obwohl sie selbst eine schwere Zeit in diesem Haus gehabt hatte, war sie sich seiner Vorzüge bewusst. Der Gedanke, dem jungen Paar Platz gemacht zu haben, war ihr weitaus lieber, als grundlos vertrieben worden zu sein. Sie blühte regelrecht auf, als sie von Raum zu Raum gingen, während sie sagte, was sie selbst angeschafft hatte, was ins Haus gehörte und welche von ihren Neuerwerbungen hierbleiben sollten, weil sie später doch keine Verwendung dafür haben würde, und der Stadt in Rechnung gestellt werden konnten.

Nach ihren Anweisungen wurden Vorhänge und Bilder abgenommen, andere aufgehängt, Teppiche eingerollt, gegen die in einer Abstellkammer gelagerten ausgetauscht und draußen vor der Haustür auf einen Karren geladen, den sie mit zu «Claras Haus» nehmen wollte.

Clara, die sie beobachtete, sah mit Wohlgefallen, dass Maike bei dieser Gelegenheit von einer tragischen Episode ihres Lebens Abschied nehmen konnte, ohne in Bitterkeit zu verfallen. *Und womöglich*, dachte sie, *ist es gerade dieses Abschiednehmen – und wenn es auch bloß der Abschied von dem Haus ist –, das es ihr ermöglicht, nun wirklich damit abzuschließen*.

Derweil ergingen sich die anderen in Planungen darüber, was hier dereinst entstehen, welcher Raum welche Aufgabe erfüllen, wie man ihn gestalten und welche Art von Leben sich darin abspielen sollte.

Lene schoss mit ihrer überbordenden Phantasie wieder und wieder übers Ziel hinaus, bis sie sagte: «Und hier im Empfangszimmer und in der angrenzenden Diele feiern wir dann unsere Doppelhochzeit.»

«Wie – Doppelhochzeit?», fragte Karen, die in Gedanken noch nicht einmal bei ihrer eigenen Hochzeit war. Dafür war alles viel zu schnell gegangen, und zu viel hatte sich mit einem Male verändert.

Clara lachte, als sie Karens verdutztes Gesicht sah, und sagte: «Na, du willst hier doch wohl nicht unverheiratet mit Peder einziehen!» Dann erklärte sie ihr, dass Lene nun auch endlich einen Liebsten hatte und ihn bald heiraten wollte.

«Wäre es nicht schön, zusammen zu feiern?», kam Lene auf ihren Gedanken zurück.

Karen schaute sich in dem hellen, geräumigen Empfangszimmer um. Dabei veränderte sich ihre Miene merklich. Von der Arbeit und den lustvollen Überlegungen, wie das Haus zu gestalten sei, waren ihre vollen Wangen soeben noch gerötet gewesen. Doch nun wurde sie blass, und ihre lebhaften blauen Augen verengten sich zu Schlitzen. Sie setzte sich in den nächstbesten Sessel.

«Aber, Lene», begann sie zögernd, «ich kann Peder doch nicht ...» Sie stockte. «Ich meine, er muss mich doch fragen, und dann kann ich ihm doch nicht sagen ...» Wieder stockte sie.

«Hat er es denn noch nicht getan?», fragte Lene fast empört. «Wie glaubt er denn, ein Wohnrecht für euch in diesem Haus zu bekommen?»

Es war nicht leicht für Karen, Lene zu erklären, dass sie an Peders ehrenhaften Absichten keine Sekunde zweifelte, aber dass sie beide noch nicht dazu gekommen waren, über ihre Pläne zu sprechen.

«Dann bin ich mal gespannt, was er dem Stadtgouverneur oder Lilholm erzählt», sagte Lene frech. «Er müsste ja just gerade bei ihm sein. Entweder verschweigt er dich, oder er beantragt das Haus für sich und eine Ledige.»

«Lene, nun rede doch nicht so!», kam Clara der bedrängten Karen zur Hilfe, wiewohl Lenes Überlegungen keineswegs unberechtigt waren. «Es wird schon alles in Ordnung kommen.»

«Meine Rede!», sagte Lene. «Deswegen die Doppelhochzeit noch im September.»

«Lass Karen doch erst einmal mit Peder sprechen», versuchte Clara Lenes Überschwang zu bändigen, was diese jedoch nur widerwillig zuließ.

So plötzlich die Frage nach Karens und Peders Heirat aufgeworfen wurde, so plötzlich löste sie sich. Noch bevor die Frauen ihre Arbeit beendeten und den Karren mit Maikes Besitztum zu Ende beladen hatten, gesellte sich Peder zu ihnen. Sie trugen gerade einen großen Spiegel aus der Abstellkammer in die Diele, den Maike durch einen zierlicheren ersetzt hatte, der bereits, in Tücher gehüllt, auf ihrem Karren lag, als der junge Medicus, mit etlichen Papieren wedelnd, ins Haus trat. Sofort legte er die Papiere auf die Dielentruhe und legte mit Hand an den schweren Spiegel.

Als er die Papiere wieder an sich nahm, blickte er von einer Frau zur anderen und schien nicht recht zu wissen, was er sagen sollte. Schließlich blieb sein Blick verlangend an Karen hängen, die aber auch nicht recht wusste, was sie tun oder sagen sollte.

«Sollen wir euch einen Augenblick allein lassen?», fragte Clara.

Aebletoft nickte schüchtern.

«Wir sind ohnehin fertig», sagte Lene. «Wir nehmen die letzten Sachen mit raus und verzurren alles auf der Karre. Dann warten wir draußen auf euch.»

Als Karen und Peder nach einer Weile aus dem Haus traten, war ihnen anzusehen, dass sie sich einig und alles aufs Schönste geregelt war. Das Haus, so Peder, sei ihnen ab Oktober zur Nutzung zugeschrieben, und bis dahin müssten sie selbstverständlich verheiratet sein.

«Großartig!», rief Lene und klatschte vergnügt in die Hände. Dann fragte sie Karen: «Hast du es ihm schon erzählt?»

Peder blickte Karen fragend an, und sie erzählte ihm von Lenes Einfall mit der Doppelhochzeit, woraufhin Clara sich genötigt sah, den beiden zu erklären, wer Robert war.

«Warum nicht?», sagte Peder. «Wenn ihr es für möglich haltet. In Kopenhagen wäre es undenkbar, dass Medicus und Hebamme zusammen mit Whiskybrenner und Wirtin heiraten, aber hier …»

«Hier sind wir alle Bürger», sagte Lene und übersah dabei nach Claras Dafürhalten eine ganze Menge, wiewohl gegen diese Doppelhochzeit wohl wirklich nichts einzuwenden war. Allerdings war ihr die Eile suspekt.

«Wie soll denn das alles in so kurzer Zeit gehen?», fragte sie, als sie sich mit dem Karren in Bewegung setzten. «Ihr müsst doch noch einmal nach Kopenhagen zurück und euren Hausstand, eure Bücher und euer Arbeitsgerät holen. Und dann ist da noch die Frage deines Salärs, Karen, ob du hier lizenziert wirst und …»

«Mach dir keine Sorgen, Clara», unterbrach Karen sie. «Peder hat bereits alles in die Wege geleitet. Der stellvertretende Stadtgouverneur hat ihm seinen Teil der Erlaubnis erteilt, dass er sich hier als Medicus und Nachfolger Olsens niederlassen darf. Und was mich betrifft, so brauche ich, sobald wir verheiratet sind, kein Grundsalär mehr. Deswegen sagte der stellvertretende Stadtgouverneur zu Peder, ich solle wegen meiner Lizenzierung beim Magistrat vorstellig werden. Aber er hat Peder gleich eine Empfehlung mitgegeben, in der steht, welche Verdienste ich mir um die Admiralin erworben habe. Und was die Kürze der Zeit angeht … das habe ich Peder auch gerade gefragt.» Sie seufzte und sah Karen und Lene mit einem schiefen Lächeln an. «Er sagt, es sei gut und schön, was eine Braut sich alles für die Hochzeit wünscht, aber heiraten könnten wir mit und ohne Hausstand, zumal das Haus ja weitgehend eingerichtet ist. Bücher und Arbeitsgerät, sagt er, stünden uns vorübergehend durch dich und Olsen zur Verfügung. Abgesehen davon habe ich einiges dabei. Trotzdem wollen wir natürlich noch etliches aus Kopenhagen holen. Aber wann wir das tun können, hängt davon ab, wie lange die Admiralin mich noch braucht.»

«Kann ich ihre Betreuung nicht übernehmen?», fragte Clara.

«Würdest du das tun?», Karen blickte Clara erfreut an. «Ich könnte sie fragen, ob es ihr recht wäre.»

Mit einem unbehaglichen Seitenblick auf Maike, die neben dem Karren ging und den eingewickelten Spiegel festhielt, sagte Aebletoft: «Meine Untersuchungen sind ja auch abgeschlossen. Ich könnte jederzeit die Reise antreten.»

«Gut», sagte Karen. «Dann frage ich sie morgen, ob ich für kurze Zeit verreisen kann.»

«Aber seid mir ja rechtzeitig zur Hochzeit zurück!», sagte Lene. «Wollen wir sie auf den letzten Samstag im September legen?»

Karen und Peder tauschten einen Blick und drückten einander kurz die Hände. Dann sagte Karen: «Ich sage es dir morgen, wenn ich weiß, wann wir nach Kopenhagen reisen können.»

Am Abend dieses Tages saß Clara bei Kerzenschein in der Guten Stube bei der Näharbeit, die sie immer wieder liegengelassen hatte. Große Lust hatte sie auch jetzt nicht dazu, aber ihr gingen so viele Gedanken durch den Kopf, dass sie nicht schlafen konnte, und so hoffte sie, über diese eintönige Arbeit müde zu werden. Willem hatte sich bereits zu Bett begeben, und sie wartete darauf, sich endlich zu ihm legen zu können, als sie plötzlich Geräusche im Haus zu hören glaubte. Sie hob den Kopf und lauschte, um die Geräusche besser zu orten. Dann klopfte jemand gut vernehmlich an die Haustür.

Clara stand auf und fragte sich, wer das zu so später Stunde wohl sein mochte. Als sie die Tür öffnete, erschrak sie, denn vor ihr stand ein schwankender Seemann, dessen Alkoholfahne ihr als Erstes entgegenschlug.

«War ja man noch Licht», sagte er. «Und da heww eck mi dacht: Je eher daran, je eher davon. Hier, düssen Breef schall eck Se geven.» Umständlich fischte er einen Brief aus der Tasche seines Beinkleids. «Ut Hamborch, so wie eck.» Dann lachte er meckernd, verlor beinahe das Gleichgewicht, als er den Arm ausstreckte, um Clara den

Brief zu übergeben, fing sich wieder und sagte: «Wat mokt Se för'n Gesicht? Hefft Se noch nie keen Breef nich sehn?»

Clara hätte den Mann gern gefragt, wer ihm den Brief mitgegeben hatte und wann. Doch zum einen war fraglich, ob der Mann sich daran in seinem jetzigen Zustand noch erinnern konnte, und zum anderen wollte sie den Betrunkenen so schnell wie möglich loswerden. Deshalb begnügte sie sich damit, den Brief entgegenzunehmen, einige kleinere Münzen aus ihrem Umhang an der Garderobe zu holen und sie dem Mann dankend zu geben.

«Scheun Dank», lallte der. «Denn will eck dat man glieks versupen. Wo is denn dat nächste Wirtshus? Wi hebbt man just festmacht, un eck kenn mi noch nich so god ut.»

Es gab durchaus ein oder zwei Etablissements, die nachtsüber geöffnet waren, auch wenn man es den Häusern von außen nicht ansah. Aber Clara hielt es für besser, dem Mann davon nichts zu erzählen.

«Dat könnt Se vergeten», fiel sie ins altgewohnte Hamburger Platt, damit der Mann sie verstehen konnte. «Hier is um düsse Tid allens to. Gohn Se man lewer to'n Schipp torüch un denn likers in joe Koje.»

Sie sah noch, wie der Mann sich mit rudernden Armen in alle Richtungen drehte und suchend in die dunkle Stille schaute. Dann stolperte er fluchend auf ein Schiff zu, das, so hoffte Clara, seines war.

«Aus Hamburg», murmelte sie und schaute verwundert auf den Brief. Nur ein schwaches Talglicht beleuchtete die Diele, und Clara konnte die Schrift kaum entziffern. Dennoch war sie sich sicher, dass es nicht die ihrer Freundin Johanna war. Konnte es sich um die Antwort einer Hebamme auf ihren Hilferuf handeln? Nun, das hatte sich ja in der Zwischenzeit erledigt. *Hoffentlich habe ich keiner Kollegin Hoffnung gemacht und muss sie nun abweisen*, dachte sie. Doch dann kam sie zu dem Schluss, dass es keine weibliche Handschrift war, was sie da sah. Fröstelnd zog sie ihr Schultertuch enger zusammen und ging in die Gute Stube zurück, um den Brief zu lesen, als aus der Richtung von Willems Werkstatt lautes Gepolter ertönte. Erschrocken ließ sie den Brief fallen, stürzte in die Diele zurück, griff nach dem Parapluie an der Garderobe und ging auf die Werkstatt zu, aus der immer noch Rumoren und jetzt auch leises Fluchen zu hören waren.

Sie fragte sich, ob Willem denn gar nichts gehört hatte, und wünschte, er käme herunter. Erleichtert hörte sie gleich darauf die Tür der Schlafkammer gehen, und dann sprang Willem auch schon die Treppe herab. Im nächsten Moment war er bei ihr, schob sie zur Seite und betrat vor ihr die Werkstatt.

«Hole Licht!», rief er über die Schulter.

Als Clara kurz darauf mit einer Kerze in die Werkstatt eilte, sah sie Willem am Boden kauern und erschrak noch mehr als zuvor. Doch dann sah sie, dass Willem unversehrt war und einen Mann im Schwitzkasten hielt.

«Leuchte ihm ins Gesicht!», keuchte Willem.

Clara eilte auf ihn zu, kniete nieder und tat wie geheißen.

Im Schein der Kerze erschien ein schmales Gesicht mit tiefen Falten, die es älter wirken ließen, als der Mann offenbar war. Clara und Willem glaubten beide, dieses Gesicht schon in der Stadt gesehen zu haben, verbanden aber weder einen Namen noch eine Profession oder einen Wohnort damit.

«Wer bist du, und was willst du hier?», fragte Willem, nachdem er sich mit einem Blick auf Clara vergewissert hatte, dass auch sie den Mann nicht kannte.

So gut er sich in Willems eisernem Griff bewegen konnte, schüttelte der Mann den Kopf.

Clara bewegte derweil die Kerze hin und her, um ein besseres Bild davon zu bekommen, was sich da abspielte. Dabei sah sie die Zeichnungen und Papiere hinter Willems Rücken liegen, die dem Mann aus der Hand gefallen sein mussten.

Um Willem nicht so abzulenken, dass er den Mann womöglich entkommen ließ, bewegte sich Clara schnell und unauffällig darauf zu, stellte die Kerze kurz ab und raffte mit zitternden Händen alles zusammen. Dann nahm sie die Kerze wieder auf, stellte sich vor Willem und hielt ihm alles kommentarlos hin.

«Aha!», sagte Willem grimmig und zwang den Mann, aufzustehen. Dann führte er ihn zur Werkbank und drückte ihn auf den Hocker, der davor stand. Seine großen Hände umklammerten den Mann an beiden Armen. Willem beugte sich vor und fragte ihn: «Was wolltest du damit, und wer hat dich geschickt?»

«Von mir erfahrt ihr nichts», stieß der Mann zwischen zusammengebissenen Zähnen hervor. «Eine feine Gesellschaft seid ihr, das muss ich schon sagen. Aber ihr werdet euch alle noch wundern!»

«Düstere Drohungen helfen dir nicht aus der Klemme», sagte Willem und wiederholte seine Fragen.

Der Mann presste die Lippen zusammen und schwieg.

«Gut, Bürschchen, der Gang zur Wache wäre dir

ohnehin nicht erspart geblieben», sagte Willem. «Es sähe allerdings günstiger für dich aus, wenn du reuig und geständig wärst.»

«Pah!», machte der Mann. «Was habe ich denn noch zu verlieren?»

«Wenn dich jemand gedungen hat, solltest du es sagen. Sonst sieht es übel für dich aus.»

«Pah!», machte der Mann wieder und sagte nichts mehr.

Willem zwang ihn aufzustehen. «Ab zur Wache!», kommandierte er und setzte sich mit dem Mann in Richtung Diele in Bewegung. Zu Clara sagte er über die Schulter: «Warte nicht auf mich.»

Clara schaute den Männern nach und sah, dass der Einbrecher hinkte. Sie fragte sich, ob er sich bei dem Gepolter verletzt, ob Willem ihm so zugesetzt oder ob er schon immer gehinkt hatte.

Als die Männer das Haus verlassen hatten, kehrte Clara in die Werkstatt zurück und wollte die Papiere schon in die Schublade zurücklegen, die Willem immer noch nicht fertig repariert hatte, als sie sich eines Besseren besann und sie in die Küche trug, um sie, in ein sauberes Wischtuch eingeschlagen, unter die große Pfanne im Topfschrank zu legen. Dann kehrte sie in die Werkstatt zurück, entzündete etliche Kerzen und sah sich um. Mehrere Schubladen standen offen, aber außer aus der «heiligen» schien nichts zu fehlen. Das Gerangel der Männer und das, was vorher so gepoltert hatte, hatte etliches in Unordnung gebracht, und Clara machte sich ans Aufräumen. Dabei stellte sie sich unentwegt die Frage, wer so erpicht auf Stuivens Papiere war, dass er einen Einbruch wagte oder in Auftrag gab. Jedenfalls war jetzt ganz klar, dass sie so gefährlich waren, wie Maike anfangs vermutet hatte. Was hatte das zu bedeuten? Clara wurde immer unruhiger, je mehr Fragen sie sich stellte, und wünschte, sie wäre bei dem Verhör auf der Wache dabei.

Plötzlich sah sie im Nachbargarten etwas aufflackern und trat ans Fenster. Es war der Nachbar, der sich eine Pfeife anzündete. Ohne zu überlegen, ging Clara in den Garten und sprach ihn leise an.

«Was war denn bei Ihnen los?», fragte der Nachbar. «Ich lag schon im Bett, als hier ein Heidenlärm losging. Bis ich aufgestanden war, hatte sich alles wieder beruhigt. Aber wenn ich nachts erst mal wach bin, kann ich so schnell nicht wieder einschlafen.»

Clara entschuldigte sich und sagte, bei ihnen sei eingebrochen worden. Dann fragte sie, ob sie Louis rüberbringen könnte, damit sie Willem und dem Einbrecher auf die Wache folgen könne.

«Man tau, man tau», sagte der Nachbar gutmütig.

Clara eilte nach oben, nahm das schlafende Kind hoch und hüllte es in eine Decke. Nur kurz wurde Louis wach und schlief gleich weiter, als er merkte, dass er sich in den Armen seiner Mutter befand. Vorsichtshalber legte sie ihn selbst in das kleine Bett in der Schlafkammer der Nachbarn, das gleich neben der schlafenden Frau stand und für Louis und einen gelegentlich dort weilenden Enkel aufgestellt war. Dann wartete sie noch einen Augenblick, bis sie sicher war, dass Louis ruhig weiterschlief, bedankte sich leise bei dem Nachbarn, der seine Pfeife gleich wieder ausgeklopft hatte und mit nach oben gekommen war, und verließ das Haus auf Zehenspitzen.

Kaum hatte Clara die von Laternen schwach beleuchtete Wachstube betreten, wandte sich der Wachhabende an sie mit den Worten: «Sie kommen mir wie gerufen. Dann wollen wir mal Ihre Geschichte hören.»

Clara verschlug es die Sprache. Zwar befand sich Willem, im Gegensatz zu dem Einbrecher, nicht hinter den Gittern der Arrestzelle, sondern saß dem Wachhabenden im Schein einer Kerze an einem Tisch gegenüber. Aber der Wachmann sprach, als schenke er dem einen so wenig Glauben wie dem anderen. *Himmel*, dachte sie, *wo sind wir denn nun hineingeraten?* Sie tauschte einen Blick mit Willem, der ihr ermutigend zunickte. *Gut*, dachte sie. *Dann kann ich wohl alles so schildern, wie es sich wirklich zugetragen hat.*

Genau das tat sie dann auch, immer wieder unterbrochen von höhnischen Bemerkungen des Arrestanten. Als sie auf die Unterlagen zu sprechen kam, die er aus der Schublade geholt hatte und offenbar stehlen wollte, wurde er still und sagte nur noch, dass er nun gar nichts mehr sagen würde. Allerdings fügte er hinzu: «Es geht ja ohnehin so zu wie immer: Die Kleinen schnappt man, und die Großen lässt man laufen.»

Der Wachmann wandte sich von Clara ab und dem Arrestanten zu. «Ich frage dich noch einmal: Was willst du damit sagen? Wer hat dich geschickt, die Papiere zu stehlen?»

«Ihr werdet schon sehen», sagte der Mann nur. «Ihr werdet euch alle noch wundern!»

Mehr war aus ihm nicht herauszubekommen, und der Wachmann wandte sich wieder Clara zu, als die Tür aufgerissen wurde und eine Frau hereingestürmt kam.

«Was hast du getan, Karl? Was hast du nur getan?»,

rief sie verzweifelt und lief geradewegs auf die Arrestzelle zu. «Du hast doch gesagt, alles würde sich zum Guten wenden!»

Der Wachmann stand auf und ging auf die Frau zu. Er streckte die Arme vor, um die Frau zu packen. Doch Clara ging dazwischen, legte der Frau einen Arm um die Schulter und führte sie zu dem Tisch. Dann drückte sie sie auf einen Stuhl und sprach beruhigend auf sie ein.

Der Wachmann setzte sich der Frau gegenüber, beugte sich vor und wollte sie offenbar befragen, doch dann ließ er die Frauen gewähren und wandte sich wieder Willem zu.

«Was nun diese Unterlagen angeht», hörte Clara den Wachmann sagen, ehe sie sich wieder ganz der Frau widmete.

Clara kannte sie vom Sehen und wusste sogar, wie sie hieß: Aenneken Reuters. Auch wusste sie, dass sie und ihr Mann verarmt waren und dass Nahrungs- und andere Spenden der Kirchengemeinden unter anderem an sie gingen. Allerdings hatte sie die Frau bislang nicht mit dem hinkenden Mann in Verbindung gebracht. Doch nun, da sie sich als Paar entpuppten, glaubte sie sich zu erinnern, dass der Mann schon länger hinkte.

«Was sollte sich denn zum Guten wenden, Aenneken?», fragte sie.

«Er hat doch seit seinem Unfall keine Arbeit mehr und kein Geld und kein Brot», sprudelte es aus der verzweifelten Frau heraus. «Und er hat versprochen, bald würde alles gut.»

Damit war Clara so schlau wie zuvor, und sie fragte: «Woher weißt du überhaupt, dass er hier auf der Wache ist?»

Aenneken erzählte, sie seien zeitig zu Bett gegangen, und als sie irgendwann wieder aufwachte und sah, dass ihr Mann nicht nur das Bett, sondern das Haus verlassen hatte, sei ihr angst und bange geworden.

«Neulich war er schon mal nachts weg», sagte sie. «Hinterher hatte er plötzlich Geld, und er hat mir versprochen, dass wir die Stadt verlassen und woanders noch einmal ganz von vorne anfangen, wo uns niemand kennt und wo niemand weiß, wie tief wir gesunken sind.» Dann beugte sie sich weinend über den Tisch und konnte nicht weitersprechen.

Als Clara sie wieder einigermaßen beruhigt hatte, fragte sie sie, warum sie nicht abgereist seien, als sie zu Geld gekommen waren.

«Das wollten wir ja erst, aber dann sagte Karl plötzlich, er kann mehr bekommen, wenn er noch was anderes erledigt. Dabei dachte ich schon das erste Mal, dass es eine krumme Sache gewesen sein muss. Wer gibt einem wie ihm denn Geld? Und wofür? Ich habe solche Angst, dass er krumme Sachen macht!»

Wieder beruhigte Clara die Frau, was nicht so einfach war, weil ihr Mann angefangen hatte, laut auf sie einzureden, sie solle den Mund halten und nicht alles noch schlimmer machen. Der Wachmann brachte ihn erst zum Schweigen, als er ihm androhte, er werde den Stock holen und seine Arme und Beine daran krummschließen.

«Schlimmer kann's doch gar nicht werden», sagte Aenneken aufschluchzend und sah Clara hilfesuchend an.

«Und warum bist du nun hierhergekommen?», fragte Clara erneut.

Aenneken erzählte, als sie Karls Abwesenheit bemerkt

habe, sei sie aufgestanden und habe ihn suchen wollen. Auf dem Marktplatz sei sie jemandem begegnet, den sie nach einem hinkenden Mann gefragt habe. Darauf habe sie zur Antwort bekommen, so einer sei gerade auf die Wache geführt worden.

«Und das erste Mal, als er nachts fort war», sagte Clara nachdenklich. «Weißt du noch, wann das war?»

«Es war diese schreckliche Regennacht», erwiderte Aenneken. «Deswegen habe ich sowieso nicht verstanden, warum er sich bei so einem Unwetter in den Straßen herumdrückt. Eiskalt war er, als er wieder ins Bett gekrochen kam, und hat mich dadurch geweckt.»

Clara atmete tief durch, ehe sie Aenneken fragte, ob sie wisse, dass der Baumeister Stuiven in jener Nacht auf rätselhafte Weise ums Leben gekommen sei.

Aenneken riss erschrocken die Augen auf und hielt sich die Hand vor den Mund. «Sie meinen doch nicht, dass Karl ...», begann sie und wagte dann nicht weiterzusprechen.

«Was ich meine, tut nichts zur Sache», sagte Clara. «Aber hier geht es um eine ernste Angelegenheit, Aenneken. Ich muss es dem Wachmann sagen, und er wird deinen Mann danach befragen. Auch dich wird er befragen, und ich kann dir nur raten: Bleibe bei der Wahrheit, und wenn du irgend kannst, bringe auch deinen Mann dazu, die Wahrheit zu sagen!»

Aenneken war so entsetzt, dass sie nur stumm nickte. Bevor Clara sich an den Wachmann wandte, sagte sie Aenneken, sie solle sich melden, wenn sie Hilfe, Geld, Essen oder sonst etwas brauche.

Clara und Willem wurden entlassen, als Clara erneut eine Aussage gemacht hatte, und bedrückt machten sie sich auf den Heimweg. Clara fühlte mit der Frau, und Willem war geneigt, dem Einbrecher in einem Punkt Glauben zu schenken.

«Er selbst kann kein Interesse an Stuivens Aufzeichnungen haben», sagte er, «genauso wenig wie er ein persönliches Interesse an seinem Tod haben konnte. Wenn er höhnisch von der feinen Gesellschaft sprach, von den Kleinen, die man schnappt, und den Großen, die man laufen lässt, so hat er damit indirekt zu verstehen gegeben, dass er gedungen war. Und solange wir nicht wissen, von wem, werde ich keine ruhige Minute mehr haben.»

Schweigend schritten sie die stille, nachtschwarze Hafenstraße entlang. Hier und da leuchtete eine Schiffslaterne. Die Straßenlaternen waren längst gelöscht worden.

«Ganz am Anfang des Verhörs», sagte Willem, als sie sich seinem Haus annäherten, «sagte er womöglich etwas ganz Entscheidendes. Und er sagte es nur einmal. Bevor du kamst und mit seiner Frau sprachst, ergab es nicht viel Sinn, rückblickend aber schon. Deswegen fällt es mir wohl erst jetzt wieder ein. Er sagte: ‹Das heute Abend war doch nichts. Aber mehr sage ich nicht. Sonst bin ich tot.› Das kann ja wohl nur bedeuten, dass er bereits ein viel schlimmeres Verbrechen begangen hat als das heute.»

Am nächsten Morgen kam Karen zu Clara, um ihr zu sagen, die Admiralin habe nach einigem Zögern zugestimmt, von Clara weiterbetreut zu werden. Diese kostete es Überwindung, den Schrecken der Nacht hintanzustellen und Karen zuzuhören.

«Und stell dir vor», sagte Karen halb belustigt, halb

empört, als sie sich an den Küchentisch setzten. «Erst als mir klarwurde, dass die Admiralin mich für die … wie soll ich sagen? … Oberhebamme hielt, und ich ihr sagte, ich sei nur so etwas wie deine Schülerin, gab sie ihre Zustimmung. Aber du brauchst dir keine Sorgen um sie und den Säugling zu machen. Es gibt so viele Bedienstete im Haus, die um das Wohlergehen der Herrschaften und ihres Nachwuchses bemüht sind und die Liste meiner Anweisungen akribisch befolgen. Wenn wir immer solche Gegebenheiten vorfänden, könnten wir von Glück sagen. Du brauchst bloß täglich Anweisungen zu erteilen oder die bereits erteilten Anweisungen zu bestätigen, und alles geschieht zu deiner Zufriedenheit.»

«Dann gehe ich am besten noch heute Nachmittag zu ihr», sagte Clara, «obwohl du heute schon da warst und sie eigentlich versorgt ist. Ich setze ein ernstes Gesicht auf, studiere die Liste deiner Anweisungen, schüttle besorgt den Kopf und verändere den Zeitplan fürs Essen und Wickeln um zehn Minuten hier und dort. Ist es so gut?»

Karen lachte und sagte: «Perfekt!» Dann schaute sie sich um und fragte nach Louis.

«Der schläft», sagte Clara.

«Um diese Uhrzeit? Es kann kaum später als zehn sein.»

Clara holte tief Luft, ehe sie Karen erzählte, was in der letzten Nacht geschehen war. Dazu musste sie weit ausholen, denn obwohl Karen seit über einer Woche in der Stadt war und sogar schon Maike kennengelernt hatte, wusste sie nichts von den Geschehnissen um den Rathausbau und Stuivens Tod. Schließlich gelangte sie mit ihrem Bericht an den Punkt, wo sie Louis zu den Nachbarn gebracht hatte.

«Kaum war ich gegangen, soll er aufgewacht sein, und von da an soll es eine unruhige Nacht gewesen sein, in der niemand viel Schlaf bekam, wie die Nachbarn mir heute Morgen berichteten. Ab sechs soll Louis dann gar nicht mehr geschlafen haben. Aber die Nachbarn wussten ja, dass Willem und ich eine lange Nacht hatten, und haben uns ausschlafen lassen. Deswegen haben sie Louis erst kurz vor acht zurückgebracht, als sie Willem aus dem Haus gehen sahen. Da ich wusste, wie früh der Kleine heute schon gefrühstückt hatte, wollte ich ihm, kurz bevor du kamst, eine kleine Mahlzeit richten. Aber noch bevor ich damit fertig war, ist er, an der Küchenwand lehnend, eingeschlafen.»

«Der Arme», sagte Karen mitfühlend. «Aber wenigstens hat er von dem eigentlichen Schrecken der Nacht nichts mitbekommen. Wie ist es dir auf der Wache dann weiter ergangen?»

Clara erzählte es ihr und endete mit den Worten: «Und in so eine Stadt willst du übersiedeln?»

Karen sah sie nachdenklich an und erwiderte: «Gewiss ist es furchtbar, was sich hier zugetragen hat. Aber vergiss nicht, welcher Missetaten wir auch in Kopenhagen angesichtig wurden. Die Stadt, in der nicht alle menschlichen Stärken und Schwächen vorkommen, kann es nicht geben, Clara.»

Clara nickte versonnen und sagte: «Genau wie Stärken und Schwächen in einem einzigen Menschen versammelt sind.»

Eine Weile schwiegen sie, jeder seinen eigenen Gedanken nachhängend, bis ein sichtlicher Ruck durch Karen ging und sie sagte: «Was ich dir eigentlich sagen wollte: Peder und ich reisen bereits morgen ab. Wir haben eine Kutsche geordert und reisen über den Landweg. Mehr als eine Woche werden wir nicht brauchen, um in Kopenhagen alles zu regeln, womöglich sogar weniger. Dann verschiffen wir unsere Siebensachen und kommen über Land zurück. Nicht, dass ich Lene ihre Doppelhochzeit doch noch vermassele!»

Bevor sie sich voneinander verabschiedeten, lud Clara Karen und Peder zum Abendessen ein, zum «vorläufigen Abschied», wie sie sagte, und weil sie das Gefühl hatte, dass sie zu viert noch etwas zu besprechen hatten, das sie so schnell gar nicht in Worte fassen konnte. Erst als Karen gegangen war und die Einladung dankend angenommen hatte, wurde ihr klar, dass sie hauptsächlich mit Peder reden wollte. Zwar wusste sie noch nicht, was die Verhöre von Karl und Aenneken Reuters ergeben hatten, aber dass Peder und der Chirurg mit ihren Befunden recht hatten, war nun wahrscheinlicher als je zuvor. Nur war mit Karl Reuters wohl höchstens der Täter, aber noch längst nicht der eigentlich Verantwortliche gefunden.

Als Clara nach einem recht erfreulichen Besuch bei Elske und einem weniger erfreulichen bei der Admiralin am späten Nachmittag nach Haus zurückgekehrt und Sanna ihren Dienst für heute beendet hatte, ging sie in die Gute Stube, um sie für den abendlichen Besuch herzurichten. Dabei fiel ihr Blick auf den Brief aus Hamburg, den sie am Vorabend vor Schreck über das Gepolter in Willems Werkstatt hatte fallen lassen und den sie über all die Aufregung der letzten Nacht völlig vergessen hatte. Sie hob ihn auf und schaute nach, ob sie bei Tageslicht erkennen konnte, von wem er war, aber er trug nur ein Siegel, das sie nicht kannte. Am liebsten hätte sie ihn sofort gelesen, aber Louis spielte gerade so hingebungsvoll mit einem Paar Hausschlappen, die er wie Fahrzeuge durch die Diele schob, dass Clara den günstigen Moment nutzen wollte, um den Tisch zu decken. Als sie damit fertig war, meldete Louis Hunger an, und Clara gab ihm seinen Abendbrei. Über Mittag hatte sie ihn nicht hingelegt, nachdem er am Vormittag schon geschlafen hatte, und sie hoffte, dass er nach der Mahlzeit müde genug sein würde, um sich zu Bett bringen zu lassen, ehe Karen und Peder kamen. Nicht dass sie ihn den beiden vorenthalten wollte, aber die Erfahrung hatte sie gelehrt, dass Louis neugierig wurde und nicht recht zur Ruhe kam, wenn Besuch im Haus war, und sie wollte nicht mit einem quengelnden Kind dasitzen oder dauernd zwischen Schlafkammer und Guter Stube hin und her laufen, wenn die beiden da waren.

Willem kam ungewöhnlich früh nach Haus, und Clara saß noch mit Louis – der fast schon zu müde war, um seiner derzeitigen Lieblingsbeschäftigung, dem Essen, nachzugehen – in der Küche.

«Ich habe frischgeräucherte Bücklinge mitgebracht», sagte er schon in der Diele. «Das wird ein Festessen heute Abend!»

«Das trifft sich gut», sagte Clara, als er die Küche betrat, und erzählte ihm von dem bevorstehenden Besuch. Dann bat sie ihn, Louis zu Bett zu bringen, weil sie gern einen Brief lesen wolle, den sie erhalten habe.

«Von wem denn?», fragte Willem.

Clara konnte ihm nur sagen, dass er aus Hamburg kam. «Aber keine Sorge», sagte sie. «Ich erzähle dir alles, wenn ich ihn gelesen habe.» Dann wusch sie Louis' Gesicht und

Hände und übergab ihn Willem, der ihn nach oben trug, während sie sich zum Lesen an den kleinen Tisch setzte, der in der Guten Stube unterm Fenster stand.

Bereits der Anfang des Briefes verschlug ihr den Atem, denn der Schreiber gab sich als jener betrügerische Kaufmann zu erkennen, den Clara vor Jahren in Glückstadt getroffen hatte und von dem sie fürchtete, er könne ihr Vater sein. Damals hatte er sich Roselius genannt, aber Clara wusste längst, dass er viele Namen benutzte, um seine Spuren zu verwischen und unbehelligt immer neue Gaunereien zu begehen. Beim Lesen klopfte ihr das Herz bis zum Hals, und einmal mehr wünschte sie inständig, dass er nicht ihr Vater war. Aber aus welchem Grund sollte er ihr schreiben, wenn es keine wichtige Verbindung zwischen ihnen gab? Doch bevor er ihr mitteilte, welcher Art diese Verbindung war, entsetzte er Clara aufs Neue, indem er schrieb, dass man ihm in Hamburg den Prozess gemacht habe und dass er in wenigen Tagen gehängt würde.

Clara zitterten die Hände, als sie das las, und sie fragte sich, ob er wohl schon tot sei. Auf jeden Fall würde sie nie mehr mit ihm sprechen, ihm niemals all ihre Fragen stellen und dem Geheimnis ihrer Herkunft auf den Grund gehen können. Bevor sie weiterlas, schaute sie nach der Unterschrift.

Gerrit Grotenhoff, stand da. *Grotenhoff, Grotenhoff*, überlegte Clara, aber sie glaubte, diesen Namen noch nie zuvor gehört zu haben, und sie hoffte inständig, dass Willems Familienname, ten Hoff, keine nachträgliche Verkürzung dieses Namens war. Denn noch immer hatte dieser Grotenhoff nicht verraten, in welcher Beziehung er zu Clara stand.

Dann begann er über seinen Bruder Claas, einen wohlhabenden Amsterdamer Kaufmann, zu schreiben, und zwar so hasserfüllt und missgünstig, dass Clara kaum noch weiterlesen mochte. Doch dann erwähnte er plötzlich ihre Mutter.

Deine Mutter ist, wie Du wohl weißt, bei Deiner Geburt gestorben, stand da. *Aber sie tut ohnehin nichts zur Sache, außer dass sie mich ein halbes Jahr meines Lebens kostete.*

Nein, dachte Clara, *nein, nein, nein! Ich stehe das allein nicht durch. Wie kann dieser Rohling so über meine Mutter schreiben, egal wer und wie sie war?* Da hörte sie Willem leise die Treppe herunterkommen. Sie ließ den Brief auf den kleinen Tisch unterm Fenster fallen und eilte mit von sich gestreckten Händen, als seien sie durch den Brief besudelt, in die Diele.

«Kommst du bitte einmal?», bat sie ihn mit bebender Stimme.

«Was ist denn?», fragte Willem überrascht.

Wortlos wandte Clara sich um und ging in die Gute Stube zurück. Willem folgte ihr. Clara zeigte auf den Brief und setzte sich. Willem setzte sich ihr gegenüber an den Tisch.

«Von Roselius alias Grotenhoff», sagte sie.

Wie nicht anders zu erwarten, zeigte sich Willem höchst überrascht.

Dann fragte Clara ihn: «Deine Familie hieß dereinst doch wohl hoffentlich nicht Grotenhoff?»

«Nicht in den letzten fünf Generationen», sagte Willem. «Warum fragst du?»

«Lies», sagte Clara und zeigte ihm die Stelle, bis zu der sie gekommen war, und bat ihn, ihr ab da vorzulesen.

Stirnrunzelnd nahm Willem den Brief und begann,

ihn von Anfang an zu lesen. «Das ist ja ungeheuerlich», sagte er nach einer Weile. Und kurz darauf las er vor:

Dabei ist es mein feiner Herr Bruder, der sie auf dem Gewissen hat. Claas Grotenhoff, der Ehrenmann – dass ich nicht lache! Claas hat größere Schuld auf sich geladen als ich. Aber er war ja der Erbe, er musste ja ins größte Handelshaus der Stadt einheiraten! Da spielte es keine Rolle, wo die süße Annie blieb. Nur weg sollte sie. Und da man für mich ohnehin keine rechte Verwendung hatte, fand man es passend, mir die Frau mitsamt dem Bastard aufzuhalsen.

Clara schlug mit der flachen Hand auf den Tisch und stieß empört einen erstickten Schrei aus.

Willem schaute kurz auf, überflog die nächsten Zeilen und sagte: «Es kommt noch ärger. Hör zu!»

Nie hätte ich mich darauf eingelassen, hätte mein Bruder mich nicht fürstlich dafür entlohnt. Claas presste mir das Versprechen ab, Annie wenigstens so lange für meine Frau auszugeben, bis sie das Kind geboren und man es in jemandes Obhut gebracht hatte. Hart genug ist es mich angekommen! Auf was habe ich in diesem halben Jahr nicht alles verzichtet? Und wer hat es mir gedankt?

«Dann folgen einige unleserliche, durchgestrichene Zeilen», sagte Willem. «Warte, ich hab's gleich.»

Clara war weiß vor Wut und Empörung, presste die Lippen zusammen und sagte nichts. Aber sie war wild entschlossen, sich auch den Rest noch anzuhören.

Jedenfalls hat es mir gereicht, als das Geschrei wegen der Geburt anfing. Die Schwangere war mir genug Ballast gewesen, aber ihr Zustand war endlich. Je näher die Geburt rückte, fürchtete ich, ihren und meines Bruders Balg womöglich nie wieder loszuwerden. Deshalb war ich mit Annie nicht von ungefähr im George Inn abgestiegen. Ich wusste, dass die Wirts-

leute alles Nötige veranlassen würden. Hätte ich mich nicht noch in selbiger Nacht aus dem Staube gemacht, hätten sie sich gewiss nicht so ins Zeug gelegt. Schon lange bevor ich Dich in Glückstadt wiedersah, wusste ich durch Informanten, dass Du ein gutes Heim gefunden hattest. Dass Annie bei der Geburt draufging, war wahrscheinlich ihr Glück.

Wieder stieß Clara einen erstickten Schrei aus und presste sich die Faust an den Mund.

«Es ist bald vorbei, Clara», sagte Willem, ohne den Blick von dem Brief zu wenden, und las weiter.

Deinen Namen und Deine Adresse ausfindig zu machen, war ein Kinderspiel. Zumindest für einen wie mich. Und früher oder später hätte ich Dich Claas ohnehin präsentiert und meinen Preis dafür gefordert. Nun ist es zu spät. Aber ehe ich gehe, lege ich es in Deine Hände, Deine Mutter zu sühnen. Meine Briefe an Claas bleiben unbeantwortet. Deine – wer weiß?

Wenn Du ihm schreibst, sage ihm, dass ich tot bin. Auf ewig soll er das Bild seines hängenden Bruders vor Augen haben! Womöglich erweicht es ihn derart, dass Du mehr aus ihm herauspressen kannst. Dann hätte mein Tod wenigstens einen Sinn.

Viel Glück wünscht Dir Dein Oheim

Gerrit Grotenhoff

«Ach, deswegen fragtest du nach dem Namen», sagte Willem und sah von dem Brief auf.

Clara saß wie versteinert da.

Willem legte den Brief auf den Tisch, ging zu ihr und hockte sich neben sie, um sie in die Arme zu nehmen und sie festzuhalten. Eine Weile sagten beide nichts. Sowohl der Inhalt des Briefes als auch sein Ton waren für beide schwer zu verdauen.

«Komm, Liebes», sagte Willem schließlich. «Dass er ein gottloser Mensch war, wussten wir schon lange. Nun wissen wir wenigstens, dass er nicht dein Vater ist.»

Clara löste sich aus der Umarmung und sah Willem ganz verzagt an. «Und der Mann, der wirklich mein Vater ist, dieser Claas, ist er etwa besser?»

«Du weißt doch, wie es in Kaufmannsfamilien ist», sagte Willem tröstend. «Denke bloß an Lilholm und seine Kike! Der Erstgeborene kann nicht freien, wen er will. Immerhin hat er versucht, deiner Mutter und dir zu helfen.»

Abrupt wandte Clara den Kopf zum Fenster und stieß empört aus: «Ja, indem er uns der Obhut dieses Rohlings anvertraute.»

«Hätte er denn mehr für dich tun können?», fragte Willem nachdenklich. «Und bedenke, dass er seinen Wunsch, euch zu helfen, mit dem absicherte, was seinem Bruder das Wichtigste war – viel Geld.»

Clara ballte die Fäuste, bis ihre Knöchel weiß hervortraten, presste die Zähne aufeinander und zischte: «Dieser … dieser …»

Ihr fehlten die Worte.

Willem verstand dennoch, dass Clara nicht ihren Vater, sondern den Briefschreiber meinte, und streichelte ihr übers Haar. «Nun ist er ja tot», sagte er. «Und seiner gerechten Strafe zugeführt worden, ehe er noch mehr Unheil anrichten konnte. Im Übrigen gilt auch für ihn, dass man über die Toten nicht schlecht reden soll. Und immerhin hat er noch dafür gesorgt, dass du erfährst, wer dein Vater ist.»

«Ja!» Claras Augen blitzten wütend auf. «Damit ich ihm Geld abpresse.»

«So beruhige dich doch», sagte Willem und strich ihr über Schultern und Arme. «Was immer er vorhatte – es ist vorbei! Und nichts von seiner Schlechtigkeit geht auf dich über!»

Clara merkte, wie ihr die Tränen kamen. «Ach, Willem», sagte sie, schluchzte auf und legte den Kopf an seine Schulter. «Plötzlich kommt es mir so vor, als wüsste ich gar nicht mehr, wer ich bin.»

«Aber ich weiß es, Liebste», sagte Willem leise. «Und wenn du eine Nacht drüber geschlafen hast, weißt du es auch wieder. Mit jeder Minute, die vergeht, wird dieser unsägliche Brief seinen Schrecken verlieren. Und schon bald wirst du sehen, dass er gar nichts verändert hat, jedenfalls nicht zum Schlechten.»

Nach einer Weile hob Clara den Kopf und sagte: «Wahrscheinlich hast du recht. Aber jetzt gerade bin ich völlig durcheinander. Ich weiß gar nicht, wie ich den Abend mit Karen und Peder durchstehen soll. Und essen kann ich jetzt auch nicht.»

«Soll ich sie ausladen?», bot Willem ihr an. «Sie würden es gewiss verstehen.»

Clara überlegte kurz, dann sagte sie mit plötzlicher Entschlossenheit: «Nein! Das hieße, diesem Kerl Macht über mich zu geben. Und das will ich nicht.»

Zehn

GLÜCKSTADT, 13. September 1642

Abgesehen davon, dass es die mysteriösen Geschehnisse um den Rathausbau zu besprechen galt, fürchtete Clara, sich einem fröhlichen Umsiedlungs- und Hochzeitsgeplapper stellen zu müssen, das so gar nicht zu ihrer gegenwärtigen Gemütsverfassung passte. Doch zunächst schlug Karen eine ganz andere Tonart an. Gleich nach ihrer Ankunft und noch bevor alle in der Guten Stube Platz genommen hatten, fragte sie Clara nach einer Wilhelmina Harms, genannt Mina.

Clara nahm ihr das Schultertuch ab, blieb in der Diele stehen und überlegte laut. «Mina Harms?» Der Name kam ihr bekannt vor, aber sie konnte ihn nicht zuordnen.

Willem, der gerade Peder begrüßte, sagte: «Die Frau des deutschen Baumeisters Hannes Harms?»

«Ganz recht», erwiderte Karen. «Hat es zwischen euch irgendwelche Händel gegeben, also zwischen dir und Hannes oder zwischen Clara und Mina?»

Clara und Willem schauten einander fragend an, schüttelten die Köpfe, und Clara fragte: «Was lässt dich derlei vermuten?»

«Könnt ihr das nicht beim Essen besprechen?», fragte Willem dazwischen.

«Gewiss», sagte Karen und entschuldigte sich für ihre überfallartige Gesprächseröffnung.

Clara führte die Freunde in die Gute Stube, während Willem in die Küche ging, um das Essen zu holen.

«Was gibt es denn Gutes?», fragte Peder, als er den adrett gedeckten Tisch sah.

Clara musste kurz überlegen, bis es ihr wieder einfiel. Dann sagte sie etwas vage, Willem habe von irgendwo frischgeräucherte Bücklinge mitgebracht. Obwohl auch sie diese einfache Speise, mit grobem Brot gereicht, normalerweise schätzte, überraschte es sie, wie erfreut sich Peder darüber zeigte. Kaum dass er sich gesetzt hatte, stand er wieder auf und sagte, in dem Falle müsse er Willem unbedingt zur Hand gehen und, so alles Nötige vorhanden sei, eine Köstlichkeit seiner Heimat daraus bereiten.

Als er die Gute Stube verlassen hatte, Clara die Hände in den Schoß legte und Karen abwesend anlächelte, ohne das Gespräch aus der Diele wieder aufzunehmen, fragte diese, ob Clara recht wohl sei oder ob ihr der Besuch ungelegen käme.

Clara seufzte und schüttelte den Kopf. «Es ist nur …», begann sie und wusste nicht recht, wie sie weitermachen sollte. Obwohl sie schon einige sehr ungewöhnliche und verbindende Dinge miteinander erlebt hatten, waren ihre ungewisse Herkunft und die Sorgen, die sie sich bisweilen darüber machte, bislang noch nie zwischen ihnen zur Sprache gekommen. Clara wusste gar nicht, wie sie anfangen sollte, und entschied sich dann für die kürzestmögliche Mitteilung. «Ich habe soeben erst erfahren, wer mein Vater ist.»

Karen sog hörbar Luft ein und fasste nach Claras Händen. «Wie … wer …?», stammelte sie erschrocken.

Clara drückte ihr die Hand. «Durch einen Brief», erwiderte sie. «Von dem Einzigen, der um die Zusammenhänge wusste, einem Erzgauner.» Nach einer kurzen Pause fügte sie hinzu: «Lange Zeit fürchtete ich, er könnte mein Vater sein. Dass er es nicht ist, ist im Grunde eine Erleichterung. Nur es kam so plötzlich, und nun weiß ich gar nicht …»

Die Tür ging auf, und die Männer kamen herein. Mit einem erneuten Händedruck und einem Blick gab Clara Karen zu verstehen, dass sie jetzt nicht mehr darüber sagen wolle, und Karen nickte.

Willem stellte Holzbretter mit den Fischen, dem Brot und einer Schale groben Salzes auf den Tisch, Peder einen Korb mit Eiern und einen Teller feingehackten Schnittlauchs aus dem Garten hinterm Haus.

«Habt ihr noch schnell Eier gekocht?», fragte Clara irritiert. «Reichen die Bücklinge nicht?» Dann fragte sie Willem, ob noch mehr aus der Küche zu holen sei, und wollte schon aufstehen.

«Nein, bleib nur sitzen», sagte der. «Die Eier sind roh, und laut Peder ist alles beisammen. Er wird uns gleich zeigen, wie es geht.»

«Wie was geht?», fragte Karen.

Die Männer setzten sich, und alle blickten erwartungsvoll auf den jungen Medicus.

«Es ist ein Gericht aus meiner Heimat», sagte er und begann zu erklären, dass man zunächst den gehäuteten und entgräteten Fisch aufs Brot legen, dann ein rohes Eigelb daraufsetzen und es über den Fisch streichen müsse, um das Ganze schließlich zu salzen und mit dem gehackten Schnittlauch zu krönen.

Karen wagte als Einzige, die Nase zu rümpfen. «Und das soll schmecken?», sagte sie zweifelnd.

«Du wirst sehen, es ist köstlich», erwiderte Peder.

Claras Neugier war geweckt, und sie merkte, wie ihre konfusen Gedanken, die einander nur so jagten, zur Ruhe kamen. Hatte sie bis eben noch das Gefühl gehabt, ihr Kopf stecke in einer nebulösen Blase, die sie vom wirklichen Leben absonderte, war ihr nun, als habe Peder diese Blase mit seinem Gerede über Fisch mit rohem Eigelb angestochen, sodass ihr Kopf nun wieder frei und die Dinge und Menschen um sie herum ganz nah waren.

«Und wohin mit dem Eiklar?», fragte sie.

«Richtig», sagte Peder. «Dafür brauchen wir eine Schüssel.»

«Also fehlt doch noch etwas», sagte Clara, stand auf und holte eine aus der Küche.

Als alle sich nach Peders Anleitung ihr erstes Brot belegt hatten und die sonderbaren Gebilde direkt vor ihnen lagen, blickten Clara, Willem und Karen immer noch skeptisch darauf. Doch da es sich um lauter gute Zutaten handelte, die lediglich durch ihre Vermischung verblüfften, wagten sie sich an den ersten Bissen.

Peder sollte recht behalten. Überwog bei den ersten Bissen noch das Ungewohnte, waren schon bald alle des Lobes voll und konnten gar nicht genug der köstlichen Speise bekommen, die auch Gegenstand des Tischgesprächs war. Verschiedene Arten, das Eigelb auf dem Fisch zu verteilen, ohne dass es an den Seiten herunterlief, wurden erprobt und verglichen. Peder erzählte unterdessen von seiner Heimatinsel Bornholm und dass er seine Eltern zu sich nehmen wolle, bevor der Schwede, der die Insel für sich beanspruchte, Ernst mache und es zu Kriegshandlungen komme oder die Insel vom Schiffs- und Postverkehr mit Dänemark abgeschnitten würde.

Karen fügte hinzu, nicht zuletzt deswegen komme ihnen das große Haus auf dem Rethövel wie gerufen.

Als von dem Fisch nichts mehr übrig war außer einem Haufen Gräten, Köpfe, Schwänze und Haut, sagte Peder, die Frauen sollten ruhig sitzen bleiben, während er mit Willem eine weitere Überraschung vorbereite.

Karen sah Clara fragend an, die sich satt und sichtlich zufrieden zurücklehnte. «Dir geht es offenbar wieder besser», sagte sie.

Clara strich sich über den vollen Bauch und nickte. «Anderen habe ich in schwierigen Momenten schon öfter gepredigt, dass Essen und Trinken Leib und Seele zusammenhält», sagte sie. «Aber noch nie habe ich es so sehr am eigenen Leibe verspürt wie jetzt. Dabei dachte ich, bevor ihr kamt, ich könnte keinen Bissen runterbringen. Und womöglich wäre es dabei geblieben, wenn Peder uns nicht mit seiner Heimatspeise aufgewartet hätte.»

Noch ehe die Männer zurückkehrten, knüpfte sie an Karens Bemerkungen in der Diele an und fragte sie, woraus sie schlösse, dass Willem oder sie selbst mit Hannes oder Mina Harms Streit hätten. «Und warum hast du überhaupt mit ihr gesprochen?»

«Ja, warum?», wiederholte Karen nachdenklich und holte dann aus: «Es ist alles sehr merkwürdig. Aus Gründen, die mir unbegreiflich sind, wusste sie, dass ich die Stadt bald verlasse. Und es wird noch viel unbegreiflicher, denn sie beorderte mich zu sich, um zu verlangen, dass ich als ihre Hebamme fungiere – und keinesfalls du.»

Clara tat sich schwer, alledem zu folgen, und aus lauter Gewohnheit stellte sie die Frage, die sie immer als erste stellte, wenn sie von einer Schwangerschaft hörte: «Wann ist es denn so weit?»

Karen beugte sich vor und sah Clara vielsagend an. «Das kommt noch hinzu! Erst in drei, vier Monaten. Und sie hat keinerlei Beschwerden. Es lag nicht der geringste Grund vor, bereits in diesem Stadium nach einer Hebamme zu schicken. Sie hat es nur getan, um sicherzustellen, dass ich die Geburtshilfe übernehme – ich und keine andere.»

Die Männer kamen in die Gute Stube zurück, und Peder stellte eine große Schüssel geschlagenen Eischnees auf den Tisch.

«Was sagt ihr nun?», fragte er stolz, und Karen wollte schon den Schaumberg gebührend würdigen, als er fortfuhr: «Ich habe gehört, was du zuletzt gesagt hast.» Dann blickte er Clara an und sagte schmunzelnd: «Eigentlich ist Karen ja noch gar nicht hier, und trotzdem bekommt sie schon Aufträge von den Stadtbürgern.» Er setzte sich, zeigte auf die Schüssel und sagte, zum zweiten Male abrupt das Thema wechselnd: «Ein weiterer Vorteil dieser Art, Bückling zu essen: Man bekommt die Nachspeise gleich mitgeliefert, vorausgesetzt, man hat etwas zum Süßen im Haus, womit man das Eiklar aufschlagen kann. Greift zu!» Damit gab er jedem einen Löffel.

Karen nahm ihren Löffel entgegen, aber bevor sie von dem Eischnee nahm, sagte sie: «Nein, Peder, so sehe ich das nicht. Diese Frau Harms ist weniger auf der Suche nach einer Hebamme denn nach einer Mitstreiterin. Wieder und wieder habe ich sie gefragt, was ich bezüglich ihrer Umstände denn für sie tun solle, aber sie hat darauf gar nicht geantwortet. Stattdessen hat sie sich immerzu darüber beklagt, was für missgünstige, intrigante Menschen diese Stadt beherberge. Und Clara scheint sie für das Zentrum allen Übels zu halten.» Ehe sie an Clara gewandt fortfuhr, fasste sie dieser beschwichtigend an die Schulter. «Das kann sie doch nicht einfach aus der Luft greifen. Irgendwo, irgendwie musst du einmal gehörig mit ihr aneinandergeraten sein. Aber ich weiß jetzt schon, auf wessen Seite ich stehe. Denn es ist die Harms selbst, die voller Missgunst, Falschheit und Durchtriebenheit ist.»

Clara dachte darüber nach, woher diese Animosität stammen könnte, und musste an Elskes Schwiegermutter denken. Hatte sie der Harms womöglich gesagt, was für eine schlechte Hebamme sie sei? Doch auf eine entsprechende Nachfrage erwiderte Karen, davon habe die Harms nichts gesagt.

«Und wenn es nun gar nicht Clara ist, auf die sie so wütend ist, sondern Willem?», warf Peder ein, nahm einen weiteren Löffel Eischnee und fügte hinzu: «Und wenn ihr Weibsbilder nicht bald zugreift, schlecken er und ich euch alles weg.»

«Die Frau kenne ich nur vom Hörensagen», sagte Willem undeutlich, den Mund voll der köstlichen Nachspeise, und überlegte laut weiter: «Hannes Harms ... Hannes Harms ... Ich weiß nur, dass er als Deutscher in den Reihen der sonst ja vornehmlich niederländischen Baumeister wenig zu melden hat. Weit davon entfernt, nach eigenen Entwürfen bauen zu können, bekommt er allenfalls Teilaufträge in der Fertigung, meist für die Funda...»

Willem hielt mitten im Wort inne und ließ sogar den Löffel auf halbem Wege zur Schüssel in der Luft stehen.

Clara starrte ihn an und glaubte dasselbe zu denken wie er. «Ist er am Bau des Rathauses beteiligt?», fragte sie. «Womöglich gar am Fundament?»

«Nicht, dass ich wüsste», erwiderte Willem. «Aber das muss nichts besagen. Womöglich rührt sein Groll gerade daher. Oder man hat ihm einen sicher geglaubten Auftrag nicht erteilt oder wieder entzogen, oder er ist doch am Bau beteiligt, aber sein Auftrag ist sehr viel kleiner als erhofft. Was die Auftragsvergabe angeht, hat es im Zuge der Querelen vor Baubeginn einiges Hin und Her gegeben.»

«Redet ihr eigentlich immer noch über Mina Harms?», fragte Karen dazwischen.

«Karen weiß nichts von ...», begann Peder und kam ins Stocken. «... von alledem», sagte er dann vage. Dabei schaute er so vielsagend in die Runde, als wolle er die anderen beschwören, Karen jetzt nicht mit dieser hässlichen und besorgniserregenden Geschichte zu belasten.

«Wovon weiß ich nichts?», fragte Karen und tauchte ihren Löffel tief in den Eischnee, wie um zu zeigen, dass sie keinerlei unangenehme Enthüllungen fürchtete. «Das mit Stuiven und dem Einbruch und all das?» Sie sah Peder an, ließ sich den Eischnee auf der Zunge zergehen, machte «hmmm» und langte gleich noch einmal hin.

«Ich habe es ihr heute Morgen erzählt», sagte Clara. «Wir brauchen kein Blatt vor den Mund zu nehmen, auch wenn Karen mit alledem noch nicht so gut vertraut ist wie wir anderen.»

Dann ergingen sie sich in allerlei Überlegungen, wie man das Verbrechen an Stuiven und den Einbruch in Willems Haus mit Harms in Verbindung bringen könnte. Doch vergebens.

«Man müsste wissen, was bei dem Verhör von Karl Reuters herausgekommen ist», sagte Willem am Ende nachdenklich und versprach Clara, sich gleich am nächsten Morgen danach zu erkundigen.

Später, als Karen und Willem gerade aufbrechen wollten, kam doch noch etwas Licht in die Sache. Denn Lene kam hereingestürmt und beschimpfte alle vier, dass sie seelenruhig dasäßen und alles durchsprächen, ohne sie einzuweihen.

«Aber ich bin ja bloß Lene und ackere von früh bis spät im Wirtshaus. Da macht es wohl zu viel Mühe, einmal kurz vorbeizuschauen und zu berichten, dass der lahme Reuters bei euch eingebrochen hat, der wahrscheinlich auch Stuiven auf dem Gewissen hat. Meine Güte! Endlich kommt Bewegung in die Sache, und kein Mensch sagt mir etwas!»

Lene hatte gleich an der Haustür zu reden begonnen, durch die sie sich, wie üblich, selbst Einlass verschafft hatte. Inzwischen war sie an dem ovalen Esstisch angekommen, wo alle standen, weil Karen und Peder bereits im Gehen waren.

Lene setzte sich, machte eine ungeduldige Handbewegung und sagte: «Ihr braucht mir vor lauter schlechtem Gewissen keinen förmlichen Empfang zu bereiten. Nun setzt euch schon!»

Der Höflichkeit halber und vor lauter Staunen nahmen alle wieder Platz. Clara wollte Lene gerade fragen, woher sie das alles wisse, als Lene sagte: «Und fragt jetzt nicht, woher ich das alles weiß! Ihr wisst doch, dass es in dieser Stadt kaum etwas gibt, das mir entgeht. Aber statt mir etwas zu sagen, wartet ihr ab, bis ich mir aus siebenunddreißig Bruchstückchen, die ich von den Gesprächen der Wirtshausbesucher aufschnappe, ein Bild gemacht habe. Da dauert es natürlich länger, bis ich euch sagen kann, wie alles zusammenhängt.»

«Und wie hängt alles zusammen, Frau Kriminalin?», fragte Willem belustigt.

«Spotte nur», sagte Lene überlegen. «Du hast es gerade nötig! Bald weiß die ganze Stadt, dass du die treibende Kraft bist, die seit Stuivens Tod hinter einer ausreichenden Gründung des Rathauses her ist wie der Teufel hinter der armen Seele.» Schnell bekreuzigte sie sich, ehe sie weitersprach. «Später Nachmittag war's, als durchsickerte, was Reuters bei dir gesucht hat – Stuivens Bauzeichnungen und seine Berechnungen für die Gründung des Rathauses. Niemand weiß, ob sie noch hier sind oder ob sie samt Reuters in Gewahrsam genommen wurden. Was dein Glück ist. Das nächste Mal kämst du bestimmt nicht mit einem Einbruch in deinem Haus davon, sondern lägest als Stuivens Nachfolger in der Baugrube oder schwämmest kopfunter im Hafenbecken.» Wieder bekreuzigte sich Lene.

Inzwischen belächelte niemand mehr ihr Auftreten, und Lene genoss die bangen und fragenden Blicke, die auf sie gerichtet waren.

«Ja, auf einmal wünschen die Herrschaften, sie hätten der guten Lene eher etwas gesagt. Auf einmal sind sie so klein mit Hut.» Dabei legte sie Daumen und Zeigefinger fast aufeinander, um zu zeigen, wie klein mit Hut alle waren. Dann schnellte sie mit dem Oberkörper vor und blickte die anderen eindringlich an. «Könnt ihr denn nicht eins und eins zusammenzählen? Reuters hat seinen schiefen Fuß doch aus der Zeit, als er für Harms gearbeitet hat, der heute Gift und Galle spuckt, weil man ihn wegen seiner unsoliden Arbeit vom Rathausbau ausgeschlossen hat. Das war vor circa zwei Jahren, als die letzten Quartiere hier im westlichen Teil der Stadt in Windeseile hochgezogen wurden. Es gab einen hässlichen Arbeitsunfall, weil Harms aus Kostengründen auf eine Absicherung der Baugrube verzichtet hatte – wie übrigens auch auf so manches andere. Und als es dann passiert war, hat Harms für Reuters nicht mal gesorgt, wie jeder andere Bauherr es getan hätte. Reuters fing an zu trinken und konnte sich und Aenneken nur noch mit Gelegenheitsarbeit über Wasser halten. Er verbitterte und wurde zu so einem üblen Patron, dass er von niemandem mehr anständige Arbeit bekam. Wobei ich gar nicht weiß, wie schlimm es mit seinem Fuß ist und ob er überhaupt noch richtig arbeiten könnte. Umso erstaunlicher, dass Aenneken nach Stuivens Tod plötzlich bei allerlei Händlern ihre Schulden beglich. Dabei tat die arme Frau allen so leid, dass niemand es von ihr verlangt hätte. Das Geld, sagte sie, sei das Vermächtnis eines verstorbenen Onkels. Ich hätte nie gedacht, dass sie lügt. Er – jederzeit, aber sie? Na, ich will mich nicht schlauer machen, als ich bin. Ich selbst sehe den Zusammenhang ja auch erst seit dem Einbruch hier.» Sie kniff die Augen zusammen und blickte die anderen böse an. «Umso besser wäre es gewesen, ihr hättet es mir gleich gesagt. Denn jetzt wird natürlich ein Schuh draus.»

Welcher Schuh ihrer Meinung nach draus wurde, musste Lene den anderen dann aber doch noch Riester für Riester erklären, denn alles, was ihr den Tag über durch den Kopf gegangen war und langsam ebenjenen «Schuh» ergeben hatte, war den anderen vollkommen neu. Und selbst dann war es kein geschlossener Schuh, der entstand, sondern allenfalls eine römische Sandale mit mehr Lücken als Riemen.

Eine dieser Lücken etwa bestand in Lenes Annahme, Stuivens Mörder habe geglaubt, nach Stuivens Tod werde niemand auf die Unterlagen zurückgreifen, auf die dieser sein Eintreten für eine solide Fundamentierung des Rathauses gründete. Dass ausgerechnet Harms auch noch ausgerechnet Reuters gedungen haben sollte, Stuiven erst zu töten und dann noch dessen Unterlagen zu stehlen, leuchtete ebenfalls nicht recht ein, da die beiden seit Reuters' Unfall in Unfrieden lebten. Und die größte Frage war, welchen Nutzen Harms aus alledem hätte ziehen können oder wollen. Auf keinen Fall käme er als Nachfolger Stuivens in Betracht, und was er von der Vernichtung der Stuiven'schen Papiere haben sollte, blieb ebenfalls unklar.

Lene hörte sich das Hin-und-her-Gerede mit verschränkten Armen an. Dann fragte sie: «Seid ihr nun fertig? Dann hört mir jetzt einmal gut zu und versetzt euch einen Moment lang in Harms hinein! Wer sagt denn, dass er für alle Zeiten vom Rathausbau ausgeschlossen bleibt? Wenn der Bau von einem mysteriösen Todesfall überschattet ist, sind andere, die Stuiven nachfolgen könnten, möglicherweise abgeschreckt. Womöglich greift man dann auf einen Baumeister zurück, der bis dato nicht für die Bauaufsicht in Betracht gekommen ist. Und stellt euch weiter vor, dieser Baumeister überzeugt durch Pläne und Berechnungen für Dinge, über die in der ganzen Stadt gemunkelt wird. Es pfeifen doch die Spatzen von den Dächern, dass die Gründung des Rathauses umstritten ist und dass sich die Anzahl der Pfähle, die in den Boden gerammt werden, ständig verändert.

Die Stadt dürstet nach Gewissheit! Stellt euch vor, Harms präsentiert Stuivens Berechnungen, gibt sie als seine eigenen aus und wird dann als der Retter des Rathauses gefeiert – er, dessen Ruf so ziemlich der schlechteste seiner Zunft ist und der doch zugleich so geltungssüchtig ist!» Triumphierend blickte Lene in die Gesichter der anderen.

Obwohl Lenes Geschichte plausibel klang, blieben die Mienen der anderen skeptisch.

«Woher willst du das wissen?», fragte Clara.

«Was?», fragte Lene zurück.

«Dass Harms so geltungssüchtig ist», sagte Clara.

«Und woher soll er das Geld genommen haben, um Reuters für seine Missetaten zu bezahlen?», fragte Willem.

Lene rollte mit den Augen, als hätte sie es mit lauter Begriffsstutzigen zu tun. «Das ist es ja gerade», sagte sie. «An Geld mangelt es ihm nicht, seine Frau hat davon genügend in die Ehe gebracht. Und gerade das wurmt ihn. Und sie auch. Ihr müsstet sie mal hören, wie sie sich bisweilen über Leute auslässt, die sich ein feines Leben machen, ohne es mit eigenen Mitteln zu bezahlen! Ich bin davon überzeugt, dass sie sich am heimischen Herd noch giftiger und deutlicher äußert, als sie es unter Fremden wagt. Harms wird bestimmt noch grün und gelb von dem Gift und der Galle, die sie über ihn auslässt.»

«Ich fühlte mich heute Nachmittag auch ein wenig grün und gelb», sagte Karen leise und berichtete Lene auf Nachfrage von ihrem Besuch bei Mina Harms.

Lene schlug mit der flachen Hand auf den Tisch. «Da habt ihr's!», rief sie aus. «Es ist der erste Schritt, euch auszubooten.» Dabei sah sie Clara und Willem an. «Es ist ein offenes Geheimnis», fuhr sie fort, «dass Willem dem Magistrat die Türen einrennt und wieder und wieder für eine bessere Gründung des Rathauses plädiert – er, der so viel vom Bauen gar nicht versteht. Entschuldige, Willem, aber so ist es nun einmal, du hast es neulich selbst gesagt. Da liegt es auf der Hand, dass du dich auf Stuivens Berechnungen stützt. Also musstest du sie haben. Du und Stuiven, ihr wart ja ohnehin ein Pott und ein Deckel, genau wie Clara und Maike. Daher der Einbruch hier. Und dann …»

«Nein», unterbrach Willem die vor Eifer fast glühende Lene, «dass ich Stuivens Papiere verwahre, brauchte sich der Dieb nicht mühsam zusammenzureimen. Er – oder sein Auftraggeber – wusste es ja von Maike. Denn er war es, der sie danach gefragt haben muss. Vom Magistrat weiß ich inzwischen, dass niemand zu Maike geschickt wurde, um diese Papiere einzufordern. Aber ob diese Person Harms war, steht in den Sternen.»

«Ach was!» Lene machte eine ungeduldige Handbewegung. «Natürlich war es Harms! Aber was ich eigentlich sagen wollte: Dann wollte er Stuivens Berechnungen gewiss stadtweit publik machen. Einfach wie du, Willem, zum Magistrat zu gehen und zu versuchen, die Herren zu überzeugen, ist nicht seine Art. Falls man ihm überhaupt Gehör geschenkt hätte. Nein, er muss so etwas wie eine Rede auf dem Marktplatz oder vor der versammelten lutherischen Gemeinde oder dergleichen im Sinn gehabt haben. Dort wollte er die einzig solide Bauweise fürs Rathaus verkünden und sie als sein Planwerk ausgeben.»

Lene hätte noch weitergeredet, doch Karen fragte sie mit skeptisch gerunzelter Stirn: «Und woher willst du das nun wieder wissen?»

«Von Amalie», sagte Lene prompt und zur Überraschung der anderen. «Sie schneidert doch immer noch nebenbei. Die Harms war vor einigen Tagen bei ihr und hat ein prächtiges Gewand für ihren Mann in Auftrag gegeben. Ihre Wünsche waren ebenso ausgefallen wie ihre strikte Anweisung, Amalie solle den Halsabschneidern von amtlichen Zunftschneidern nichts davon sagen, schließlich wolle sie es sich als Handwerkerfrau nicht mit den anderen Zünften verderben. Deswegen kam Amalie ja zu mir, um mich zu fragen, ob sie nicht selbst in Teufels Küche kommt, wenn sie sich darauf einlässt. Denn dieser Auftrag ist von ganz anderem Kaliber als ihre sonstige Schneiderei von Kleinkram für Freunde und Nachbarn. Natürlich habe ich ihr gesagt, sie soll die Finger davonlassen. Aber da hatte Reuters hier noch nicht eingebrochen, und ich habe mir nichts dabei gedacht, außer dass die Harms nun endgültig übergeschnappt ist.» Wieder blickte Lene triumphierend in die Runde, so als hätte sie soeben den Beweis für ihren Verdacht geliefert. Doch dann merkte sie selbst, dass sie sich in ihrer Schilderung etwas verheddert hatte. Sie fasste sich an die Stirn und murmelte: «Wo war ich?»

Willem und Peder warfen einander amüsierte Blicke zu, so als hielten sie nun Lene für endgültig übergeschnappt.

Clara hingegen fragte: «Und welche Anweisungen hat sie erteilt?»

Lene beugte den Kopf vor und sprach leise, so als verrate sie ein Geheimnis. «Es sollte ein mehrfarbiger Rock werden, aus durchwirkten Tuchen, und Amalie sollte die verschiedenen Tuchbahnen so zusammensetzen, dass sie sich, aus der Ferne betrachtet, schön voneinander absetzen und das Farbenspiel zur Geltung bringen, während aus der Nähe eher die feingemusterte Machart der einzelnen Tuche ins Auge fallen sollte. Also ganz klar ein Kleid für einen Auftritt vor einer großen Menge.»

Nun blickten Clara und Karen einander an und nickten sich zu, so als hielten sie Lenes Schlussfolgerung für plausibel. Doch die Männer mahnten zur Vorsicht. So überzeugend Lenes Schilderung auch sei, sagte Willem, könne alles auch ganz anders gewesen sein.

«Aber wenn alles so ähnlich war, wie Lene glaubt», sagte Peder nachdenklich, «und wenn der Übeltäter – Harms oder ein anderer – nun annimmt, dass Stuivens Unterlagen noch hier sind, dann besteht die Gefahr, dass er noch einmal bei euch einbricht. Und wenn der Einbruch und Stuivens Tod aus einer Hand oder zumindest vom selben Hintermann stammen, schreckt derjenige vor nichts zurück.»

Bang blickte Karen Clara an, die sich erschrocken mit der Hand an die Wange fuhr.

«Genau», sagte Lene aufgeregt. «Ihr müsst heute Nacht alles verriegeln und verrammeln.»

«Solange Reuters arrestiert ist und niemand weiß, was er aussagt, traut sich gewiss niemand, erneut zuzuschlagen, zumal man auf unsere Wachsamkeit zählen wird», sagte Willem beschwichtigend und legte Clara eine Hand auf den Arm.

«Trotzdem dürft ihr kein Risiko eingehen», sagte Lene eindringlich.

«Nein, das solltet ihr wirklich nicht tun», pflichtete Karen ihr bei, worauf Peder anbot, die Nacht über im Haus zu bleiben und abwechselnd mit Willem zu wachen.

Willem hielt das für unnötig, aber er wurde überstimmt, und so schickte sich Clara an, das Kanapee als notdürftiges Nachtlager für Peder zu richten, auf dem er ruhen sollte, bis er von Willem die zweite Schicht übernahm.

«Du hast gar nicht vor, ihn zu wecken», flüsterte Clara ihrem Mann zu, als sie sich in der Diele begegneten, Clara mit Decken unterm Arm und Willem mit dem restlichen Geschirr, das er in die Küche tragen wollte.

«Er tritt morgen eine lange Reise an», erwiderte Willem kurz. «Außerdem glaube ich nicht an diesen ganzen Hokuspokus.»

«Lass das bloß nicht Lene hören», sagte Clara leise. Denn diese trat just mit Karen zusammen aus der Guten Stube, um sich auf den gemeinsamen Heimweg zu begeben.

Die beiden Frauen verabschiedeten sich, und während Karen den Bleibenden eine ruhige und ereignislose Nacht wünschte, machte Lene keinen Hehl daraus, dass sie am liebsten hierbliebe, auf einen erneuten Einbruch hoffte und den Übeltäter nur zu gern mit eigenen Händen fasste.

«Ich will auf keinen Fall erleben, dass Harms seine große Rede hält und sich holt, was er will – mit oder ohne neuen Rock», sagte sie.

Bei diesen Worten hob Clara unwillkürlich die Hände, sodass die Decken fürs Kanapee auf den Fußboden fielen. «Diese Rede, die Harms möglicherweise halten wollte, Willem», rief sie aus und sah ihren Mann mit großen Augen an. «Du musst sie halten! Schluss mit dem Herumgerede hinter verschlossenen Türen, ob beim Magistrat oder sonst wo! Du musst Stuivens Berechnungen der ganzen Stadt darlegen! Zum einen gehen sie alle etwas an, und zum anderen ist es der beste Schutz für uns, wenn du nicht länger etwas Geheimes verwahrst, sondern die ganze Stadt darüber Bescheid weiß. Auch für unser Rathaus scheint es mir das Beste.»

Nachdenklich schaute Willem sie an. «Du hast recht, Clara. Gleich morgen werde ich vor unserer Gemeinde darüber reden und dafür sorgen, dass man mich auch vor den anderen anhört sowie vor der überkonfessionellen Handwerkerversammlung und den Zunftämtern. Dann ist es keine Sache zwischen mir und dem Magistrat mehr, sondern zwischen dem Magistrat und der ganzen Stadt.»

«Bravo!», rief Lene. «Und das Gute ist: Auf dich hört man auch ohne neuen Rock.»

Obwohl Clara todmüde war, setzte sie sich noch eine Weile zu Willem, der in der dunklen Werkstatt wachte, und lehnte ihren Kopf an seine Schulter. Eine Weile saßen sie ganz still so da. Dann fragte Clara leise: «Müssen wir melden, was Lene erzählt hat?»

«Was hat sie denn erzählt?», fragte Willem zurück. «Dass die Reuters nach Stuivens Tod plötzlich Geld hatten, kann alle möglichen Gründe haben. Genau wie Harms' Wunsch nach einem neuen Rock.»

«Aber dass Reuters früher für Harms gearbeitet hat…», wollte Clara einwenden.

«All das dürfte längst ermittelt worden sein», schnitt Willem ihr das Wort ab. «Es kommt alles darauf an, ob Reuters geständig ist und was dann ans Tageslicht kommt.»

«Und wenn er weiter beharrlich schweigt?»

«Dann werden wir ihn nicht denunzieren, Clara. Ihn genauso wenig wie Harms.»

Clara seufzte schwer, ehe sie sagte: «Denunziation ist etwas ganz Abscheuliches, das stimmt. Aber muss Stuivens Tod nicht gesühnt werden?»

«Wenn es denn möglich ist», erwiderte Willem müde. «Aber das ist Aufgabe der zuständigen Leute.» Und nach einer Weile setzte er hinzu: «Es ist gut und schön, wenn Lene sich mit so einer Geschichte bei uns an den Tisch setzt und darin schwelgt. Ich jedenfalls werde damit nicht auf die Wache oder sonst wohin gehen. Und von dir kann ich es mir auch nicht vorstellen.»

Clara versuchte, es sich selbst vorzustellen, und kam zu dem Schluss, dass Willem recht hatte. Es waren alles bloß Verdächtigungen, die Lene ausgesprochen hatte, und mit Verdächtigungen hausieren zu gehen war nie ihre Art gewesen.

Nach einer Weile fragte Willem sie, ob sie mittlerweile den Brief verdaut habe, obwohl sie zwischenzeitlich gar keine Gelegenheit hatte, darüber nachzudenken.

«Vielleicht gerade deshalb», erwiderte Clara. «Indem ich ihm keine Macht über mich gegeben habe, ist der Spuk, der mich aus dem Brief anwehte, wie verflogen. Übrig sind nur die reinen Mitteilungen, dass Roselius – oder wie er geheißen haben mag – seine gerechte Strafe erhalten hat und dass mein Vater ein wohlhabender Kaufmann in Amsterdam ist und lebt. Wie, glaubst du, würde er reagieren, wenn ich ihm schriebe?»

«Willst du das tun?»

«Ich denke, ja.»

«Dann sollte es mich wundern, wenn er nicht sehr, sehr erleichtert wäre, dass es dich gibt und dass es dir gutgeht – vor allem, wenn du keine Forderungen damit verbindest und er somit gewiss sein kann, dass du nicht die Wesensart seines Bruders angenommen hast.»

Willem sollte recht behalten – in mehrerlei Hinsicht. Die zuständigen Ermittler hatten ihre Arbeit ordentlich gemacht und Nachforschungen sowie eine peinliche Befragung des Karl Reuters rasch zu Hannes Harms geführt. Der wiederum wurde mit Maike Stuiven konfrontiert, die aber nur sagen konnte, er könnte der Mann gewesen sein, der nach den Papieren ihres Mannes gefragt hatte, aber genauso gut hätte es ein anderer sein können.

Mehr erfuhr ein Großteil der Stadt zwei Tage später, als Harms in Ketten zur Baugrube des Rathauses geführt und gezwungen wurde, sich die Stelle anzusehen, an der Stuiven den Tod gefunden hatte.

Indigniert wies er anfangs alle Fragen und Anschuldigungen von sich, während sich immer mehr Volk um den gefesselten Baumeister und den Wachmann scharte und nicht mit Zurufen aller Art sparte. Das war zu viel für Harms, und die über Jahre angestaute Wut über seine – in der Stadt und gegenüber seinem Weib – untergeordnete Stellung brach in einer nicht enden wollenden Schimpf- und Hasstirade gegen die Stadt, die Zünfte, den Rat und eigentlich jedermann aus ihm heraus. Am Ende verstieg er sich in düstere Prophezeiungen, die Stadt werde schon sehen, wohin es sie brächte, wenn sie ihr Rathaus auf Leichen gründete.

Schnell lief immer mehr Volk zusammen, und einer sagte dem anderen, welch Spektakel sich gerade auf dem Marktplatz abspielte. So drang die Kunde auch zu Willem ins Gießhaus, und da er dort gerade abkömmlich war, eilte er schnell herbei und kam gerade noch rechtzeitig, um seinen eigenen Namen zu hören.

«Aber lieber lasst ihr euch ja von einem Büchsenschmied sagen, wie ihr euer Rathaus bauen sollt. Macht ihn doch gleich zu eurem Bürgermeister, diesen Willem ten Hoff! Wo, glaubt ihr, hat er seine Weisheiten her, er, der nichts vom Bauen versteht? Hortet in aller Stille die wichtigsten Berechnungen, um sich auch diese Feder noch an den Hut zu heften! Dabei stünde er heute nicht so fein da, wenn Reuters die Papiere bei ihm gefunden hätte, sondern würde einfach nur ...»

Länger hörte Willem nicht zu. Auf der Stelle machte er sich auf zur Wache und fragte dort nach, ob man Harms gesagt habe, wonach Reuters bei dem Einbruch gesucht hatte. Als das verneint wurde, machte Willem doch noch eine Aussage, die Lenes Geschichte recht nahe kam. Denn nur Reuters selbst und sein Auftraggeber konnten wissen, dass es bei dem Einbruch in Willems Haus um Stuivens Papiere gegangen war.

Später erfuhren Clara und er, dass es seiner Aussage gar nicht bedurft hätte, denn in seiner Rage hatte Harms, während Willem auf der Wache war, selbst in aller Öffentlichkeit herausposaunt, was er getan beziehungsweise wozu er Reuters gedungen hatte.

Einige Tage darauf – Harms und Reuters wurden an diesem Tag gehängt, und Clara und Willem machten auch dieses Mal keine Ausnahme von ihrer strikten Weigerung, sich derlei anzusehen – wurde ihnen von Lene zugetragen, dass Harms in seiner nunmehr zur Raserei gesteigerten Wut einen Teil seiner letzten Worte auf die Schmach verschwendete, die es bedeute, zusammen mit so einem «minderen Element» wie Reuters gehängt zu werden. Der andere Teil seiner letzten Worte waren hohnlachende Prophezeiungen über das baldige Versinken der Stadt.

«Stellt euch vor», sagte Lene ganz atemlos, als sie gleich nach der Hinrichtung zu Clara und Willem gelaufen kam, «noch am Strick schrie er herum, dass die Stadt seine wohlverdiente Rache schon bald zu spüren bekommen wird. Denn die von ihm erbauten Häuser würden als erste versinken.»

Clara wurde blass und murmelte: «Dann stimmt es also doch!»

«Ja», sagte Lene. «Und stellt euch vor, was er noch gesagt hat, als Letztes, bevor er starb: Er sagte oder – besser gesagt – schrie und geiferte, zuerst hätte er Stuiven nur beseitigen wollen, damit die alten Bausünden nicht bekannt würden. Und dann hätte er begriffen, dass er dadurch sogar zu eigenem Ruhm kommen konnte.»

Lene schüttelte sich und fasste sich an die Brust. «Könnt ihr euch so etwas Makabres vorstellen? Im Tod sprach er von seinem Ruhm, und es war, als sähe er ihn direkt vor sich. Wahrscheinlich war er da schon im Diliri … im Dela …, na, jedenfalls schon halb hinüber.»

«Und nun?», fragte Clara, die wünschte, Lene schilderte nicht gar so bildhaft, was sie mit eigenen Augen nicht hatte sehen wollen, und sah dabei Willem an.

«Wegen der Häuser?», fragte er.

Clara nickte.

Er überlegte kurz, ehe er sagte: «Nun, da man es weiß, braucht man nicht zu warten, bis sie sich absenken. Und da alle ungleich kleiner und leichter sind als das Schloss, wird man die Fundamente ohne allzu großen Aufwand nachbessern können.»

«Meinst du wirklich?», fragte Lene.

«Na, was denkst du denn?», sagte Willem. «Glaubst du, wir lassen unsere Stadt versinken?»

Lene schien besänftigt, fragte aber noch nach dem Rathaus. «Wird es denn nun so gut gegründet, dass es fest steht?»

Willem zuckte mit der Schulter. «Letzten Endes kann ich das nicht beurteilen. Aber ich kann dir versichern, dass es sehr viel besser gegründet wird, als man es bis zu Harms' Geständnis beabsichtigte. Seit Steenwinkel und Titken wieder in der Stadt weilen, kümmern sie sich darum, des können wir nach allem, was geschehen ist, gewiss sein.»

«Gottlob!», sagte Lene. «Dann hatte der ganze Spuk ja doch sein Gutes.»

«Nur dass man gleich auf Stuiven hätte hören sollen», sagte Willem grimmig.

Das andere, womit Willem recht behalten sollte, war Claas Grotenhoffs Antwort auf Claras Brief. Er zeigte sich hocherfreut, wenn auch skeptisch. Erfreut war er über das Lebenszeichen seiner Tochter als gesunder und tüchtiger Frau, skeptisch hingegen über ihre wahren Absichten. Clara vermutete, dass böse Erfahrungen mit seinem Bruder hinter dieser Skepsis steckten. Die geldwerten Papiere, die er ihr schickte, *«um ein wenig von der Schuld an deinem vaterlosen Leben zu tilgen»*, wie er schrieb, schickte sie postwendend zurück und versicherte ihm, ihr sei wesentlich wohler, wenn er ihr statt des Geldes Vertrauen schenke und um ihre redliche Gesinnung wisse. Darauf schickte er die Wertpapiere wiederum retour und bat Clara, das Geld zusammen mit seinem Vertrauen anzunehmen. Und er fragte, ob er sie besuchen dürfe. In dem Fall werde er es so einrichten, dass er eine seiner nächsten Schiffsfrachten nach Glückstadt selbst begleite, und sie könne entscheiden, ob jemand in der Stadt von ihrer Verwandtschaft erführe. Falls nicht, sei er eben ein niederländischer Kaufmann unter vielen, die ihre Geschäfte in fremden Häfen von Zeit zu Zeit selbst regelten und prüften. Gewiss werde sich dann eine Gelegenheit zu einer unauffälligen Begegnung finden.

Clara schlug das Herz bis zum Hals, als sie das las. *Ich werde meinen Vater kennenlernen, ich werde meinen Vater kennenlernen*, dachte sie wieder und wieder. *Und Louis vielleicht gar seinen Großvater!* Am Ausmaß ihrer Erregung merkte sie, wie viel ihr das bedeutete. Solange ihre Herkunft im Dunkeln lag, hatte sie sich gezwungen, ihre immer wieder darum kreisenden Gedanken zurückzudrängen und bohrende Fragen in ihre Schranken zu verweisen. Doch nun, da sich das Mysterium auflöste und Claas Grotenhoff wirklich ein ehrbarer Mann zu sein schien, konnte sie ihren Empfindungen und Gedanken freien Lauf lassen – den erleichterten wie auch den düsteren, die Gerrit Grotenhoff alias Carl Roselius alias Baron von Stetten betrafen, der immerhin auch zur Familie gehört hatte.

Für Maike war es trotz Wut und Trauer am Ende eine Genugtuung, dass die Umstände von Martens Tod aufgeklärt waren. Als Clara und Svenja ihr gegen Ende des Monats in «Claras Haus» halfen, ihre Sachen zusammenzupacken, war sie so ruhig wie eh und je. Aber Clara merkte, dass es eine andere Art von Ruhe war als vorher. Vorher hatte ihre Ruhe etwas Schlafwandlerisches und

Weltabgewandtes gehabt. Nun aber schien ihre Ruhe echt zu sein. Zwar saß ihre Trauer umso tiefer, da Marten gewaltsam aus dem Leben gerissen worden war. Doch sie empfand es als tröstlich, dass Marten nicht nur recht gehabt hatte, sondern dass nun auch nach seinen Plänen gearbeitet wurde.

Als Clara dem Segler nachwinkte, der Maike mit ihrem Kind in die Heimat bringen sollte, dachte sie, das Auf und Ab von Maikes Empfindungen sei dem der ihren nicht unähnlich. Zwar war ihre Vatergeschichte nicht annähernd so plötzlich, tragisch und endgültig über sie hereingebrochen wie Martens Tod über Maike. Aber dass man erst seinen Frieden mit den Dingen schließen konnte – und seien sie noch so unangenehm – wenn man die Wahrheit kannte, hatte sich für Maike und sie gleichermaßen erwiesen. Sie konnte nur hoffen, dass sich Maikes Erwartungen an das Leben, das vor ihr lag, genauso erfüllen würden wie ihre eigenen.

Die von Lene so herbeigesehnte Doppelhochzeit nahm bereits vor Karens und Peders Rückkehr aus Kopenhagen Ausmaße an, die nicht nur für die Brautpaare, sondern auch für die Stadt neu waren. Nicht wenigen Bürgern war schon seit Beginn des Rathausbaus nach Feiern zumute gewesen. Doch das Geraune um das unzureichende Fundament, Stuivens Tod, der damit verbundene Schrecken und die nachfolgende Ungewissheit hatten die Freude der Bürger gedämpft. Inzwischen war der Bau ohnehin schon so weit fortgeschritten, dass es keinen rechten Anlass zum Feiern mehr gab, und man hatte sich damit abgefunden, dass erst beim Richtfest gefeiert würde, das jedoch noch lange nicht in Sicht war. Dann aber hatten sie aufgeatmet, als Harm und Reuters gehängt wurden, Willems öffentliche Reden eine sorgfältige Fortsetzung der Bauarbeiten versprachen und mit Steenwinkels und Titkens Zustimmung ein Baumeister aus ihrer Mitte zum Bauaufseher bestimmt wurde, dem man vertrauen konnte.

Spürbare Munterkeit allerorten entstand zudem, als die Stadt Wind davon bekam, dass Robert MacFarlin, immerhin ein gebürtiger Schotte, der ja wohl etwas davon verstehen musste, mit Willems Hilfe eine Whiskydestille errichtet hatte. Als Lene dem allgemeinen Gemunkel ein Ende bereitete, indem sie, wo sie stand und ging, lauthals verkündete, Robert und sie würden bald heiraten, wurden die ersten Stimmen laut, die sagten, dann werde man aber kräftig mitfeiern.

Und schließlich sorgten Clara und Olsen während Karens und Peders Abwesenheit dafür, dass sich die Leute darauf zu freuen begannen, dass in Kürze der neue junge Medicus Olsens Geschäfte übernehmen und Clara dauerhaft die beste Hebamme der Hauptstadt – überdies eine gute Freundin und folglich keine Konkurrentin – zur Seite gestellt bekommen würde.

Als dann noch durchsickerte, dass Lena und Robert sowie Karen und Peder Doppelhochzeit feiern wollten, lag bald in der Luft, dass die ganze Stadt mitfeiern würde.

Lenes Vater merkte es als Erster. Als er zum vierten Mal nach dem genauen Hochzeitstermin gefragt wurde und teils eine Tischbestellung, teils eine Order beträchtlicher Mengen Bier und Branntwein damit verbunden wurde, sagte er zu Lene, ihre Festpläne seien überholt. Vielmehr werde sowohl im Wirtshaus als auch in Karens und Peders Haus am Rethövel gefeiert. Und überdies möge sie, Lene, bitte herausfinden, wo die Bürger sonst noch zu feiern gedächten. Er werde dann für deren ausreichende Verköstigung mit Getränken sorgen.

Empört wie selten stürmte sie in Willems Haus, knallte die Haustür hinter sich zu, marschierte im Eilschritt durch die Diele und setzte sich so echauffiert zu der Familie an den Abendbrottisch, dass Louis, der sie eigentlich gernhatte, erschrocken den Löffel aus der Hand fallen ließ.

«Vater lässt mich nicht mal so heiraten, wie ich will», begann sie ihre Klage. «Ich glaube, er zieht sich niemals aus dem Geschäft zurück. Auch Robert hat er nicht gefragt. Stellt euch nur vor …»

Dann begann sie zu erzählen, wie ihr Vater, geschäftstüchtig, wie er immer noch war und trotz seines Gebrechens wohl noch lange bleiben würde, ihre Hochzeit zu einem Fest für die ganze Stadt ummodelte.

Und Lene wäre nicht Lene, dachte Clara, während sie Louis den Löffel zurückgab, Willem zuzwinkerte und überlegte, wo eigentlich die Lampions lagerten, die einmal in Willems Garten zu einem besonders schönen Beisammensein unter Freunden beigetragen hatten, *wenn sie nicht schon im nächsten Satz zum Ausdruck bringt, wie schön es ist, im Mittelpunkt eines allgemeinen Freudenfestes zu stehen, das überdies gute Einnahmen verspricht, die Robert und sie gut gebrauchen können.*

«Nun ja, man könnte die kleineren Wirte der Stadt überreden, ihre Schänken an dem Abend länger offen zu halten und Engpässe zu günstigen Konditionen mit unseren Beständen aufzufüllen», sagte Lene prompt. «Natürlich nur, wenn alle eine Ausnahmeerlaubnis für längere Öffnungszeiten wegen einer rein zivilen Feier erhalten. Und darum handelt es sich ja. Schließlich ist es meine Hochzeit. Und natürlich Roberts. Und Karens und Peders natürlich auch.» Sie schaute Willem mit großen Augen an. «Ob du wohl dafür sorgen könntest? Ich wüsste nicht, wer das dem Magistrat sonst abringen könnte. Und es wäre ja für eine gute Sache! Denn sieh mal …»

Clara konnte sich das Lachen kaum verkneifen, während Lene ernsthaft versuchte, Willem davon zu überzeugen, dass die Stadt gerade jetzt ein Anrecht auf eine zivile Feier hätte. Sie lehnte sich zurück, hörte interessiert zu und dachte: *Nun müssen wir nur noch Karen und Peder erklären, warum ihre Hochzeit ein Stadtfest wird.*

Danksagung

Eine erneute Recherche im Archiv des Glückstädter Detlefsen-Museums hat wieder Interessantes zutage gefördert. Für tatkräftige Unterstützung danke ich der Museumsleiterin Dr. Catharina Berents sowie Corinna Schmidt.

Auch auf den Glückstadt-Führer von Hans-Reimer Möller konnte ich wieder mit Gewinn zurückgreifen.

Eine Führung durchs wiederaufgebaute Rathaus wurde durch Sabine McAlinden vom Bauamt der Stadt Glückstadt zum Erlebnis. Vielen Dank!

Helena Louise Brandt von der Johannes Gutenberg Universität Mainz danke ich für … wo soll ich anfangen?

Hebammisches geht nach wie vor – und mit Dank – auf Hanne Tolksdorf zurück.

Kalle Beleites danke ich für Bornholm, Jakob Beleites für Geduld.

Die Abbildungen wurden uns vom Detlefsen-Museum zur Verfügung gestellt. Auch dafür: danke!

Edith Beleites

Die Hebamme von Glückstadt – «ein spannendes Frauenschicksal» (Bild der Frau) im historischen Roman.

Die Hebamme von Glückstadt
Historischer Roman
rororo 22674
Die erblühende Festungsstadt Glückstadt ist Claras Ziel, als sie Hamburg nach einem Schicksalsschlag den Rücken kehrt. Doch nicht nur der Stadtmediziner macht ihr das Leben schwer. Auch die angestammten Laienhebammen stehen der Neuen anfangs mit Skepsis gegenüber. Ist deren Sorge etwa berechtigt, als eine von Clara durchgeführte Geburt misslich verläuft?

Die Hebamme von Glückstadt - Claras Bewährung
Historischer Roman
rororo 23656

Das verschwundene Kind
Die Hebamme von Glückstadt
Historischer Roman
rororo 23859

Die versprochene Braut
Die Hebamme von Glückstadt
Historischer Roman
rororo 24228
Hebamme Clara lernt auf einem Bankett einen jungen Grafen aus verarmter Familie kennen, der sich auf die Ankunft seiner Braut freut. Er kennt sie nur von einem Bild ...

Weitere Informationen in der Rowohlt Revue *oder unter* www.rororo.de